阿城文集　之七

脱腔

江苏凤凰文艺出版社
JIANGSU PHOENIX LITERATURE AND ART PUBLISHING, LTD

2006 年与老友夏阳

2009 年与老友张北海、蔡澜、康康、李怡在香港

2010 年与郑也夫、章诒和、李楯

目 录

《华夏人文地理》卷首语系列

阅读

附录 · 谈话

《华夏人文地理》卷首语系列

普及是有力量的

一种冠状病毒造成非典型性肺炎，成为多半年来的世界性事件。这其中的一切专业研究，从一开始就被强烈地要求向民众普及。当我们从普及的范畴有所了解之后，社会性恐慌才会有所克服。

普及是有力量的。

说到普及，像《华夏人文地理》这一类的杂志，承担的就是普及。普及是很专业的事情。

不妨举个例子。哈佛大学地质学教授史蒂芬·古尔德是学养颇广的学者，但一般人对他的熟悉，是因为他的科普专栏。说是科学普及，其实历史人文等等内容，都引人入胜地纠合在一起。他的文章合集、专书，是畅销书、长销书。另外，他是纽约洋基棒球队的球迷，所以他的文章中的棒球例子，总是精彩，准确，有趣，醒脑。

对于国内，我只有一个问号。

我在香港科技大学做过一个小课程，其实就是和科学家们围成一圈儿坐着聊，目的是引起他们将自己的专业用文字向一般人说得有趣、准确的兴趣。

大概念的西方的科学家，都将向一般人（包括儿童）讲述自己专业领域的事视为责任和义务，请他们来讲是很容易的事。

同时，听懂他们也是很容易的。李政道到北京，有讲演，有人以为听不懂，结果听了不但懂，而且还发生了疯狂的兴趣。而李政道只不过做了他有义务做而且高兴做的事情。

如此做，我们才能提供给读者有质量的“猎奇”。

如此做，环球的，华夏的，人文的，科学的，等等，才能由读者传播出去。若读者身为父母，也就会在孩子的情感世界里种下许多种子，难道还要我再讲什么人才、发展、希望、素质等等之类吗？不必了。

《华夏人文地理》2003年第6期

文化的共生

以人文地理为视角的专题，或特写，或专访以及等等文字，如果找到时尚的话题（其实常常不需要找，社会会自动提供），应该是很好写的。趋同或有意逆反，都会有不错的反应。

不过如果深看一层，则上面所说的趋同或逆反，完全不在焦点上。

近十多年来，对生物演化（演化和进化，都是evolution的中文对译，但“进化”暗中导致我们对人类自身认识和对文化的认识产生不少误区）的研究成果，除了DNA大名鼎鼎，“共生”的重要却被大多数国内的人忽略甚至不知道，于是在这里稍加介绍。

其实阅读本刊的读者或许都能够想起来，我们在初中的生物课中学过共生，最普通和能直接观察到（对不起，在杀虫剂大量使用的今天的城市中，我不敢保证）的例子是蚂蚁和蚜虫的共生关系。蚂蚁保护蚜虫，为的是蚜虫分泌的蜜，而蚜虫因此而免遭天敌瓢虫的的捕食，这是著名的双利共生。单利共生则有小鱼靠吸盘附在鲸的身上旅行寻食，而鲸无所谓受损害，还有犀与犀鸟的关系等等。我们现在不将麻雀视为四害之一，因为发现它们与我们有共生的关系。

但是深入到生物演化这一层次，我们发现从细胞到复杂生物产生，共生关系是关键之一，只不过其中的痕迹不容易发现。其中对线粒体（关心DNA知识的人应该知道线粒体，不知道没关系，我现在转告你）的研究，是比较著名的例子。

线粒体在生物细胞中负责转化氧为能量，但它独立于细胞核之外，有自己的独立基因，分裂周期和细胞也不一样，这说明它古早之前可能是一种亲氧菌，钻到寄主体内掠食，初期可能导致寄主灭亡而自己也不能存活，后来大概是“达成协议”吧，形成共生，得到双赢，直至演化到与寄主合为一体。说来有意思，生物由共生而演化了几亿年，而今天人类才有后现代的意识，也就是诸种文化因素的共生。

癌，原因之一是线粒体出现异常，细胞“退化”到非共生，不断掠夺养分，回到寄生状态，导致寄主死亡，自己也亡掉了，双输。

当我们再来观察文化的时候，就会意识到文化也有共生演化的本质，除了没有文字记载之前，能够记载下来的小区域的文化之间，凡是取共生关系的，都发展成大区域的文化。大区域的文化里，深入去辨识，无不能发现线粒体式的痕迹。就像线粒体能保留自己的DNA一样，我们讲文化的包容，太勉强了，是共生啊。

大到所谓中外文化，小到民俗风情，更不要说对城市的改造，没有共生的认识，恐怕结果是双输吧？

对于本刊的编者与读者，如果都能对本刊的专题，或特写，或专访等等人文内容，有共生的概念，应该能跳出时尚的话题，找到更丰富的角度、细节与兴趣吧。

《华夏人文地理》2003年第8期

独立的眼光

我们怎么看自己，我们怎么通过别人看自己；我们怎么看别人，我们怎么通过别人看别人；展而扩之，自己，别人，都可能是更大的人文类型。

并不天然就是，自己看自己，就是自己，很可能是别人眼里的自己。你看到的常常是时尚标准的自己，也就是别人眼里的自己。

并不天然就是，自己看同一地区的别人，就是与自己相同的同一地区的别人。你看到的常常是本地区标准的别人。

并不天然就是，自己看另一地区的别人，就是另一地区的别人，你看到的常常是自己地区标准的别人。

在中国之内，就有很不同的人文类型，更不要说在世界范围了。我们时时生活在一个绕口令的世界里。

我要说的是，人文地理这样的杂志，常常可能会在绕口令里迷失一下，写的人，编的人，读的人，都有可能。

还记得香港某电视台的一个洲际旅行节目，特邀中国一位文化学者领游。当他踏上印度的土地之后，视事事皆落后，说出了当年英国殖民主义者的话。这是一个人文观察的劣例，如果萨伊德知道了，说不定会闹出国际事件。

出身巴勒斯坦、在哈佛执教的萨伊德的著名论述的大意是，所谓的“东方”，是西方眼里的东方。你以为萨伊德是个东方主义者？他对东方人同样严厉，尤其是当东方人用西方人的标准看东方时。

当我们对“亚细亚生产方式”耿耿于怀时，哈佛大学的张光直先生用人类学考古的事实告诉我们，亚细亚生产方式是世界普遍的方式，而欧洲的工业生产方式，则是一个相当特殊的生产方式。

言必称哈佛倒不是，而是萨伊德和张光直对我们的启示。我们观察一种人文类型，常常会简单以落后与先进去区分，这无疑会误会自己为客观。深而广的观察，需要的是设身处地。设身处地是种能力，它同对长远时空考察的能力融合在一起，才能判断现象。对作者、编者、读者，都是如此。

人文，好像自然的生物链，内部互相制约共生，我们如果堕入简单的相对两分，道德爱憎可以理解，却失掉了存在的整体。整体是生动的，是多极互联，这才是我们关注的。

《华夏人文地理》2003年第10期

路的魅力

这一期里又说到丝绸之路。所谓“又”，是指在中国近二十多年里，丝绸之路一再被提到，包括电视专题片、电视专题系列片、专书、专论、图片集；图片集里又分考古性质的、旅游性质的、风光性质的、艺术性质的。更不要说，中国西北地区的许多个案专案，都与丝绸之路有着如丝般的联系。

但我个人的遗憾（遗憾了很久而且一直在遗憾）是：到目前为止，丝绸之路的地理概念，我们还是陷在中国地理的范围里，包括以丝绸来概念这个通道。

其实以丝绸来命名这条路，是近代西方人开始的。上个世纪初左右，著名探险家斯坦因为了调查这条（他知道不是一条）路，做了当时来说充分的学术准备，所以当他遇到敦煌藏经洞之后，他可以非常迅速地（一个星期左右）将五万多件物品中最有价值的（对他的学术准备而言）一万件运走。你现在到一间图书馆去，用七天时间，从五万本书中挑出你认为有价值的一万本，试试吧！不要用斯坦因是个盗窃者这样的问题烦我，那是不用动脑子的问题。我的问题是，当丝绸之路通到葱岭（兴都库什山），之后，这条路怎么样了呢？

不知道，或者说没有人关心。

好，就算我关心，但是我明确地知道我没有像斯坦因那样的学术准备，能知道什么。我目前知道的是：现在的阿富汗，当年（起码是贵霜王朝时期）是最大的转口贸易中心、东西方珍奇物品的交换中心。汉武帝时的张骞，就在这个市场上看到汉朝蜀地的筇竹杖，于是回来报告给汉武帝。它是一个经济的信息，也是一个地理的信息，对要联络大月氏人打败匈奴的汉武帝来说，更是一个军事的信息：看来另有一条路通往那里。

我的遗憾也是我的兴趣：丝绸之路翻过山怎么样了。

人文地理的有意思，就在这里。你知道了又怎么样？不怎么样。但是你一开始感兴趣，你的思维就开始发生几何级的裂变。裂变了又怎么样？大概还是不怎么样吧！只是可能有一天你发现有什么东西帮助了你的生活。

《华夏人文地理》2003年第12期

自发的人文源泉

二〇〇四年一开始，就有一个好专题：大排档。

上个世纪九十年代，台北市开始了一个都市化的进程。我记得最初的标志性建筑是新光大厦，很高。后来又有凯悦之类的酒店，总之，说法是建成国际大都市。国际大都市，纽约是一个例子，楼很多而且很高。但如果你知道曼哈顿那个石头岛有多小，你就明白那个岛上为什么楼都很高了。香港也是这个道理。

面对当时的台北，我听詹宏志（这个人名前面很难再加什么，只这三个字就够了）说，如果哪天台北街上的小摊没有了，这个城市就完了。

小摊——是个总类：小食摊，小书摊，固定一点的叫小铺或小店，山货铺，裁缝铺，旧书铺，小花店，等等等等。而大排档虽然有个大字，其实是由无数的小聚集成的。

中国大陆的城市终于也走到高层建筑这一步了。

我不是高层建筑的反对者，问题是，大排档这类社会空间是怎么在城市规划中被否定的。

有诸多否定大排档这类社会空间的理由，例如治安，例如卫生，例如管理。但是，如果一个城市没有大排档这类社会空间，这个城市就是一个死的城市，就是一个不文明的城市，或者简单说，是一个落后的城市。

落后的理由是，这个城市的管理者，是没有人文感觉的，是见物不见人的，是忽视由社会最底层至整个社会的自发创造力、生命力的。

这样的现代城市，是现代之死。

当重新判断什么是人才之际，大排档问题的同质性，也就同时显现了。大排档，是自发的创造力、生命力的人文源泉之一。

《华夏人文地理》2004年第1期

因为与人有关

我们和猿猴有什么不同？从基因来说，这是一个近哉问，基因比对告诉我们，人类与黑猩猩的基因非常接近；而从动物行为来说，这又是一个远哉问，这是对灵长类动物的社会性行为观察所得。动物行为学者告诉我们，社会性动物中有仪式性的行为。一九七三年诺贝尔医学生物奖得主之一（那一年有三位学者同获此奖项），奥地利的康拉德·劳伦兹（Kanrad Lorenz）在他的著作中向我们精确描述了雁鹅的仪式行为，例如羞涩是抑制攻击本能的表现。顺便说的是，劳伦兹的文字无论是谁译成中文，都是读来有趣的，这是一个奇迹。我无意在此引述社会性动物的仪式行为，有兴趣的读者会很方便地找到劳伦兹的著作中译本。我的兴趣在于：社会性动物的仪式行为能有效避免互相间的攻击行为，这是否意味说，人类的文化行为在哺乳类动物那时就开始了？当然我要界定一下我说的文化。我说的文化，是相对于武化，也是文化的初意。现在文化这个词，已经到了包说百义的地步了。包说百义，如同包治百病，说了等于白说。文化，初意是说人与人之间的关系，族群与族群之间关系，阶层与阶层之间关系，要“文”，而不要“武”。要到什么程度呢？要到“化”的程度。化的意思就是里里外外、上上下下、方方面面都如此的意思。传说周公制礼作乐（乐是音乐），礼和乐，是文化行为。礼，就是文的关系规定。所以处在春秋晚期的武的时代的孔子，赞叹周初郁郁乎文哉，梦到一次周公就高兴得搓手，很久梦不到周公就惴惴不安。如果你此刻正在伊拉克或克什米尔，大概不难体会孔子的心情。由此引申，所谓人文，基本就是人类在文化状态中积累的种种硬件和软件。对于当下的我们，有满意的有不满意的，有莫名其妙的，有猎奇的，有不以为然的。但因为与人有关，所以是我们与你们共同注目的。

《华夏人文地理》2004年第2期

感同身受

作为一般的旅游者，很难对所到之处，做到设身处地。疑问当然会是“已经都在那里了，难道还不是设身处地吗”？回答当然是否。

这也是旅游文字与人文地理文字的区别所在。人文地理文字要做的不但是“设身处地”，还要进一步到“感同身受”。这样的文字不好写，但也不会难到写不出来。纵览中文世界里的这类文字，其中的境况，真不是几句话就说得明白的。

是不是应该提到人文关怀？这个词组已经滥到虚伪的程度，具备一句顶一万句的功能。其实不具备人文关怀的人，如果目光够深入，仍然可以写出令读者感同身受的文字。

是不是应该提到具备足够的知识？当然又不当然。古希腊的一位著名哲人，只是不停地问下去，直到当时的知识无法回答。我们也就明白，能够问为什么的能力，高于知识。我们通常将“知识”粗鲁地等同于“知”，其实“识”高于“知”。

所以要回到开头，设身处地，感同身受，好像很不错了，其实还是不够，要有识。有了识（说得好轻松），其实也还是不够，不过这里不必说得太多，因为人文地理的普及性文字，有识，够了。

我知道读者里识者非常之多。我也是读者，所以我了解我在说什么。你们有足够的知与识，对话题进行交叉判断。我所能希望的是，多告诉我们你的识，施教于我们的起步状态。本刊愿意永远是受教者。

《华夏人文地理》2004年第3期

帝王的观照

本期有关北京明十三陵的文章，非常好读。亲历亲行，纪实散文，带入感很强。我在这里只是提醒，究竟帝王，在人文系统中，在人类学、社会学的观照中，是什么？果然只是不堪吗？

从法国大革命的意识形态看来，帝王是个瘤子，随着人本意识的崛起（欧洲中世纪文艺复兴算一次，启蒙运动又算一次），帝王是毒瘤了，是癌。影响所及，苏维埃俄国革命，中国辛亥革命，至到“无产阶级文化大革命”，以及全世界近代以来的诸多革命，都是革除毒瘤的革命，包括法国大革命的推动者，资产阶级，也成了毒瘤。革命，是权力的转换，这层意思不必我说（鲁迅先生说得最简明，他说一个皇帝没有了，多个皇帝出现了）。我只是对“亚细亚生产方式”中，具体说是中国，帝王在农耕文明中的长久存在，有何值得我们再观照的内容。

中国起码两千多年来，是帝王统治的农耕文明。农耕文明，意思是说，社会的基础是农业中产阶级。所谓的中国文化，由这层丰厚的土壤滋生出来。农耕技术，读书人，官僚，直至帝王，都是由这层土壤产生。一般说来，没有了这层土壤，中国文化也就无由再产生了，剩下的，苛刻说来，只可称为中国文化知识。再者，农业中产阶级并不是因为体力上比农业无产阶级强，才成为中产阶级，而是由于管理的才能，当然还有勤劳，管理也是辛苦的。没了这个阶级，农耕社会就丧失了积累和组织再生产的能力。帝王呢，是总理者，依靠官僚系统，监视整个农业中产阶级，限制其中的崛起者。一个家族成为豪强，意味着一地的中小地主破产，破产的中小地主多了，意味着天下要乱。帝王有一个明白的功能，就是依据最高权力，抑制豪强，维持中小地主的生态（所谓天下）平衡。铲除豪强，抄家没籍，《红楼梦》里明明白白地抄检大观园，四大家族，平了一个，落了个白茫茫大地真干净。其实不是，是许多中小地主又有发展的资源了。大观园，是豪强的文雅包装，建成之后，元春省亲，她是替皇帝探虚实啊。二十四史，到明朝，再加一史，到清朝，不绝如缕。中国历来的“重农抑商”，根本是商业积累远快于农业积累，它对农耕社会的生态平衡，最终对帝王的权力，是威胁。

中国文化的源头是血亲、宗法，当朝帝王，是这个代表。他在生前死后的生活形态，生活在血亲宗法文化中的子民，未必作我们现在的如是观。帝王当然不是个个自觉得像战士，但观照下来，有人文的规律在里面。多一点观照，十三陵是很丰富的。

《华夏人文地理》2004年第4期

活的楚文化

本期有文章关于楚文化，应该是可以做得很好的题材。我的意思是说，如果在“余韵绵长”上多些具体的田野材料，就好了，就是大块文章了。

楚的立国，史上说是鬻熊被周王封于楚地。记载中的这个楚国，似乎相当落后；后来发达了，战国时期还称过霸，与周朝同样有八百年。不过一九八九年在江西新干发现商代大墓，出土的青铜礼器之多之好，令人对楚文化之早之发达，都有颠覆性的认识。看来，史书对周的褒扬，道理更多在周在制度上的革命，革殷商的命。至于物质文明，周不一定比例如楚这样的地区高。考古发掘越来越让人感到这一点，更不要说古蜀文明的三星堆的发现了。

在硬件上的发现，从青铜器、漆器、玉器、乐器等等来说，楚文化已经现出大观。再加之硬件软件两兼的，例如历年发现的帛书竹简上的惊人内容，仅从图像的聚集就可以让这一期成为收藏。不过，还有大量的活的楚文化，通常是我们说的人文内容，仍在田野中活跃着。楚尚巫，屈原是楚国的大祭师，他在《九歌》中的咏叹，即是当时国家级的祭文。上个世纪八十年代，沈从文先生回湘西老家，还去听老人们唱祭歌，听得泪下，因为那是《九歌》的遗传。

还是因为楚尚巫，所以楚文化中遗传到如今的“傩”，还是活生生的傩戏、仪式、舞蹈、祷词，本刊应该有责任记录到页面里，与上述硬件综合。楚文化是活的，数千年，不是很动人吗？

走在荆州地区，听到当地人的民歌，她们起的调，音高，旋律中的音程，初觉有点涩；后来湖北出土了曾侯乙的编钟，听到它的音响，忽然就明白了，原来楚地百姓很严格地保持着两千年前的楚国音程。屈原生在秭归，距荆州不远。天哪，《九歌》是用那种音程咏叹出来的吧！

二十年前，在天安门广场东侧中国历史博物馆看曾侯乙墓出土文物展，今天有机会写在这里，为的是活的华夏人文。

《华夏人文地理》2004年第5期

关于汉字的思考

我个人生活能力不强，是理财盲，手指缝隙宽，钱虽不多也如流水，时时处于“崩溃”的边缘。我并不怨，因为这是我必须承担的后果，与他人无关。

我不能同意的是有朋友称我为败家子。败家子，指的是有祖产的一个家族或一个家庭，到了某一代（中国人说富不过三代），这一代的长子，长子是有权经营分配资源的人，他将家业败掉了。如果是因为外部环境导致，情有可原；如果是因为经营误判，也、也还算可原谅吧，一乡之地，说起来是惋惜的口气。而不可原谅的是，因为长子的恶习，例如赌，嫖，近代加上毒，将家业败掉了，这样的长子，才可称为败家子。

我因为没有以上条件，所以没有资格做败家子，别人也没有理由说我是败家子。

可是，中国近年关于争取联合国世界文化遗产认定的种种种种，在我看来，都有败家子的味道。这个家是中国自己的，对祖产的继承和管理，首先是自己要当一回事去做，而不是又来了一个叫“保护文化遗产”的运动。自己做好了，才是真正做好了。联合国世界文化遗产的认定标准和管理标准，当然要成为我们自己管理的标准，评不上也要按标准去做。其实我们应该有更严格的标准才是，这就是我们当代中国人与文化遗产的人文关系。

这就是《汉字》这篇文字里，记录准确的陕西白水县杨武村和史官村与传说人物仓颉及汉字的关系。按说汉朝之前很古远的时候，汉字就发明了，不过这就和汉人、汉族一样，取个汉朝的方便。

《汉字》的文字是那种每期有一篇就够的文字。它叙述通俗，材料好像随手得来，其实隐藏着专业积累。好像如常人总有疑惑，其实是因洞视而来的敏感。

至于汉字的繁简问题，我个人的意见是，如果仅从便捷与否去判断汉字的改革，汉字的结果必然如我们毁灭过的那些文化遗产一样，寻不到它们在人文上养育我们的痕迹了。

国家的简化字方案，已经是法律，正式书写或印刷，须依法而为。但是，对汉字的认识，从人文的角度，需要宽容，繁、简、正、俗，显示了丰富的时空痕迹，都记录着社会人文器物理念等等信息。仅从方便快捷与否去逞一时之胜，在文化上终究是小器导致小气。汉字进入电脑输入打印，速度已不由繁简来决定了。反过来看白水县人对汉字的态度，实际是一种对养育之恩的感激，虽然看起来容易解读为迷信。

繁简无疑是造型的差别，以我的经验看，从小只受过简体字教育的设计者，多少都会丧失某些对密度的敏感，这明显体现在目前刊物的版面设计上，文字聚集的密度与图的密度不平衡。不过如果说这是风格，我倒也无话可说。

总之，若我们对自己的字都不宽容，我们还能对自己的文化宽容什么呢？

《华夏人文地理》2004年第6期

京剧与生活方式

京剧的盛衰话题持续很久了。

在我看来，这个话题并没有因此而深入。原因是，从我个人的体会而言，是没有联系人文生态去观察。人文差不多像自然，类似第二自然，有它自己的生态。人文生态里的一个品种，或一类品种的存亡，决定性的是产生那个品种或那类品种的生活方式在，还是不在了。以京剧来说，其实一种生活方式不在了，因此京剧这个人文品种就枯萎了，虽然有心人常施肥，勤浇水，这个品种还是不能回复强旺，于是有关京剧的文字就总是有着暮音唏嘘、昔日年华的感叹。

两百多年前的徽班进京，又得当朝权力者的青睐，它引起的是京剧成为一种生活方式。满清对本族子弟的戒律算是严的，一个八旗兵，是不能经商的，他每月领的饷银，够吃，够穿，够住，余下的，够提笼架鸟，够听个戏，够喝个花茶。架鹰走狗，古董字画，是上一层人的奢侈，一般旗兵不太有能力消费。而听戏，是最吸引旗兵而且力所能及的娱乐。逐渐地，因为有闲（只许闲着），听的戏多，社会上开始形成为数众多的专业听众。这些专业听众监督检验着京剧的演出质量，京剧在这种生活方式中，只能前进，不能后退，焉能不繁荣？不过从另一方面看，京剧唱词比起昆曲唱词的不讲究，也说明了听众虽然专业，但文化知识水平仍保持在俗世层面。明杂剧的创作者是文人，例如汤显祖作《牡丹亭》，唱词雅到一般旗兵听不懂，只有纳兰性德一类的满军旗贵族或曹雪芹一类的汉军旗文人才会欣赏。但满清一朝，没有讨论过昆曲为何衰落。至于宋代勾栏瓦舍里的戏，明朝人也不讨论为何衰落。

再举例说明一下生活方式。电影和体育运动在美国，是一种生活方式。你不知道昨天的首轮电影或不知道昨天的球赛，你基本就被你的同事“开除”了。你等于自绝于社会生活。中国电影是目前中国人的生活方式或内容吗？如果不是，中国电影的惨状就一点也不奇怪。演唱会是中国都市人的生活方式吗？你的朋友能容忍你不知道某某歌星吗？如果不能容忍，它差不多就是一种生活方式了。

京剧在近百年前，就是都市一般人的一种世俗生活方式。谁有能力恢复一种逝去的世俗生活方式？尤其在几乎见不到中国人穿中国服装，民工都穿着西服爬脚手架的今天。

《华夏人文地理》2004年第7期

盐的启示

本期文章多言盐，而且言之有物。

结晶盐是看得见、摸得着的。盐融化在水中，看不见了，无色无嗅，却无处不在于水中。蒸发掉水，结晶盐又出现了。

这个可以往复的物理循环，可以譬之于人文之于生活。人文就像盐，是看得见、摸得着的；又像盐，融于人类生活，不知道的，以为没有什么人文，以为没有人文，人类也可以生活。上个世纪下半纪，就有人认为中国人脱离人文也可以有模有样地生活，理想境界是所谓“五七”。“五七”是个日期，五月七日。这个日期实在有记住的必要，因为这一天发表了一个指示，提出了一种无人文的境界（没有办法，只好亵渎一下境界，请王国维先生原谅），一种听起来有盐，盐融于水无色无嗅，其实没盐（淡水不是海水）的生活方式。杨绛先生写过《干校六记》；干校，全称是“五七干校”。

俱往矣，过去了。以为过去了，其实没有。中国这样一个到处有盐分的国度，仍然有不少人要将海水变淡水。

我所处的北京，就有渐渐变淡的可见的物理过程。印象里，最先淡去的是西单牌楼、东单牌楼、西四牌楼、东四牌楼；之后是城楼城墙，之后是，之后是终于没有了之后，因为没有了。

我们会生活在什么样的淡水里？现代化的“五七干校”里。

现代文明的一个标志，就是对前现代的可以看得见摸得着的物质遗存，取文明的态度和手段，所谓物质文明遗产。还有非物质文明遗产，是不要海水变淡水的意思。“申遗”和保护遗产，是领取进入现代的入门证。

本期的盐的专题的文章，对我启示如上所言。

《华夏人文地理》2004年第8期

阅读

苗族传统图案与上古文明

我日常的作息是读书写作到早晨，之后上午休息。今天这个上午，看到有这么多人来，实在让我敬佩诸位，同时也敬佩一下自己。今天的讲题是，苗族的传统图形与上古文明的关系。最近我在中华书局出了一本书——《洛书河图：文明的造型探源》，是我在美术学院的客座授课内容，里面有两个重要的部分，一是西南少数民族图形，一是夏商周青铜器的纹饰。今天在贵阳，专门把这部分展开说一下，跟贵州的地气接一下。

我个人的看法是，苗族文化中传统图形是和上古文明接续在一起的。在这之前，我看到的很多对苗族图形的解释，都是和周围的环境及日常生活等有关系。我在云南待过十一年左右，不断地产生怀疑，发现它们和居住环境关系不大，反而和另外的系统有关系。这个系统在最开始的时候我也没有能力去解读，慢慢地才发现它和早已不存在的上古文明有关系。

下面我们具体来看一下图形关系。河图和洛书是中华

注：本文是作者在贵州省图书馆学术报告厅所作讲座，时间2014年8月2日。文中提到的图片作者建议参考《洛书河图》一书。

民族流传非常久的一个传说，孔子说过，“凤鸟不至，河不出图”。可见在春秋晚期，像孔子这样的人，对河图很久不出现会产生焦虑，好像有大事情不得解，或者说有一种困局打不开，由此发出感叹。但是这也表明，那个时候，可能河图已经失传了。在安徽的凌家滩，一九八五年发现遗址，一九八六年开始进行发掘，到一九八七年，报告出来了，这次考古大发掘，后来被评为十大考古发现之一。当时出土了一块小玉版，我们来看，玉版上面的这个图形，当中是一个八角星纹，围绕八角星纹有一个圆，在外面还有一个圆，有很多指向标形状的“箭头”。对这个图形组合，有很多专家进行讨论探索。现场的考古专家告诉我们，出土时玉版是夹在这两块玉版当中的，我们看这两块玉版，合起来是一个龟，背甲和腹甲有对应的孔，可以穿绳缀合。

我们知道洛书在传说中是龟从洛水托出，因此，这样的组合形式，就是说龟当中夹着玉版，和我们传说当中的方式是一样的。

我下面介绍的这个论证和推导的过程，是社科院考古所的冯时先生完成的，详细的过程可以在他的《中国天文考古学》里面读到。我以前听老辈人说过，所谓洛书就是九宫，把一个十字倾斜一下，和直的十字重叠，就是九宫，所谓“交九”。九宫格中常常有米字，我们小的时候写大字，描红，都很熟悉。

冯时先生了不起的地方是继续往下走，也就是九宫右边的推导部分，纯粹的图像推导。我们看把相交的部分填实，就会出现这个八角星图形。这个非常不容易，一般人，包括我，是没有这个本事从这里跳跃到那里的。这步非常关键。有些专家认为，八角星纹是表达太阳放光芒，看来不是。

在冯时先生的这个推导之前，一九九〇年的《中国文化》第二期，王矜先生，有篇论文《八角星纹与史前织机》。王矜先生考证这个八角星纹与纺织机有关。不少人可能没有机会接触到织机，尤其是老的纺织机，在贵州会好一点，因为寨子里面还有织机。纵的线是经线，横着的是纬线，梭子带着纬线在经线中穿来穿去，这个工艺过程就叫“织”。织到一定程度的时候，要搬经这个方向的轴，上面的轴也跟着动，放经线下来。王矜先生说，八角星纹就是这个轴的侧面。王矜先生找出来很多非常翔实的资料，证明经轴侧面常常是有八角星纹的。一九九〇年以后，应该说这个问题已经没有人争论了，是共识。沈从文先生在《中国古代服饰研究》里，也说到这个符形。我们在汉砖上看到的西王母，她别头发的簪，就是织机的经轴侧面的图形。

我比较了冯时先生和王矜先生两种结论之后，认为，虽然织非常重要，它是人类的伟大发明之一，用个符形来代表它是理所当然的，但是在祭祀的里面，或者说在更大范围的关系里面，冯时先生的结论可以涵盖，而王孖先生这个结论就比较窄了。我自己是采取冯时先生的结论，八角星纹是洛书符形。当然王孖先生的结论是有意义的，也不能否定，也许将来会出现更有力的证据。给思维留有可能性，思维最怕僵化，不留余地。

我们来看四千年前左右大汶口文化的彩陶器上的八角星纹，它和凌家滩的应该有同样的意义。而在苏州附近发掘的黑陶罐上面的刻画符，从刻画的笔顺来看，它与冯时先生推导的八角星纹不是很符合，但造型还是一致的。如果当时八角星纹就是用这个笔顺刻画，就非常珍贵了。这些符号很显然是在表达仪式组合，右边连接着类似旗帜，或者钺这样的东西，它们是有关联的。

在贵州的六盘水收集到的苗族绣品，八角星符形，清楚明白。二十世纪七十年代我在云南的文山，听说苗族鬼师用这个符招呼四方神，这个符在衣服的背面。鬼师在做法事的时候常常俯身，于是这个符是朝天的。这个符在黔西南大量存在，是苗族造型图案里面的一个主题性符形。

这是上图符的全部，背小孩的那个篼，苗族对小孩非常重视，背篼上的符都非常重要。

我们看到，在安徽凌家滩，在山东大汶口等等地方的八角星符形，在贵州还存在。当中隔着千山万水，但是是一致的。

这个八角星符形，在辽河流域的民间刺绣中，在美洲的民间刺绣中，也都有。

苗族刺绣当中还有星象的大量图案，就是我们常说的东方苍龙，南方朱雀。我们看这两个图形对比：这个苗族刺绣的局部有一个蛇的盘旋，在它的头的正中，也是图案的几何构图中心，有一个米字形，可以理解为九宫，表达八个方向，东南西北，东北、东南、西南、西北；这个是商代的青铜盘，青铜盘在青铜器研究中，地位不是很重要，鼎、簋、卣之类的比较重要。但是这个盘我们要重新看待了，因为它像苗族图案一样，这是龙的头，这是龙的角，两个盘旋是一致的，它的几何中心是一个菱形。米字，菱形，都在正中。我们知道龙代表的天象是东方苍龙。我们现在来看这张夜空摄影：这是银河，夏季银河，东方苍龙由七个星宿构成，角、亢、氐一直到尾。在上古的时候，到尾就结束了，箕是后来又增加的，构成七个星宿，尾、箕在银河里；北极星在这儿，我们知道北极星是不动的，所有的星围着它转，因此它应该就是那个菱形和那个米字。苍龙顶着它，拱卫它，不断地旋转。看到这样的景象的时候，我们明白了河出图的河不是黄河，是银河、河汉。黔西南的蜡染里，有头在当中，一圈一圈密密麻麻绕出来图形，也是描绘这个星象。

河图出自银河，这个关系也是冯时先生在他的《中国天文考古学》里论证的，河图是苍龙拱卫北极星旋转，这个形象构成了后来黄河文明称之为的河图。

传说里的洛书和河图，实际上都是方向的关系和星象的关系。我们现在的天文知识早已超越古代，但是在上古，新石器时代，谁掌握了星象，谁的权力就具有神性，就具有合法性。当后来建立了以黄河文明为中心的大系统的时候，必然把这个话语权划归到黄河文明，因此叫黄河出图，洛水出书。

我们刚才看到的八角星符形在青铜器上几乎找不到，很显然，贵州苗绣里面的八角星符形直接就是新石器时代的符形，之后它就变成了活化石，一代一代传下来。我要说苗族图形有非常难得的保守性，如果它一年一创新，我们就看不到任何上古信息了。苗绣的保守性是贵州的一个重要的文明财富，应该子子孙孙永宝之。

北极星因为不转，它是天上唯一不转的星，因此古人说起它来就是一，太一，大一，或者泰一，泰山的泰，泰山就是祭祀北极星的。老子说大音希声，大象无形，这个大，都是在赞叹北极星。艺术家说我的音乐作品没声音，因为大音希声，这是恶搞大音希声。

回到苗族刺绣。苍龙里有个心宿，心宿在这，是由三颗星组成的心宿，很重要。先秦时称它为大火，也就是《诗经》里面说的“七月流火，九月授衣”的火。流是说心宿从南天正中开始向西倾斜了，也就是一个重要的节分点开始了。《诗经》里面有大量的关于星象的描述，其实在苗族的古歌里面也有很多。对于星象的描述不要掉以轻心，它里面有很古老和重要的信息。我们再看这张苗绣的图，这三个圆花是表达心宿三颗星。

苗族刺绣里还有就是南方朱雀的图形，也是一个主题性的东西。因此东方苍龙、南方朱雀是苗族刺绣从新石器时代继承下来的两个重要星宿方向。西方白虎在苗绣里面没有，同时北方的玄武也没有，如果有龟，都是洛书也就是八角星符的意思，四面八方与正中。这表明苗族的文明来源于东南，这样一个概念，顽强地重复它。

南方朱雀也是由七个星宿构成，这个是头，它的尾也在银河里。这张苗绣实际上是由七个圆圈组成的。因此它的意思是组成南方朱雀的七个星宿，这和我们苗族民间传说里面的七仙女、七姑娘是一致的。苗族鬼师带人游天界，到天上去玩，几乎像是个娱乐。我听说有的妇女玩这个乐此不疲，喜欢。江浙一带传说的天仙配，七仙女下来洗澡，其实就是七个星宿下来了，洗澡和河汉有关，后来留下一个仙女，最后生了孩子又被召回到天上去了。牛郎织女的传说，都是从南方朱雀演化出来的神话故事。只有苗族保存了这样的一个图形构成，直接传承上古文明。

我们来看，这是良渚文化的琮上很普遍的刻画图形。冯时先生在《中国天文考古学》中对这个有非常严密的考证，冯时先生说，这个尖是天盖的尖，下面是天极神，它是斗魁，和猪有关系。我比较怀疑这个，从造型上看，这个下面是爪。猪我们知道，蹄分两趾，偶蹄子。从诸多特征来看，我认为是龟。在苗族刺绣里面是一目了然的，一是这个尖，天盖的来源直接来自凌家滩的这个头饰，与良渚琮的图形是有区别的。二是天盖下面的这个小人，胳膊也是弯的。再下面呢，是龟。这个关系组合是天盖天极、天极神、龟。反证良渚的那个图形的关系，也应该是这样。这个组合关系，在苗绣里是主题型的图形，出现的频率很高。

我们来看这个百鸟衣，这是一个龟的变形，它的方向这边是头。

我们再来看凌家滩的这个天极天盖造型，它有两个眼儿，应该是可以缝在冠上面。戴这个冠的人应该是在巫术里面，或者是祭祀里面表演天极的那个巫师。这样的角色在古代叫尸，尸体的尸。

我们再看这是西周的一个小青铜人，在陕西发掘出来的。她头上戴着一个同样造型的冠，手上拿着两个八角形的鼓，鼓皮应该是羊皮，现在的东北巫师还在用同样的东西，敲打，召唤神或祖灵。

这样我们就能解读原来苗绣当中大量的这个符形，就是天极和天盖。

在苗族的文化当中，蝴蝶是一个非常重要的东西，经常被提到，叫蝴蝶妈妈。在苗绣里面，我们看到它的须被表达为天极符形，下面是蝴蝶的身体，身体里有我们熟悉的小亭子，苍龙被包括在蝴蝶的翅膀里面，下面还有一个小蝴蝶，同样有天极的符号。所以整个的画面是蝴蝶统摄了一切，蝴蝶代表了天极。

蝴蝶在苗绣里大量出现，永远保持着天极符形。蝴蝶在苗族文化中被称为妈妈，表明它是繁殖和生长之源。老子的宇宙观里面，推崇玄牝，玄是黑色，牝是雌性生殖器，黑色的雌性生殖器。说谷神不死，是谓玄牝。玄牝之门，是谓天地根，绵绵若存，用之不勤。勤是尽，无穷无尽。万物是由玄牝不断地产生，应该是母权观念的表述，因此当然是妈妈的意思。所以苗族关于蝴蝶是妈妈的这个观念，是老子所讲的宇宙关系。这样，我们再一次意识到，蝴蝶是跟上古文明联系在一起的。

整个苗绣里面的图形，我们看来看去就是这几个主题纹样，不断重复。从工艺完成度和它承载的符号重要性来说，苗族刺绣不应该是民间艺术，而是传承上古部族联盟，或者是方国级别的，如果归到民间艺术，我们就永远不能够认识到它的重要意义。贵州的苗学家告诉我们，苗族的人死亡以后，鬼师会引导着亡魂一步一步回到东海之滨，苗族认为自己是从东方迁徙过来的，因此他们的灵魂要回到东方那边才能够升天见祖先。从苗族刺绣里的主题性符形与新石器时代的符形的比较来看，应该是这样的。

[附1] 洛书河图，关联贵州的另一个文本释读

主　持：上一周，中华书局编辑朱玲女士给我寄来您新出版的书《洛书河图——文明的造型探源》，即迫不及待地翻阅，从贵州边界至今在生活世界使用的仪式和符号，解读华夏文明的源流，打开我们看待文明起源和贵州族群研究的新视野。这本书和您以往的文学书籍相比较可谓一部“跨界”的作品。一者书籍所探讨内容跨越文学范畴，讨论的问题涉及历史、考古、人类学、民族学，甚至天文、地理，人类认知体系和哲学的范畴；二者，这本书的内容从中国博大的华夏文化中心主体和一直地处地理边界和文化边缘的贵州第一次发生如此亲密的关系，大量从彝族文献、苗族刺绣和瑶族刺绣等中获取的材料，用于和华夏主体性文化做相互对比、认证，已经链接的历史脉络似乎在证明，贵州文化以“边地的中心”的主体性探讨，逐渐成为一种可能。

是什么促使您开始探寻“洛书河图”与华夏文明的关

注：本文发表于《贵州日报》，2014年7月。主持人王小梅。

系的？

阿　城：之所以用《洛书河图》作书名，是因为已经有人用《河图洛书》为书名出过书。责任编辑朱玲查寻出来，才颠倒书题为《洛书河图》。河图洛书是传统叫法，我从小也是这么说的。上世纪六十年代末我去插队前，对河图洛书还只是耳熟，插队之后，慢慢有了兴趣，但还不能辨别。社科院考古所的冯时先生有一本书，《中国天文考古学》，我看是最近十多年最重要的书之一，可惜没有听到有什么人对它作出应有的评价。我在中央美术学院客座讲课时要学生们读这本书，这本书是专业学术书，一般人不容易读懂。因为授课内容在大造型范围，美术学院嘛，所以只触及到他发现的河图、洛书和天极，我评价冯时先生是功莫大焉。他应该是独自完成了对华夏文明的探源，我的课只是在造型的范围内说文明的造型之源在天象。不要小看上古天文，苗族的刺绣中，有大量的上古天象系统记忆。贵州这个地方，历来是所谓天无三日晴，地无三尺平。晴天不多，是很难观测天象的，可是苗族，当然还有贵州的其他民族，在造型上比比是天象。这说明什么？说明他们传续保持的是更大范围所共有的知识，别处已经异化，变形，失落，他们的星象造型和巫术传统却还能与新石器时代、青铜时代的出土文物相印证，我们能用什么来表示我们的惊讶和感激呢？我七十年代末在云南和贵州以自己的力量收集了一点苗族的刺绣和蜡染，三十多年来陆续被偷掉不少，我希望得到它们的人能好好保存它们，或者卖个好价钱，高价买到的东西，才会重视保存。我现在说明苗族刺绣的价值，希望那些保留我被偷去的刺绣、蜡染的人，认识到自己手上的东西的真正价值，子子孙孙永宝之。

主　持：您又是如何发现“洛书河图”在贵州一些族群的文化物件和文献记述中找到连接并开始论证和讲述的？

阿　城：其实冯时先生在他的书里已经有过这类的连接对比，我相信你们贵州苗学界的人应该也会有这方面的探索。我的课是讲造型，我又对苗绣比较熟悉，所以拿来做分析，学生们很兴奋，纷纷拍照。唉，我当年要有个相机就好了。我六八年底还是六九年初上山下乡到云南。云南是个多民族的省份，以前一直以为西南是边疆，去了以后才发现，四九年以前，云南其实与世界，例如欧洲的联系是很紧密的。当然首先是鸦片战争之后云南成为法国的势力范围，法国人修了昆明到河内的窄轨铁路，现在还在使用。传教士深入到怒江、金沙江、澜沧江上游峡谷里。法国对印度支那的部族文化的了解是很深入的，法国人收集到的例如苗族的服饰器物是最好的。再有就是抗战时期，大家都知道的。

云南的各种民族都有自己的服饰，其中苗、瑶、壮、彝、傣，有一些图案是相通的。我以前喜欢画画，对图形比较敏感，但也没有想去研究，只是兴趣，而且就在眼前。后来跑的地方多了，贵州、广西，发现图案相通的范围很大，就当成一件事放在心里了。

主　持：您认为，这些发现是以什么为方法来进入、进行比较和研究的？

阿　城：有些事情，重要的是先记住。各种知识多了，会产生串联，一下子会通一大块。比如看到冯时先生对洛书符的证明，一下子通掉一大块，以前只记得沈从文先生讲过这个八角星符是织布机上绷住经线的那根柱的侧面，西南民族的妇女袖口常常有这个八角星符，妇女又是织布的主力，觉得有道理，那么鬼师的服饰上有这个星符，用某某崇拜也说得通。但是我认为冯时先生的证明，是更深入的，因为能解释更大的文史系统。

对我来说，你越是急着要明白的，可能越明白不了，无意之间，另一个领域倒通了。概念先行，常常欲速则不达。

主　持：解读过程一定充满发现的欣喜，不妨和我们分享一下发现的一些灵感故事？

阿　城：整本书就是讲这个过程，就别再重复啦。

主　持：书中我注意到有一个细节，你在上个世纪八十年代曾在哈佛大学倾听中国考古学之父李济先生的弟子哈佛大学人类学系系主任张光直先生的演讲，其中生出诸多对中华文化探源的思索。我在二〇〇七年有幸陪伴先生李飞（现任贵州省文物考古所副所长）在哈佛大学演讲贵州考古新发现，陪伴张光直先生夫人一起走路回到她家，得赠先生和中国考古学家陈星灿先生的著作，无比欢喜。当时，我在李济先生曾就读的美国克拉克大学就读硕士，又得缘到先生家沾染书香的气息，在时空中穿越和询问先生对于考古、仪式和艺术史的追问。后来读过一些先生的书，大概记得张光直先生曾经在一本书里探讨过一些问题，大致有这样一些观点：商周以来的皇帝都像是大巫师，他们以刻画在青铜器上的图形沟通天地和神灵，祈福保风调雨顺人民安居乐业，以博得众生的推崇，从而汲取权力和资源，积累统治天下的权力和能量。我当时读这些书本时，就从贵州村落大量活态存在的巫师系统中抬起头，无数次想象这些巫文化系统是不是从上古时期就已经从皇权辐射到各个部族和村落，至今还在贵州的村子里繁衍生息，代代相传？

历经千百年的更迭，它们仍然在贵州山野族群中顽固地存在，似乎不知道今夕是何夕，为什么是这样的状态？

阿　城：这要问他们自己了。我估计他们也答不上来吧。古人说，帝力于我何有焉？山险水深，既挡住了别人，也挡住了自己。朝代更迭，贵州都是因为环境险恶，民风剽悍，冷兵器时代，征服和统治要付出的成本太高而（被）放弃，例如满清对贵州的改土归流，按说是动到制度了，但还是没有办法改变贵州的文化基本样态。

主　持：从这个意义上看，您所见的苗族鬼师和巫师盛装上保留发现的河图，是不是能说明华夏本为一体，只是我们在不同的时空把他们分别了？

阿　城：这里有主流意识形态的问题，基本上是黄河成为文明主流之后，之前的文明形态或者被妖魔化，例如蚩尤，或者被屏蔽，例如周代总在伐南淮夷，这在《诗经》或青铜器铭文里记录很多。但是我们现在看，南淮夷或东夷不是也有河图和洛书吗？不是也崇拜北极星吗？

主　持：这些不必论证的论证本就实实在在地存在着的，只是我们从来在权力和政治结构下，把其文化性地分化和分割，导致学界的认知一直处于单向的族群划分认知，无比较系统的文化比较研究，在大文化视野下看待中华文明源头的多元性和丰富性？

阿　城：苏秉琦先生生前讲过中国文化的多源性来源，这对黄河文明为主流或唯一的看法，是清醒的校正。我感兴趣的是，在这些多源之前，是不是有一个崇拜北极星的大致同一的巫教系统？从图形比对来看，分布广泛的多源区域，有大致同一的符形。

主　持：我一直对族群研究族群本身有一些知觉，他们本身的研究首先把少数民族研究和汉族文化对立起来，像是精英文化和下里巴人，不可同日而语，而对比性研究的缺失，让我们很少发现各族群之间的信仰系统相似性很多。我一直就很疑惑，贵州大量的族群巫文化体系和道教文化的融合，汉族和非汉族族群所遵从的一些巫鬼文化和神道并存，都说明这些并非是明清以来的历史系统，可能还有更深的历史渊源，您如何看待的？

阿　城：道教发生得很晚，在汉代的时候。东汉的时候因为佛教的传入，在竞争信徒的情况下，道教才发展起来。到了北魏，崔浩为了抑制佛教，扶持寇谦之的天师道，道教才成为国教，之后佛、道一直在争国教的位置，北魏的时候，甚至有佛像座上有“太平真君”道教年号的现象，真是不忌荤素。我的系列之二，也就是下一本书，涉及这些。

道教的宗教资源，虽然拉上了道家的老、庄，但主要还是巫教，这就是它能与各地的原始巫教并存的根本原因。巫教在北方叫萨满，在南方叫傩。萨满已经成为人类学的一个专有名词了。

主　持：我一直固执地认为，贵州文化的多元性一直未得到足够的认知，并未被足够地历史发现和现代重拾。书中提及七姑娘的故事我在郎德苗寨听说过鲜活的版本，当地称之为“做七姑娘”。说是，有一对姐妹，父母双双早逝，妹妹非常想父母，请求姐姐做七姑娘带她去见另一个国度（的）父母。姐姐没有找专行此道的巫师，自己找来一个筛子，用雨雾喷洒在筛子上，不停向妹妹身上煽动雨雾，学着巫师念念有词，可是姐姐忘记了把妹妹喊回来的咒语。妹妹就这样去了，逝去，和父母相伴，再也没有回到人间。还有一个七姑娘版本，是我在贵定县做田野工作听说的一个版本，这个叫“玩七姑娘”。据说，在正月间，在贵定的一些苗寨，大家都来玩七姑娘，玩者躺下，能被成功的催眠的，就能进入一个像是大观园的宫殿，在那里进入十二道门，在十二个宫殿里赏花看月玩不同的游戏。给我说的人描述那场景，像是人间仙境，好像他也进去玩过似的。我在那年想约着去玩的，后来还是因为在家过年，错过了那段时间，就没得再去。听这个故事版本时，我感觉好像天上人家，参加王母娘娘的蟠桃盛会，在九重宫殿里游玩的意境。这个巫术为什么叫七姑娘不得而知。是不是和天上人家玉皇大帝王母娘娘的宫殿相关也不得而知。

请教您，您认为它和天生的七仙女是一个文化系统，道家文化的范畴?

阿　城：七姑娘是最古老的凤鸟崇拜。东方苍龙，南方朱雀，朱雀就是凤鸟。中国的东、西、南、北分别有四大星宿组合成象，每个组合都是七个星宿，合起来周天共有二十八个星宿，它们都围绕着北极星转。朱雀是由井、鬼、柳、星、张、翼、轸这七宿，差不多五百多颗星组成。七姑娘的七，就是七宿的七，说是姑娘，我认为是母系社会的遗传，江浙一带则称七仙女。后来的道教将她们纳入自己的资源。

主　持：如何释读?

阿　城：刚才说了七姑娘是朱雀七宿。中国的祖先崇拜是附着在星象崇拜的系统里，所以七姑娘可以带凡人去见祖先。十二道门，是十二个月的意思。这两个游戏，都是由鬼师造成催眠，由鬼师引导完成，所以在这类田野调查中，最重要的是观察和记录鬼师的行为和语言。如果有条件的话，最好能录下，之后用频谱仪检测声音的频率。声音的频率最能导致人进入催眠状态，当然言语内容同样重要。这类资料收集多了，可以形成类型研究。

你讲的这两个例子，可以清楚分辨出远古星象崇拜、祖先崇拜与后来道教掺入的两种系统的融合。

这种游戏，可以帮助老百姓摆脱庸常劳苦的日常生活，有所寄托和娱乐，功莫大焉。

主　持：政治的中心化，带来各个时代朝野的分别，导致历史遗忘同为华夏子孙，这些文明的源头，本来就是如出一辙的，皇权的巩固必然以共同的仪式和符号去强化族群的认同，从而凝聚族群力量，达到权力的巩固和深化，使得原始族群能安定地生存下来，繁衍生息，生生不息。从原始族群的文化探源和文化认同来看，您所论证的文明的起源，是否可以印证当下历史人类学范畴热烈讨论的“华夏一体”的追问？

阿　城：抱歉我还真不知道专业圈里正在讨论这个题目。我是体制外的人，之所以讲这些，是因为给美院的学生讲造型史才涉及的。很希望像你这样学有专业的人指点。

主　持：您对蝴蝶图形的解读，苗族服饰上的蝴蝶图形是天极图，打破了苗族学界内部的认知，大家一致认为蝴蝶和苗族的物种起源有很大关联，蝴蝶就是蝴蝶妈妈的化身。您如何找到这些研究材料的？

阿　城：很容易找到，有苗族的地方，就有蝴蝶图案啊。你说的苗学界的认知，我也认同。蝴蝶在苗族图案中常常占据中心位置，在天极神上面或下面，所以它非常重要。在书里天极与先秦哲学的部分，我提到《老子》说的玄牝，也就是雌性生殖器，玄牝之门，是谓天地根。绵绵若存，用之不勤。《老子》认为玄牝是天地的来源，繁衍不绝当然包括人类的繁殖。蝴蝶的触须在苗绣里处理成与天极形同，正表达了这个意思。陕西的抓髻娃娃，也是这个意思。玄牝不正是妈妈吗？

主　持：来贵州做田野调查收集到一手材料没有？

阿　城：拥有第一手材料的当然是你们苗学界，而且你们懂苗语。我只是有一次听一位鬼师念念有词，问朋友，才知道他正在招引星宿，其中对北方星宿诅咒，心中一惊，这是蚩尤败于黄帝的记忆遗传吗？

主　持：在彝族文献中，您发现两个典型的洛书河图的图形，为什么不沿用更多的材料来论证？

阿　城：那两个图是引自冯时先生著作里的。彝族的漆器里有大量的这类图形，将来有机会会去彝族地区用相机拍实物图案。有时阮囊羞涩，不能多做远程收集，抱歉。

主　持：不仅在刺绣上，我发现在我自己研究出版的书籍《手上的记忆》和《蓝花叙事》中，贵州蜡染图形上表现的河图也非常丰富，您查阅过更多的类似的资料，来做深入的文献回顾以释读图形和文明探源的关系？

阿　城：对，苗族蜡染中不但河图，洛书也是经常的主体。要深入，还是阮囊羞涩的问题。

主　持：我在调研途中，曾和贵州一些资深苗族研究专家有些散碎的谈话，有些苗族学者认为“苗汉同源”，从环太湖地区的考古发现中的玉器和青铜器的图形可见与贵州苗族刺绣、蜡染上的图形相似性，比如鸟衔鱼图等，都看到了类似性。我曾经在苗族的一些文献里读到一些学者的访谈，苗族人称他们从云雾中生出来，生命体从云雾中产生。我当时觉得这个解读版本非常有意思，这颠覆了像是旅游观光导游传播的通用版本——苗族的祖先是蝴蝶妈妈的说法。我在榕江下塔石乡宰勇村乌吉苗寨做《手上的记忆——两个苗族妇女的生活世界》田野访谈期间，天天从云雾的寨子里穿过，云雾低落，大湿衣衫，云雾飘渺，对面来人不相识。我当时深刻地知觉到，为何他们说他们来自云雾。这是人类洪荒时代混沌初开的生命哲学体认知，它似乎和道生一，一生万物的哲学认知体系是相关联的。

这和您所促进的星象系统涉猎的世界文明体系，是如何产生关联性的？您认为是什么样的认知体系，贯穿和融合了人类认知的文明史？

阿　城：起码在上古，或在新石器时代，也就是农耕文明开始的时候，是星象构成了认知体系。例如中国的苍龙心宿，严格指导着农时；古埃及的天狼星的位置，标示尼罗河的泛滥期，与农作相关。我相信采集、渔猎时期也与此有关。

主　持：我这几年一直在思索贵州在文化性上逐渐演变为的“边地的中心”的身份和角色，这是全球化、现代化语境下，以文化的趋同性为背景，以国际化为追逐，无地方性逐渐成为一种文化的范例和标本，本土化变成一种差异性、唯一性的价值判断，有学者提出国际化即本土化的概念，您怎么看？当然，我向来认为文化以地域划分和行政划分，是存在诸多问题的，就像我们今天所论及的话题，在上古时期本为同一地域同一时期产生的文明形态，后来通过人的迁徙，交往、交流和互动，文明随着不同人群流动到不同区域，在不同历史时期呈现其应该表达的相似和差异性的文明形态。而当面对人类这个最健忘的动物以后，文明变得扑朔迷离，原本清晰的变得模糊起来。苦苦寻觅，究其真理，其实原来一起就在那里，你见或不见，她都在那里。我见书中用了大量的青铜器图形和苗族刺绣图片资料，这些图形若有更加深厚的历史文化回顾和具有现实关照性的田野工作，摆更多的文化故事，其衍生出的辐射能量将是非同寻常的。

讲述虚构的文学故事和回溯一段上古时期的文明探源，您感觉到什么共同点和不同点？

阿　城：文学常常就是将真实虚拟化，提升出意味。如果将神话看作是一种意味的话，同样可以逆向出部分真实，这是共同点；不同点是文学是个人所为，神话是群体所为。

主　持：您会继续关注这个话题，寻找更多的线索来探源吗？

阿　城：当然会。但不会是连续性的，因为还有别的事情在做。

主　持：我常年在贵州行走，在村落里保存差序的文化结构，让我感觉到有一种未知的神秘引领人去追逐和探讨。您的研究印证了，贵州少数民族较好留存了中原文化原生性的雏形和形态，并在历经千年的迁徙、流变和更迭中，固执地保留了她那些原生的文化形态。您对华夏文明起源在贵州地域性的留存的解读，似乎足以成为贵州作为原生态文化区域的一种释读。

留存文明起源时期的众多文化元素和符号，是不是可以说明贵州的文化原生性具有非同一般的价值？

阿　城：是的。而且保留得完整，准确，多样，和出土的文物比较，完全是上古文明的活化石，我自己都常常觉得不可思议。真是要子子孙孙永宝之。

主　持：贵州省今年七月十三日至十四日将在贵阳举办国际原生态文化暨海峡两岸人类学青年论坛，从您在此书中的释读来看，你认为什么是原生态文化？贵州的原生态文化价值如何面向精英文化对世界进行表达？

阿　城：原生态文化是一种愿望。原生态单纯追求到底，就到智人的状态了，研究者最高兴。不过文明是动态变化的，我最有兴趣的是这个动态过程。所谓生态，就是活体系统达到平衡的状态。为什么会达到平衡？就是有可以自洽、可以自足的系统。这本来是一种理想状态，但从所谓进步的观念看，是保守，是落后，但进步又保持不了原生态，这就造成生存伦理的矛盾。一个平衡的状态，面对外来的干扰能量，能保持不崩溃，达到新的平衡，是很实际而重要的课题。

贵州的原生态文化，算是保持得相当好的。我的意思是说它居然保留了非常多的，甚至有上古的文化造型、音乐、舞蹈、巫术等等，可是它居然没有自己的文字，而时间跨度有几千年。这是人类学的活化石，世界上任何人都会感兴趣的。你们贵州的人类学学者真是身处宝山啊。

[附2]《长江日报》专访

记　者：您指出，彝族的那个图形（书中图6），“蛇头”趋于中央，中间一点不是蛇眼，而是天极，是北极星。蔡季通从蜀地获得的那个图（书中图5），应该是经过了修正，甚至于后来的太极阴阳图产生了两个点，出现了两条蛇，是对河图和先民天极崇拜的错误理解。这个发现很令人震撼。能否大致勾勒一下太极图的演变轨迹？您说这样的故事堪比《达·芬奇密码》，您本人有没有兴趣用文学手法拓展演绎这个故事？如果旁人来写，有哪些书或资料可以参考？

阿　城：彝族的漆器中这个图案挺多的，我实在应该弄点钱去大、小凉山拍一张照片来用在书上。云南昭通的彝族漆器中也是这样，大家习以为常。要想知道演变轨迹，可以去看冯时先生的《中国天文考古学》。

我是通过比较苗族刺绣和商代青铜盘中的图案几何中心点都有符形，来反推彝族的那个图的点不是眼睛而是中

注：采访时间为2014年7月，记者刘功虎。

心点。

我个人对你说的故事没有文学上的兴趣。推荐的资料就是冯时先生的著作。

记　者：书中展示的尹攀摄影的“苍龙出银河图”很有意思，您采用天文学知识解释认为这才是真正意义上的“河出图”，是一种很有新意、也震撼人的见解。“河出图”最早最普遍的传说是说龙马负图从黄河出，根据您的发现，“河出图”也许更是在表达星象围绕北极旋转，是东方苍龙七宿跃出银河的某个瞬间。您进而指出，若按照星象变化规律，《周易》乾卦的爻辞更能方便人们理解。我这里想问的是，有没有办法统一两种“河出图”的说法，进而使这个具有天文学意义的观念更具传播性？

阿　城：这张照片是责任编辑朱玲在网上发现的，推荐给我，我上课时用的图没有这么大气场，出书当然要用这张图了。我在书的第57页，也就是银河与苍龙七宿大照片的那一页，有单独一行字：“与洛书的证明同样，河图的这个关系，也是冯时先生证明的。”这样明显的一行，被你忽略了，所以误解成我的解释。

把银河或河汉改成黄河，我猜测是黄河文明成为主流话语时的篡改，造成普遍的误解一直到现在，冯时先生翻了这个案。不需要找办法统一，需要传播事实真相。

记　者：您平时是一个星象观察爱好者吗？有没有一些什么趣事可以说道说道？

阿　城：我不是一个星象爱好者，只是闲时有兴趣看看天罢了。我的一些星象知识，例如怎么辨识北斗星宿，再通过北斗找到北极星等等，以前都是老辈人教娃娃的。在旷野定方向，当然是北极星，只有它是常在和唯一不动的。以其他的星定方向，随着它们的移动，路一定会走歪了。天并不总是晴的，所以我的专长是依草木的生长定方向。

记　者：贵州苗族刺绣图形同时保留了河图与洛书，而已知的青铜器的纹样里，只找到河图图形。您倾向于认为苗族对上古符形的保存比汉族顽强，汉族反而迷失了，异化了。您觉得其中的原因大致是怎样的？

阿　城：原因大致应该是中原民族经历了更多的各种文明的冲突和覆盖吧。

记　者：那些绣有洛书符形的苗族女装、服饰、背儿袋等，有没有大致具体的缝制年代？苗人刺绣传统有没有过断层？缝绣这些图案的手工艺者们有否意识到她们所绣图案的含义？

阿　城：缝制年代很近，最早超不出明代，而且明清两代的也都是墓葬品，解放前的就算老的了。断代对考古有绝对意义，但苗绣不是这样。苗绣靠的是绝对保守，绣错了要拆了重绣，所以苗绣没有断层。苗绣中有后掺入的形象，例如狮子。亚洲没有狮子，狮子是由中亚佛教传入的。苗绣中还有一些道教的形象，但是都很容易辨识出来。

苗绣里的内容知识，解放前是掌握在有钱人家和鬼师那里的，他们将绣片分派给绣手，之后再组合成衣。解放后土改，整个掌握知识的人被扫荡，苗绣就靠传统的绣手来传续了。但绣手不知道图案的意义，保守就更有意义了。这也是我更重视民国时期绣片的原因。现在旅游大炽，地方上鼓励创新，我遇到一位老绣手说她得了省里的创新奖，拿给我看绣片，绣工一流，内容是所谓幸福生活了。我把这些录下来，这是鲜活的断层记录。

记　者：您对“虎食人卣”的看法我十分赞同，而且书里展示的狮子护崽的照片让我这个非洲纪录片爱好者尤其感到亲切。您与李泽厚先生就此青铜器的解说有过交流没？问个稍微大一点的问题，您觉得现在从事学术研究，“阶级分析法”还有多大的功用？

阿　城：我与李泽厚先生无缘得识。我对李泽厚先生是非常尊敬的，他学养丰厚，尤其是他和刘再复先生提出了“告别革命”。不要误会，“虎食人卣”不是李泽厚先生命名的，是罗振玉先生提出的，在这样一个命名下，很难不受到误导。

中国史学研究中运用阶级斗争的概念，郭沫若先生是开启者，对这个主流，体制里的学者不容易不受影响。

我看还是要归返人类学。

记　者：您指出，先秦百家争鸣局面刚好出现在天极神符形彻底没了的时候，私人著作才大量出现，百家涌现。其间有没有因果联系，或者仅仅是巧合？

阿　城：这里有个误差。首先我们并没有也不可能得到周代的全部青铜器。第二，马承源先生他们专家组，也是筛选精品而编成《中国青铜器全集》，并不是出土的全部。所以我的判断非常可能被一件新出土的青铜器颠覆。我还是靠概率来判断。总之东周春秋时期的青铜器上看不到，更不要说战国时期的了。百家争鸣和私人著述出现在战国，距离天极神符形的消失已过去了不少时间。

我个人的猜测是西周末年有个共和时期，所谓共和，可以看作是诸侯联席会议。在这期间，周王被废除了祭祀天极神的资格，从此青铜礼器上没有了天极神，所谓礼崩。之后诸侯开始争霸，霸是伯，也就是诸侯长，但还是尊王的。战国则演变成不尊王的争霸，直到秦王嬴政称始皇帝。

但我的这个猜测，没有任何文献根据，连传说都没有，只是图像观察，聊天以助谈资都会被拍砖的。

记　者：豆瓣有网友指出，您这种文本的长处是能够会心于图形造型之勾连对比，短处是实证不足，“如讨论传世文献对洛书河图的记载，对《尚书》《论语》《管子》《礼记》仅是钩沉一下，并无多少解释文字。谈及一九八七年安徽含山县铜闸镇凌家滩出土的玉琮，它四周的小孔与《周易本义》列出的两张图是什么关系，也未谈及。”您怎么看待这样的评论？

阿　城：这本书的标题页上有一行字网友大概没有看到：中央美术学院造型学院阿城客座系列之一。讲造型，造型之间的勾连对比比文字解释要直接而强有力，一般人对文字比较关心，对图像的辨识能力则差很多。你如果和一个画家走过同一条街，你一定比画家少看到很多东西。而文字是什么？是符号，它的信息量在于组合，而且歧义还相当大。进一步说，有没有过图像学的训练，之间的差别也是很大的。例如“天极与蝴蝶”的部分，一般读者没有图上的标识，可能连蝴蝶在哪里都找不到。我们现在已经进入了一个读图时代，而且读图的速度会越来越快，这是大家都感受到的。

当然，对专业学造型的人来说，摆出图像，他们瞬间就领会了。这样的课，印成书，对一般的读者是不公平的。就像让我看数学书，我是懵的，我在数学方面低能。读这种书，要明白，图即事实阐述，图即论证。

还是那个问题。听课的人是有我发给的冯时的《中国天文考古学》的相关章节的文件，冯时先生有详细的论证，我只需从造型上提醒即可。出书的时候，本来是附录了冯时先生的相关章节，排了版，后来因为书太厚，又没得到授权，就去除了，当然对一般的读者造成不便。所以真有兴趣的人，不妨破费一下去买冯时先生的《中国天文考古学》。

记　者：网友还指出，您对巫文化论述较少，大致提到用大麻致幻，把巫术归于人的主动致幻，这位网友认为，越是巫文化盛行的地方，产生诡谲奇异的青铜器和苗族衣饰图案的可能性更大。还有就是齐东那样的地方，至今仍保留了“降神”之类的巫术，远非主动致幻所能解释。对他这个说法您有什么看法？

阿　城：巫文明的造型课是在这本书的课程之前。之所以没有整理，有具体的顾虑。吸食大麻在中国是非法的，在小范围的学术课上讲讲还可以，出书到社会上就算扩散了。

你说的主动致幻我不知道是什么意思。巫时代是催眠时代，巫师是催眠的引导者，靠族群中每个人自我催眠是不行的，达不到祭祀的目标，例如飞升到天上的一个目标。

巫时代的造型，都是要在催眠中并且在巫师的引导下，造成活动的幻象，像岩画、彩陶纹样，包括青铜器纹样，都会活动起来。所以巫时代的造型是活动的，类似电影。我们后人，靠科技，一百年前发明了电影，终于接上了远古。电影院就是催眠室。

我在授课时展示了一些图，当它们活动起来的时候，听课的人忍不住惊呼起来，但平面印刷是不可能产生活动效果的。

《中国现代小说选》意大利文版序

我读小说的习惯是这样，随便拿起一本杂志，当然是有小说的杂志，翻到了，看第一句，第一句可看，就看完第一段。第一段可看，则看下去，直至看到不好的地方，就停下不看了。

如果是一本小说，也许仍用上面的方法，也许是任意翻开一页，可看，就看下去，一直到结尾，再翻回去看开头，一直看到任意翻开时的那一页。如果任意翻开时看看觉得不好，就停下不看了。

小说的作者们知道我这样看他们的作品，可能会不高兴，但是认真说起来，小说印好并卖到读者手里后，作者已经管不了读者怎么看了，在车上看，在饭桌上看，在厕所看，横看竖看，正看反看。读者是皇帝的时候，作者毫无办法。

而且，世界上那么多小说，你总要有一个方法才不至被淹没罢？

有一类小说不能用我读一本小说时的方法看，就是侦探小说，那样会糊涂。侦探小说的尴尬也在这里，读过一遍就可以不再读了。结果知道了，再读，就很难假装不知道。

所以好的小说随处都会有好的质感，就像美人，可以从任何一点开始观赏。艺术是一种过程，好的小说，基本都具有可以反复阅读的过程。

我不是研究小说的人，所以当我来编一本中国当代小说的时候，我采用的标准就是上面的标准。

当然我也有另外一些标准来限制我的选择，比如如果小说的内容有关于中国历史或政治的特定时期或事件，而这个特定时期或事件又是意大利一般读者不了解的，就不选，虽然对中国读者来说，那些小说的妙处就在于特定时期和事件是小说的构成意义的一部分。举一个欧洲的例子，第二次世界大战时期纳粹德国的兴起与灭亡，已经因为浩如烟海的研究与报道，尤其是电影电视制作的传播，使之成为世界读者的公共知识背景。以这样的知识为背景的小说，我们已经没有阅读时关于背景知识的障碍，但是我相信中国“文化大革命”和中国近代史的许多事件并未成为世界一般读者的公共知识。

我对所选的短篇小说或作者做一些简单的介绍。

《受戒》，作者汪曾祺，一九二〇年生于江苏高邮，算是老一辈的作家，曾经是著名作家沈从文四〇年代在西南联大中文系开的“各体文习作”必修课的学生，他的第一篇作品（也是作业）一九四〇年在报刊发表。四〇年代是中国现代文学成熟时期，它摆脱了本世纪初“文学革命”时期对西方十九世纪浪漫主义的模仿，而与本世纪初的现代主义相接触，开始解决外来与民族、现代与传统、社会与个人的诸种对立因素，在诗、文学、美术、音乐诸方面都开始形成规模。文学上是出现了沈从文、张爱玲、钱锺书等人，诗歌上出现了《九叶集》的九位诗人，在这样一种气候中，有一个年轻的汪曾祺，是不奇怪的。奇怪的是，一九四九年之后，中国四〇年代那么成熟的一种局面，像刀切一样消失得干干净净。留在大陆的沈从文、钱锺书没有在文学上再出现一个字，年轻人甚至不知道上述的九位诗人写过诗。

一个生意兴隆的大商店一夜之间关了门。所以当《受戒》一九八〇年偶然刊出的时候，评论界真的不知如何反应。

汪曾祺称自己的小说不大像小说，他年轻时曾想打破小说、散文和诗的界限，后来排除了诗，散文的成分一直在。海明威的《老人与海》在中国人看来就是一种散文小说，《受戒》呢，是一种恢复了诗意的散文小说。

也许在简介了中国文学的四〇年代之后，《芳芳NO.4》的作者木心就有了一个大略的背景了。

木心从年龄来说是老作家，但在一九八〇年旅居纽约之前，他在大陆没有发表过作品。当他八十年代在海外发表作品的时候，台湾艺术界表示惊奇，大陆怎么还会有这样的人！而大陆方面则是不懂他在写什么，或者隐隐有敌意，当时的文化部长王蒙，虽然也是作家，勉强可以接受汪曾祺，但是不能接受木心。因此在大陆的文学出版范围，很难找到木心。我曾经向一些评论家推荐木心的作品，都没有反应。

木心的成就在散文、诗歌与随笔，在贯通中西和锋利方面，当代中国作家没有一个能超过他。按说五〇年代以后应该是他的年代，但他完成的只是许多中国人都有的监狱经历。以他的文化结构来说，四九年之后要消灭的正是木心这样的头脑。三十年后，他带着头脑自我放逐。这篇小说发表于八十年代中期。

《宿命》，作者史铁生，一九五一年生于北京，和我的经历差不多，不同的是，他在乡下插队的时候得了病，最后发展到高位截瘫，生活不能自理，至今已二十年。八〇年代初，他以小说重返社会，之后一直是被当代中国注视的作家。这篇小说是他一九八七年的作品。也许是不能像其他作家那样到处跑，史铁生从早期的抒情回忆开始，逐渐转向剥离分析。我个人认为这篇是他转变之后的成熟之作。

《我以为你不在乎》，作者魏志远，一九五二年生于中国四川，七十年代末开始发表作品，法国出版过他的长篇报告文学《中国·成都——四十一个家庭》。这篇小说很像同一间屋子里的两面镜子，互相的折射中出现了第三个影像，同时对话者也清晰起来。我个人认为作者的道德同情在“流氓”身上。如果你在中国看法院的判决布告，你可以轻易地辨别很多人的“犯罪行为”其实是病，他们应该得到治疗，而不是被枪毙。

《白色鸟》，作者何立伟，一九五四年生于湖南长沙，一九八三年开始发表作品。何立伟属于开始发表作品就是成熟的作家之一。他的成熟表现在他的小说有一种诗意，所说的诗意当然不是七八十年代充斥中国小说的文艺腔，他的小说中的诗意属于中国古典诗歌中那些典雅生动的意象的当代表达。这篇小说的诗意人物与环境，隐藏着一个残酷的事实，所以小说结束时，你当可体会为什么小说通篇笼罩在“正午”这样一个反差强烈的意象中。

《错误》，作者马原，一九五三年生于东北辽宁，一九八二年开始发表作品。马原被称为中国的后设小说作者。我认为马原的小说叙述是运用中国古代的兵法来击败读者的阅读习惯，目的是更吸引读者。

《狂奔》，作者苏童，一九六三年生于江苏苏州，他的名字可能因为电影《大红灯笼高高挂》在意大利的上映而广为人知，我说“可能”是因为很少有人会注意原小说的作者，比如电影《秋菊打官司》的原小说的作者你记得起来是谁吗？

苏童有成为短篇小说家的强烈愿望，这个愿望透露出中国当代好的短篇小说不是很多，这也是我编选这本短篇小说时的困难原因，大部分作家都在写字数很多的小说。

苏童的短篇小说常常是一种颜色，一种味道。小说开始的时候，你会说这种颜色这种味道我也知道，小说结束的时候，你会说，这是苏童创作出来的。

《狂奔》的结尾出现的图景，令我想到诗人顾城有一首诗，说长江像一条裹尸布。

《死亡叙述》，作者余华，一九六〇年出生，浙江海盐人。一九八四年开始发表小说。我认为这篇小说是近年中国短篇小说中结尾最有力量的小说，但最后的一句“我死了”，写出来似乎是多余的。

苏童，余华，马原，被中国的评论者评为先锋作家。从中国文学史看，例如一九〇三年刘鹗的《老残游记》以及一九四九年以前的许多小说，都相当前卫。汪曾祺的早期作品，即属于“新感觉派”。中国当代的先锋小说，我认为是四十年前的接续，尤其当我们与世界或台湾的文学做横向比较，这一点就更明显。

《世纪末的华丽》，作者朱天文，女性，一九五六年生于台湾。她的父亲是作家，母亲是翻译家，两个妹妹也是作家，这是一个少见的写作的家庭。一九四九年，她的父亲到台湾，那之后中国就一直分裂为两部分。中国小说，实际上也分裂为两部分，虽然文化来源是一样的，但现实生活很不一样。

朱天文是台湾著名的小说家，同时也是台湾著名的电影编剧，一九八九年获威尼斯金狮奖的台湾电影《悲情城市》，就是朱天文的编剧。

中国当代短篇小说的结构形式，是中国近代确立的，说起来才是一百年的事，而且是学习西方的结果。一百年来，中国大部分的新鲜事，差不多都是学习西方的结果。中国当然在学习西方之前就有自己的短篇小说传统，这个传统就是世俗化的传统。

中国传统的文字艺术中，诗的地位最高，小说的地位最低，被称为“闲书”，“闲”有非正统、无用的意思。写小说的人，基本上是中国传统社会中的边缘人。

十九世纪末，由翻译开始，中国开始学习西方的小说。二十世纪初的五四文学革命，认为通过小说的写作与阅读，可以改造中国人，使中国成为现代国家，因此小说的地位变得非常高。原来地位很高的诗，反而衰落了。

在中国，“近代”、“当代”是以政治时期来划分的。中国小说艺术的“当代”，我选择为八十年代以后，因为八十年代是一九四九年以后中国大陆小说开始发生变化的时期。

编一本中国小说选，包括了台湾和香港的小说，才算是中国小说选，可惜这里没有选入香港的小说。仅仅中国大陆的短篇小说，在选择上就很费心思了。

一九九〇年

金瓶梅词话

有关《金瓶梅》的话题非常多，最多的是关于这部小说的性行为描写部分。

人类对自己这个物种的性，兴趣非常之大，想想是很奇怪的。一个女人，一个男人，在性行为中的组合变化，可能性很少，即使两性方面数量增加，可能性还是少，比较食物烹调的变化来说，就更少了。某些高难度的动作，就像宴会，一般人并不能天天宴会，家常菜就是那几样。

如果性行为不是因为本能的驱动，我们可能早就对它厌烦了。若比较客观地观察人类发生性行为时的表情，诸种失控是不是类似先天性痴呆症？我称此种表情为“吃苹果之前的表情”，上帝将亚当夏娃赶出伊甸乐园，可能是厌烦了他们的表情，而且吃了苹果还是如此，不可救药，只好赶出去。

人类发明文字之后，为了报苹果这个仇，努力将自己的性行为写得惊天动地，花样百出。可上帝是不读书的，反而是人类自己出了叛徒，屡次消灭这类文字。笑话当然

注：原刊于意大利《君子》（*Esquire*）杂志，1993年。

不是历史，因为我们的古人比我们开通。中国古代的性文明，荷兰汉学家高罗佩（R.H. Van Gulik）在他的名著《中国古代房内考》（*Sexual Life In Ancient China*）里有精彩的考证研究，是西方在这方面的权威著作。地中海文明中古希腊的阿里斯托芬（Aristophanes）的*Lysistrata*表明人类很早就将性带入文字艺术创作，而公元前九世纪中国的《诗经》也是如此，但将性带入文学创作的大概是罗马诗人奥维德（Ovid; Publius Ovidius Naso）的《爱的艺术》（*The Art of Love*），可是奥古斯都大帝因为那本书的第三部分太露骨而放逐奥维德，可能是权力禁止色情文学的先例，延续至今。

《金瓶梅》是中国古典小说在写法与结构上发生转变的关键作品，首先它舍弃志怪传奇、历史演义而完全描写世俗关系，另外它不用多角色各自成篇的连缀形式，而使用一个主角与多人的关系为结构。这两点，都对后来的《红楼梦》发生决定性的影响。

《金瓶梅》在中国只有明末的几年好日子，之后一直处于被禁的状态。在西方，法国官方一九四九年查禁了让·皮埃尔·波雷（Jean-Pierre Porret）自弗朗茨·库恩（Franz Kuhn）德文节译本转译的法文译本（*KinPing Mei, ou la fin de lamerveilleuse histoire deHsi Men avec ses six femmes*），直到一九七九年才解禁。日本则是在第二次世界大战之后才对日译本《金瓶梅》解禁。清朝的皇帝们在

一六五二、一六六三、一六八七、一七〇九、一七一四、一七三八、一八〇二、一八一〇、一八一三、一八三四、一八四〇、一八七一、一八八五、一八九〇、一九〇〇这些年份上，都下令专门查禁“淫词小说”，一七一四年的那次，还将查禁与处罚写进《大清律》成为法律，一八一三年那次，皇帝索性下令刻印小说的铺子也不准开了。其实这样蔚为奇观的频繁地下令禁止，正说明“淫词小说”屡禁不止。《红楼梦》就是清朝小说。

一九八五年，中国大陆的官方文学出版社人民文学出版社出版了《金瓶梅词话》洁本，上中下三册，正文1492页。这个洁本所据的原本是明万历丁巳（1617）的《金瓶梅词话》刻印本，万历本是目前我们能见到的最早的刻印本。据研究《金瓶梅》的中国大陆的专家认为，小说的写作在十六世纪末，之后在社会上有手抄本流传，鲁迅先生根据当时人的笔记认为一六一〇年开始有刻印本。

万历本以后，又有一个明思宗崇祯年间（1628—1644）的刻印本《新刻绣像金瓶梅》，这个版本有当时中国南方著名刻画工匠刻的插图，语言调换为当时中国通行的词句，而万历本则多山东省的方言，所以崇祯本可以说是为了更大的市场需要而修改的版本。一六四四年后的清朝流行的各种版本，都是由崇祯本变化而来。据我所知，从一八五三年发表第一种西方文字的《金瓶梅》法译片断《武松与金莲的故事》（*Histoire de Wou-Song et de Kin-*

Lien），译者是法国汉学家巴赞（A.P.L.Bazin），一百多年来，西方译本都是根据崇祯本。我不知道意大利文的译本根据的是崇祯本还是万历本，如果是万历本，则意大利文译本将最接近《金瓶梅》在十七世纪时的原貌。

自从崇祯本流行以后，万历本就消失了，以至人们不知道还有过一种万历本。一九三一年，北京琉璃厂古旧书店文友堂山西太原的分号，在山西介休县收购到万历本《金瓶梅词话》，拿到北京后，售价800元，当时的一些文化人闻讯来看，都买不起，所以由北京图书馆购藏，一九四九年带到台湾，现在在美国。这个刻印本缺了两页，没有插图。

这个珍贵的版本在一九三三年由北京孔德学校的图书馆主任马廉先生搞到一些钱，以“古佚小说刊行会”的名义影印了一百部只赠不售，缺的两页由崇祯本补配，同时加了崇祯本的一百张插图。于是，六十年前，现代中国人开始知道崇祯本《金瓶梅》系统之前，原来还有一个《金瓶梅词话》系统，可惜绝大部分中国人没有机会看到《金瓶梅词话》。

一九五七年中国大陆“文学古籍刊行社”又据二十多年前的影印本再影印，这回是限定共产党部长级以上的干部才可购买阅读。所以，一六一七年的《金瓶梅词话》不管是原刻本还是影印本，都是中国大陆一般人很难见到的，不过一九八二年香港太平书局影印了一九三三年的影印本，共六册，任何人只要花180元港币，都可以买到。

一九六六年中国发生无产阶级“文化大革命”，夏天开始抄家，北京不少《金瓶梅词话》影印本得以流散社会，当时的交换价格是一块瑞士欧米加（Ω）手表对一部《金瓶梅词话》或者相反。我当时没有读到《金瓶梅词话》，原因是我不可能有一块手表。我的第一块手表是一九七六年买的，那是一块换不到《金瓶梅词话》的上海牌手表，不过这之前我已经读过《金瓶梅词话》了，当然那是另外的故事。

一九三一年发现的刻本上有墨笔的涂改，影印不能解决复原的问题，所以一九八五年人民文学出版社的洁本，根据日本大安株式会社一九六三年的同版别本书的影印本将涂改处复原，当然，一九三一年发现的刻本缺失的两页，也同时复原了。香港太平书局的影印本在这两点上都没有做到。日本大安株式会社的一九六三年影印本，用同一刻的三个印本校勘，也就是一九三一年中国山西发现的印本，日本日光山轮王寺慈眼堂所藏印本，日本德山毛利氏栖息堂所藏印本，从校勘影印出版来说，这是目前最好的本子。这个影印本台湾有翻印本。

一九八五年人民文学的洁本以一六一七年刻本为原本，同时标示出几个不同版本的差异。从校勘排字出版来说，这是目前最好的一个本子。

这个本子还做了标点。中国古代小说是没有标点的，做标点，表示校勘者的读法，当然也利于一般读者来读。这个本子既然称“洁本”，意思当然是将其中的性行为描写清除掉了，不过很负责地在删节处标明删去多少字。如果要我推荐《金瓶梅》的版本，我就会推荐这个本子，学术价值可靠，读起来方便，价钱是人民币12元，还没有吃一顿饭的钱贵。当然现在在北京地摊上涨了十倍，120元。

紧接着，香港《阁楼》（*Penthouse*）将上面说的删去的19161个字集中出版成书。这倒是《金瓶梅》出版史上的一个奇观，从来没有商人这么做过，卖得也不贵，港币25元。

一个会读中文的人如果这两本书都买了，那么就可以说他有了一套质量很高的《金瓶梅词话》。可是如果这个人的中文阅读水平还算好的话，他会发现《阁楼》的那一本的色情文字很差，无法与小说本身的文字相比。

当这两部分在一起的时候，一般人不会感觉出来，原因是读者进入色情部分的时候，注意的是“在做什么”，忽略了文字的使用。即使这样，我在初读这部小说的时候，就注意到很多处性行为的部分插入得很突兀，由此再比较文字质量，怀疑大部分是另外后加的。我的猜测是，这些色情描写，大部分是另外的人加进去的。这当然是对中文原本的判断。

《金瓶梅词话》全书一百回，五十二回无性行为描写，又有将近三十回的程度等同明代其他小说的惯常描写。《金瓶梅词话》的前五回是从另一部小说《水浒》里借来，另外的不少部分转抄自其他的小说，这种拼凑的现象也使我怀疑小说中文笔逊色的性行为段落是另外所加。如果性行为的段落是另外的人所加，大概是三百多年前的书商考虑到销路，插在书中，很像现在的电视插播广告。

以性行为描写来说，《金瓶梅词话》的段落实在比不上明代其他的色情小说，比如《肉蒲团》。《肉蒲团》的全部情节就是在性行为中展开，如果我们对《肉蒲团》进行清洁，这部小说就消失了。另一部小说《灯草和尚》，是中国色情小说中的神怪类型，想象力丰富巧妙，如果有意大利文译本，我猜一定会激起意大利漫画家的兴趣。

《金瓶梅词话》的作者是谁至今还没有定论，最有意思的传说是明朝文学家王世贞（1526—1590）的父亲被杀，王世贞知道仇家看书爱用手指蘸口水翻页，就写了《金瓶梅词话》送给仇家，书纸里掺了毒。仇家被小说吸引，一页一页翻下去，终于被毒死。王世贞是南方人，《金瓶梅词话》是用北方山东话写的，所以不可能是王世贞所为。

明代末期是产生中国色情小说的高峰期，其中著名的有二十多部，如果这个传统能够延续至今，当代的中国小说会是什么样子？实际上，目前中国大陆的小说中正悄悄兴起色情描写，不少篇里的程度超过《金瓶梅词话》的段落。当局查禁《金瓶梅词话》，道理在于中国的一句俗话“人怕出名猪怕壮”，“金瓶梅”这三个字，太有名了。

侠的终结

——张北海这家伙

一九八六年到美国之后，我才有机会看到香港出版的《七十年代》月刊（后来改名为《九十年代》，并在九十年代停刊），读了一期就成为张迷，不是张爱玲的“张”，而是张北海的“张”。之后我读《七十年代》，主要是为了张北海的文字。我觉得李怡先生总是将张北海的专栏文字放在几乎是期刊卷首（卷首当然是李怡先生的主编卷首语）的位置是过于担心了，不管张北海的文字夹在哪里，像我这样的张迷，总要先找到张北海，读，之后，再读其他。这一年的冬天我在纽约认识了张北海。张北海称我为this guy，我在美国体会到此称之意后，觉得张北海才可真正被称为this guy。这个称法很口语，意思是——就像当初张北海向我解释，“怎么说呢……”在美国，中文期刊较难溯往，彼时当下，不知如何寻找《七十年代》旧刊以索读张北海的过往文字（在美国，要学会用过即弃，否则垃圾很快就会等身，我从前消费时代的中国

注：本文是作者为张北海文集所作的总序，台湾麦田出版社，2006年。

大陆到美国，过了一个月才痛改良习，将自己救赎出来，晓得美国浪费资源之甚）。询之朋友，陈丹青说，张北海？我是看他的文章懂纽约的。此愈激发我笃志寻找张北海的文字。八七年，蒙张北海送他的《美国：六个故事》（台北圆神一九八五年版）给我，张北海自作的序，序的开头写道：

> 一九一七年，当欧战正打得火热的时候，美国作家孟肯（H. L. Mencken），为了让读者在圣诞节稍微高兴一下，不要每天都在报上看有关战争和死亡的消息，便在他的专栏上写了一篇完全虚构的故事，半开玩笑但板着脸地记载洗澡盆从英国传到美国的历史。然而这篇幽默作品一出来就被所有人当做是有根有据的事实。孟肯本人一开始也觉得蛮好玩，但没有多久就感到事情有点严重，发现美国人什么都信，就又在他的专栏上正式反驳他一手造成的祸害。可是一点用处也没有，之后十几年中，全国各地报纸杂志转载了不下五十来次，甚至于列入了好几本参考书，连美国国会都辩论这个"美国澡盆史"。

之后张北海说，他写的美国的六个故事，虽然不是孟肯的澡盆史，但也不必较真，主旨是，故事说得好听不好听。这正是我喜欢张北海文字的第一义。读两千年前太史公的《史记》，说陈涉反秦之前，在地里干活，大概常说些天下大事，别人笑他，他就感叹，你们这些小家雀儿，怎么能够知道鸿雁的志向呢？这是信史吗？不知道，但历史活动起来了，好听了。八八年又得张北海送的《人在纽约》（台北当代版），自作前言。前言里说有人问他为什么老是写这些玩意儿，张北海在短短的前言结束时写道，因为我喜欢。还有，因为我人在纽约。如果有人问太史公为什么写刺客列传，老人家可能的回答之一是，因为我喜欢。有人问为什么纽约又叫大苹果，回答是Why not？如果有人怀疑有没有一句顶一万句的那一句，我觉得“为什么不呢”就是。九〇年张北海的《美国邮简》校样，是台北三三书坊寄来的，原因是张北海让我为他这本书写个序。我一直都认为张北海的书不必再有什么人来唠叨些什么，何况此书前面仍有张北海自己的前言。我勉为其难，大致说了一下翻译文体对现代中文的意义，因为这是我喜欢和看重张北海文字的第二义。九二年张北海的《美国美国》（台北麦田版），恢复了只有张北海自作前言。九四年张北海的《天空线下》（台北麦田版），张北海自作前言，另有人作序。我想我可以从此恢复轻松阅读张北海的习惯了。为作序而读张北海，我有压力。原因？怎么说呢？这回好了，难题再次降临，我要为台北麦田版的张北海文集写序了。这个序写来实在难，用了一年多的时间，数次写完，数次毁弃，不是因为喜欢而写得矫情，就是因为，总之，怎么说呢……唉，张北海this guy！我常常寻思我为何迷张北海的文字，总结为，我在张北海的文字中，总能发现我自己思维中的空白点。我想这应该是我之所以迷张北海的文字的第三义，也是最重要的一义。三义是分说，没办法，语言是线性的，其实三义是糅在一起的。这就是张北海的风度。风度不可学，学来的不是风度。风度不会被榨干，所以张北海可以永远写下去。也因此，我迷张北海的文字的根本原因，在于迷其风度。常常随手翻一下张北海的赠书，说起来都是多年前的了，文中的知识掌故早已熟悉，却仍然读得高兴，就是因为会再次面对张北海的风度。因此这次结集张北海的文字，对我这样的张迷，欢喜是不必多说的。

不过，这次结集，还包括张北海的一部小说，《侠隐》，绝对值得一说。不记得是九六年还是九七年，也许都不对，总之，我在台北遇到张北海。张北海说他刚去了中国大陆的重庆还有其他什么地方，为的是写本抗日战争时期的小说。我当下就说好，好的意思是这下肯定会有好看的书读了。当然我还有好奇。之后，就是他写的小说《侠隐》（二○○○年台北麦田版）。这几乎是我见过的张北海的文字中第一次非第一人称的文字，刚开始有点不习惯，但读到第二行就适应了。因为知道张北海去过重庆，我本以为故事会发生在抗日战争时的重庆，不料开篇而且通篇即在我很熟悉的北京，细节精确，我甚至可以为有兴趣的读者作导游，只可惜北京现在完全变了，只能神游了。我又以为是中日武人格斗，不料开篇而且通篇铺展开的，国际、国家、民间的复杂关系令人惊异，其中个人武功能力展现得又合理又不可思议，是那种贴骨到肉的质感，不涉此前武侠小说一目十行的陈词。果然好看。后来张北海向我提到曹雪芹写《红楼梦》用的“第三人称全知”（third person omniscient）的写法。张北海的说法，源自《红楼梦》第二十九回“享福人福深还祷福 痴情女情重愈斟情”。这一回说的是凤姐动员了荣国府上下到清虚观打醮，张道士欲为贾宝玉提亲，之后贾宝玉又挑了个类似史湘云贴身戴的赤金点翠麒麟，都引起林黛玉的醋意，两人回去后心口不一地拌嘴：

……那宝玉心中又想着：“我不管怎么样都好，只要你随意，我便立刻因你死了也情愿。你知也罢，不知也罢，只由我的心，可见你方和我近，不和我远。”那林黛玉心里又想着：“你只管你，你好我自好，你何必为我而自失。殊不知你失我自失。可见是你不叫我近你，有意叫我远你了。”如此看来，却都是求近之心，反弄成疏远之意。如此之话，皆他二人素习所存私心，也难备述。如今只述他们外面的形容……

曹雪芹表明了作者的全知，又以“如今只述他们外面的形容”退回第三人称，实在是恐怕看官误读了宝、黛此刻的内心真实，生出盲点，忍不住撩开边幕亲自说上两句。《红楼梦》是作者披阅十载，将真事隐去，做假语村言，却仍然有作者表白的冲动，令我们惊讶。《侠隐》粗看是第三人称，其实是以第三人称主角李天然的视点去看其他，因而张北海在描写“外面的形容”时，不去叙述任何李天然不在场的情况，它们由其他第三人称的角色说出。这是“第三人称主观”的写法，都是第三人称，但是作者只对第三人称的李天然全知，换言之，李天然有盲点。这样的写法有何作用？我想一是可以造成悬念，因为有所不知，侠的故事需要悬念，“第三人称全知”的方法就难了，全知，我们就作壁上观了，看着英雄入虎口。所以二，是我们自然会站在英雄这一边，以他的爱恨情仇来面对这个强权不义的世界，最后，我们不得不与英雄同样感慨：还有可能吗？面对强权不义的世界，我们的极端会寄托给侠，反之，我们就交给笑话和讥讽。后者，我们可以在张北海的专栏里得到，那是他的风度之盐；想不到的是，张北海在他的小说里给我们提供了前者。张北海的父亲当年潜在北京，负有国民政府的特殊任务，又与抗日将领张自忠将军友情甚笃，小说的历史质感丰厚，当然非张北海不再有第二人选。第三人称主观的写法，让虚构的侠义恩仇如同亲历，二十九军的败退，古都的沦陷，则渐次显出老北平的消逝，和，侠的终结的主题。是的，侠的终结。即使不讨论《侠隐》的写法，只“侠的终结”这一主题，已是中国武侠小说的新局，颠覆性的新局。更像寓喻，个人偿还了正义之后，侠不得不隐起来，而强权与不义，如“西直门大街上滚滚烟尘，一辆接一辆的日本运兵车，满盖着黄土，像股铁流似的，在血红的夕阳之下淹没过去”。有任何武侠小说给过我们这等的意象，让我们逼视强权不义吗？在武侠飞来飞去的时代里，《侠隐》让我想起一位行为艺术家的作品：所有参展的行为艺术都准备好了，展览的前一夜，最后一个艺术家说，我的作品是明天开始拆展览馆的地板。其他的人都疯了，那你让我们到哪儿去开始我们的作品？！因此我看重张北海的这部《侠隐》，是因为它颠覆了以往的武侠小说。在旧武侠小说的作者都成了大师之后，总要有新人抖擞一下吧？想不到竟是张北海这家伙！

张北海《美国邮简》序

在人类越来越聪明的今天，序这个东西，应该考虑废除了，每个人看完一本书，都会有自己的见解。序，常常是种见解，孤零零地只印序的见解，不要说一言堂的嫌疑了，有的时候，连本来应当是一条裤子的战友，也就是书的作者都未必认同，所以常常看到有自序，比如鲁迅。鲁迅写过一个条幅，是“人生得一知己足矣”，给瞿秋白的。瞿秋白先鲁迅而死，虽然胡适、林语堂、顾颉刚、梁实秋好多人都活着，鲁迅出书也只能自序，鲁迅的序常常就是出版说明，文章是什么时候写的，曾经发表在什么刊物上，为什么要把它们结成集以及为什么要起这个或那个题为名等等。我个人喜欢这种类似出版说明的序。曾经有种发行量很惊人的中文出版物，《毛泽东选集》，没有序，只有出版说明，我的一个朋友很想写个关于政治白话文的序，那结果是没有结果。

这真是很可惜的事，因为白话文运动至今已七十年，应用在政治方面的成功例子，白话文的倡导者胡适之先生

注：本文是作者为张北海《美国邮简》一书所作的序，三三书坊，1990年。

说过“共产党里白话文写的最好的还是毛泽东”。二十世纪初提倡白话文，当时有不少的人，比如胡适、郭沫若，急于白话，结果是过犹不及。骨头煮高汤，靠熬。白话文这锅高汤，熬出味道，也就是说形成文体，作家里起码有七八位了。七十年后应该有部白话文体史来纵横一下，纵的意思还应该越过五四上溯，白话文不止七十年。

白话文很难，其中一难是大家不容易意识到它难，比如序写到这里，我已经轻易地用了八个“一”字。与人说话，不易察觉，落在纸上，触目惊心。白话入文，前题其实不是白话，而是文，就像我们要喝的是高汤，而不是泡骨头的凉水。

白话文运动初始后，有另外一支生力军，就是翻译外文的中文，以至形成了翻译体白话文。初期鲁迅曾坚持硬译，我的想法是，与其硬译，不如原文硬上，要么就转达为好的白话文，好的文言亦可。明末徐光启的《几何原理》的中译，影响了直到现在的中文数学语言，就是佳例。同是法文，傅雷翻巴尔扎克，李健吾翻福楼拜，同是俄文，汝龙翻契诃夫，草婴翻肖洛霍夫，都是上好的白话文，也就是形成了文体，熬出了味道。就当今的白话文世界，大致显现为本土口语体、翻译体和二者结合体。

序来序去，我没有忘记是序张北海的《美国邮简》。我的意思是，读书中的四十篇文字，有心的人，会在文体上同样得到知识与趣味。若读上瘾的话，张北海还结集过

《美国：六个故事》《人在纽约》。至于四十篇文章写的是什么，我若序出来，还要张北海干什么。

唐诺《尽头》序

这本书是一株大树，或者是一片树林。

一株大树，说的是它有自身的生长脉络；一片树林，说的是它们各有自己的述说领域。

一株大树，并非是逻辑的图形化，或逻辑的抽象演绎，它自有其随意生长的必然。对，随意与必然。你很难对一个枝杈说，为什么不再往前或向左一点点呢？

我们在阅读此书的时候，就像看枝杈的分开，再分开，旋转，再旋转。它在生长。初时疏阔，渐渐绵密，点点芯芽，转瞬成叶。它常常引入他人话语，例如博尔赫斯、昆德拉、马尔克斯、卡尔维诺。在我看来，分布处处的引文都是大树的生长点，最后，唐诺长成了自己的大树，汪洋恣肆，随意而必然。

我读唐诺此书，经验是，不要急着读完，体会它的生长过程。

二〇一三年

朱天文《炎夏之都》序

台湾的朱西宁先生今年过世，朱先生生前创作甚丰，语言好。朱先生人幽默，随口就是笑话。想起朱先生的笑话，就笑，就觉得朱先生还活着。朱先生有三个女儿，大女儿朱天文，二女儿朱天心，都是台湾最好的文学家。

朱家一门两代三人都是好作家，这在世界上是少见的，如果没人能举出另外的例子，我要说这在世界上是仅见的；而且朱家的女婿，也就是二女儿朱天心的先生谢材俊，亦是好作家，好评论家，好编辑；再有朱天文她们的母亲，是日本文学的汉文翻译家。我有时在朱家坐着，看着他们老少男女，真是目瞪口呆。如果以为朱家有一股子傲气（他们实在有傲气的本钱），就错了，朴素、幽默、随意、正直，是这一家子的迷人所在。

既是为朱天文的小说赘言，好，就来说朱天文。

朱天文大概天生是为文字的。学生的时候，她笔下的敏感就已经非其同代人所能及。张爱玲的文字对台湾很有影响，但搞不好会像乌云，遮得地上只长弱草。朱天文一路写过来，很早就摆脱了“张腔”，同时，一种文学家最重要的素质也显露出来，当然是我认为的最重要的素质，别人未必看重。

文学家当然是书写者。一般人也认为文学家是写，比如写故事，写情感。但是一个普通的写家常常只做到写得有条理有层次意味深长或结尾惊人，即可取得个什么奖，发表创作谈。不过在我看来，对感觉有感觉，才是最重要的书写发端。

手触热水，有热的感觉，但是你能感觉你的感觉吗？人都有情绪，但是你能感觉你的情绪感觉吗？大于感觉的感觉，和抽离感觉的领会，由这里会分出两种写作，前者进入艺术，后者进入哲学或其他。

我看张爱玲的小说的有些篇或有些篇里的章，惊叹即在此处。我看朱天文的小说，篇篇都有，实在令人惊艳。天才这种东西，人人都会在各方面或多或少有一些，其实天才不是那些或多或少，而是总能把握住。

我对朱天文的微言在于，朱天文对她把握住的对感觉的感觉，有时下手太密了一些。比如她的《荒人手记》，有点像李贺写诗。诗也许可以，但长篇重结构，连梁架墙壁都卖得大价钱，挥霍了一些。不过话说回来，也只有朱天文才挥霍得起。天才常常是挥霍的。

有评家说朱天文才开始写老灵魂，我倒觉得朱天文的小说中早就开始抚摸无奈，只是后来评家终于在老的问题上看出朱天文的探索。女性是人类中对无奈最敏感的，我们只要稍稍注意一下铺天盖地而来的护肤、化妆品就晓得了。男性呢，将无奈隐蔽得好一些，不过最近一种蓝色棱形的小“伟哥”实在将伪装揭开得大了一点。

无奈是我们人类最深刻的感觉，只有面对它，才有最后的诚实与不诚实，这一点，是我最感动于朱天文的小说的。

粗粗提到两点，序好像是不该这样写的，尤其是对朱天文的小说。

一九九八年年底 客次意大利米兰

朱天心《古都》序

台湾的朱西宁先生今年过世，朱先生生前创作甚丰，语言好。朱先生人幽默，随口就是笑话。想起朱先生的笑话，就笑，就觉得朱先生还活着。朱先生有三个女儿，大女儿朱天文，二女儿朱天心，都是台湾最好的文学家。

朱家一门两代三人都是好作家，这在世界上是少见的，如果没人能举出另外的例子，我要说这在世界上是仅见的；而且朱家的女婿，也就是二女儿朱天心的先生谢材俊，亦是好作家，好评论家，好编辑；再有，天文她们的母亲，是日本文学的汉文翻译家。我有时在朱家坐着，看着他们老少男女，真是目瞪口呆。如果以为朱家有一股子傲气（他们实在有傲气的本钱），就错了，朴素、幽默、随意、正直，是这一家子的迷人所在。

在此说说朱天心。

与姊姊朱天文不同，朱天心是阳气的。阳气之难，难在纯阳。中国民间说的吕洞宾，即苦炼纯阳一功，可是见到朱天心，读到她的小说，乖乖，竟生来就是纯阳的，吕洞宾的苦炼，不免有点可怜。

以阳来看朱天心，似乎于理不通，可我总觉得哪吒是女孩子，而哪吒是纯阳之子。不过以此以为朱天心有男性气质，就错了，女孩子也会玩得一头一脸的汗，赤子之心，无分男女。

朱天心有眼里揉不得沙子的气质，这造成她一种强悍的敏感。敏感并非是阴柔的，所以朱天心的强悍类似玉石。我前两年得到天心的一本《想我眷村的兄弟们》，这是一本反写的青春小说，读后有一种忧郁。我年轻时打过一阵铁，铁在烧着的炭中，先是深红，之后是橘黄、黄、淡黄、白，此时逼视之，白中开始发青，这青即是极端时反而忧郁。

朱天心此时开始有评家说的老灵魂的无奈，而在《古都》中，似乎是怀缅的游荡，其实是强悍的敏感，虽然密度大了些，但确是淋漓。

小说是叙述，这个说法不错，只是不错得好像什么也没说。与其说叙述，不如说小说是对设置的障碍的穿透，小说忌绕，绕过障碍，似乎聪明，似乎皆大欢喜，久了，就像抄小路可到大街，但一路上的深宅大院我们永远参不透。

天心的强悍，即在于不绕。以此一点，可以判断出何种小说只是聪明美丽，何种是具有穿透性的文学。

一九九八年年底 客次意大利米兰

小学的体温

一九九二年我在台北结识张大春，他总是突然问带他来的朋友，例如：民国某某年国军政战部某某主任之前的主任是谁？快说！或王安石北宋熙宁某年有某诗，末一句是什么？他的这个朋友善饮，赤脸游目了一下，吟出末句，大春讪讪地笑，说嗯你可以！大春也会被这个朋友反问，答对了，就哈哈大笑；答不出，就说这个不算，再问再问。我这个做客人的，早已惊得魂飞魄散。

张大春的《认得几个字》，目录上看起来无一字不识，翻开来是父亲教儿女认字，但其实是小学，即汉代的许（慎）郑（玄）之学，再加上清朝的段玉裁。章太炎先生当年在日本东京教授小学，鲁迅、周作人兄弟趋前受教。对于中文写作者来说，汉字小学是很深的知识学问。如果了解一些其中的知识，千万不要像前面张大春那样考别人，如果别人反考你，即使是最熟悉的字，也有你完全想不到的意义在其中。

所以这是一本成人之书，而且是一本颇深的成人之

注：本文是作者为张大春《认得几个字》一书所作的序，上海人民出版社，2009年。

书。但很有意思的是只要你翻看这本书，就会一直看下去，因为这里有两个小孩子，一个叫张容，一个叫张宜。是的，你会认为两个小孩子的名合起来是“容易”的意思。大春当然也很谦虚地称自己“认得几个字”。把那么不容易的内容讲给大春自己的一儿一女，他们的反应是读者最关心的，也是这本书最吸引人的地方。说实在，我认为这两个小孩子相当剽悍，原因在于初生牛犊不怕虎。

读这本书时会疑惑，究竟我们是在关心汉字文字学，还是在关心父、子、女的关系？读完了，我告诉自己，这是一本有体温的书。文字学的体温。当年章太炎先生教小学，也是有体温的，推翻帝制的革命热血体温。

不过令我困惑的是，这样一本繁体字的书，如何翻印成简体字而得让不识繁体字的人读得清楚？

绝大多数拥护简体字的人说出的简化中文字的理由是方便书写，这意味着这部分人将中文字仅视为工具。我认为这是一大盲点，既是盲点，早晚是要吃亏的。中国历史上第一次公开提倡使用简体字的人是陆费逵，一九〇九年（到今年正好一百年），他在《教育杂志》创刊号上发表《普通教育应当采用俗体字》。一直到一九五六年一月二十八日，《汉字简化方案》经汉字简化方案审订委员会审订，由国务院全体会议第23次会议通过，三十一日在《人民日报》正式公布，在全国推行。这一年，我上小学一年级。

如果说上述旨在文字简化，就错了，文字简化只是阶段，最终目的在文字拼音化。一九五〇年，毛泽东说过：“拼音文字是较便利的一种文字形式。汉字太繁难，目前只作简化改革，将来总有一天要作根本改革的。”但早在上世纪初，对于中文罗马字母化，赵元任就曾做一篇《石氏狮》讽刺过。

对于中文作家来说，中国新文化运动的前辈们，积极推动白话文，推动简体字，推动中文拉丁字母化，还有一项现在不提了，就是大众语，也就是“我手写我口”。鲁迅先生是积极的支持者。当时还有世界语运动，我小时候甚至也接触过世界语，因为自己笨而失望，中断了。

拉杂写这些，是由张大春新书简体版而发。我认为文字，中文字，只将它视为工具，是大错误。中文字一路发展到现在，本身早已经是一种积淀了，随着文化人类学的发展与发现，这种积淀是一笔财富，一个世界性的大资源。这一点，在大春的这本书里，体现得生动活泼，让我们和书中的两个小孩子一起窥视到中文字的丰富资源。一个煤矿，一个油田，一亩稻子，我们知道是资源，同样，中文字也是资源，不可废弃。

只有将中文字视为一种资源，我们才能从繁简字的工具论的争辩中摆脱出来，准备成为现代人。

感谢大春写了这样一本书。

《爽》繁体版序

一九九四年初，我在巴黎。去过意大利之后，对巴黎的印象不如期望的好。在意大利，有个法国人对我说，来欧洲不要先到意大利，因为去过意大利之后，欧洲的其他地方就没法儿看了。此话类似中国人说的吃甘蔗要从梢吃起的意思。从根儿吃起，越吃越无味。

有个意大利人问我："你对美国什么观念？"当时我虽然在美国住了几年，八八年还开车在美国转了一大圈儿，可是寻思来寻思去，不得要领。我的本事是对细节敏感，抽象的能力却很糟糕，于是闷闷地回美国了。

不料飞机在纽约肯尼迪机场要降落的时候，一排排的房屋掠过去，忽然这几年在美国的触目所及，点滴抽象上心头："美国是欧洲镇"（European Town）。这就好像世界很多国家的城市里的"中国城"（China Town），它们可以被认为是有点儿中国味儿的，可是你能说它们是中国吗？

我再去意大利的时候，把这个关于美国的概念告诉那个意大利人，他微笑了，说："我们有一个说法，欧洲是

Italy Town。”

所以我想到欧洲还是要先到意大利，这样，观察欧洲，就有一份冷静，一份悠闲，起码在造型上是这样。

比如我认为水泥这种东西，就是为了建造公寓的，巴黎到处是乏味的水泥公寓，洛杉矶更惨，到处是石膏板公寓。我以前读巴尔扎克，觉得他老人家对资产阶级的审美能力过于刻薄了，时不时就来一句“暴发户”，到过巴黎，才同情起老人家来。

法国一七八九年的大革命，影响世界甚巨。它之后的各国的大革命，都有它的影子，这个影子，就是彻底砸烂旧世界，包括造型。一九一七年的俄国革命，一九一一年的中国辛亥革命及我亲身经历的一九六六年中国“无产阶级文化大革命”。七十年代我在云南，离得不是太远的柬埔寨，波尔布特搞得最为离奇。

当资产阶级的工业造型取代了上万年的农业文明的手工艺造型之后，长久不能在美学上理直气壮，我们看最初的汽车造型，还是羞羞答答地模仿马车。把理弄直了的我认为是德国的“包豪斯”，包豪斯确立了工业造型的美学意义，由此，生产线上连续掉出来的数以兆计的塑料杯才气壮起来。

所以巴黎迷人之处不在造型，而在头脑和由头脑而来的骄傲，骄傲是法兰西的意识形态。我在巴黎的聚会中几乎不能喝可口可乐，喝了就没人理了，不过法国却不失风度地总是备有可口可乐，其实细想想，可口可乐是法国大革命的必然结果之一。

我迷恋特吕弗胶片上的巴黎与法国，看了不下四十遍（是不是有点儿心理变态？）。他的电影不在人以外的造型上停留，他的眼睛永远在人的身上。《四百击》开始的时候，透过公寓的屋顶，巴黎铁塔长久出现，一种工业文明的市民乡愁、童年记忆，只有他捕捉到了，让我们一时忘掉了铁塔是个怪物。

突然有一件与巴黎毫无关系的事走进我耳朵，起码我拿起电话与对方谈了几句之后，我感觉不到巴黎的存在：李爽约我出去，谈件事儿。

起码有十年没见过李爽了。我与李爽并不算熟，一九七九年"星星画展"的时候，李爽是上百个参加展览者里面少数的女性之一，我当时也有几张东西参加展览，自然就认识了。李爽当时是严力的女朋友，我与严力的关系密切。我认为严力是中国大陆最好的艺术家之一，他的好在于他很容易就牵动不同的语言媒介来展显他的奇特的想象力，诗，油彩画，散文，装置组合，小说。严力大概是那种天下太平，才华横溢，天下大乱，还是才华横溢的人，拿他没办法，太聪明了。严力喝酒，我当时还没有戒酒，喝白的，不免酒话多一些。严力喝了酒，脸上飞霞，李白也是这样，不过唐朝是喝果子酒，烈酒是旧时苦力、河工和土匪用来解乏活血壮胆的，清代中叶才漫延到各阶层，如今是有钱没钱都喝烈酒，国宴上更是一股子匪气，据说周恩来生前常领着喝烈酒。

扯远了，回来说李爽。总之，我与李爽不熟。我甚至不知道李爽与严力吹了，不知道李爽进了劳动教养所，不知道她放出来，不知道她什么时候去法国了，后来知道她去法国了，都是听说的。天下之大，事物之多之杂，难免不仁，麻木不仁。

从地铁站再次踏上巴黎的街面的时候，我甚至想不清楚李爽当年的样子，但是见到她在街对面招手，又好像没有忘记过，当然，有一个印象女人不爱听，我也只是掠了一下。

杂七杂八，十年新旧账目，吧外面走来走去的人，对着窗玻璃拢一下头发的女郎，穿绿制服的巴黎清洁工。我等着是什么事儿。

事儿是李爽要写她的经历。

我是不太读小说而遇回忆录必读的人，尤其是中国人写的回忆录。不过近年的一些回忆录有点儿倒胃口，常常自称天仙，而且天仙必被摧残过，虽然被摧残过，还是天仙，不是天仙就没人看了。作者，出版社，读者之间的恶性循环。

我想我又遇到一个天仙了，先试试看吧。

我常常不认为我是一个好的叙述者，但我自认是一个难得的听者。一个好的听者，才会常常怀疑自己的叙述能力。我常痛感长久以来中国人已经失去听的能力和艺术，听不懂别人在说什么，自己自有一套东西，笼罩在别人的意思上面，而且没有人愿意听，都愿意说，一个聋而不哑的奇怪的民族。

二月二十三日，李爽开始说，我开始听，担任记录的既不是我也不是她，是我随身带的摄像机。近年我常常用摄像机记录人的叙述。人的叙述是有表情的，光看文字，甚至光听声音，有时候不能懂对方的意思是什么，要读表情。近百年来，人类最伟大的发明是活动影像的记录。活动影像对我来说，永远有节庆的感觉。将影像纪录在磁带上，造成记录成本大幅度降低。随着数码纪录技术的逐步解决，一个真正的“作家电影”的时期将要开始了，小众影像文化再也不会受工业成本的限制。

我用摄像机只记录对方，不记录自己。我只是听，不插嘴，不提所谓的聪明的问题和所谓深刻的问题，只是当对方的叙述明显有逻辑上的疑问时，才疑问一下，比如：“你刚才说的爷爷，是你前面提到的姥爷吧？”尤其是对方的叙述状态非常好的时候，不要插话，打断了，最宝贵的东西会消失。

我想我是一个好的听者，因为我记录了许多人，他们都越说越进入状态。如果你发现对方注意听你讲，对你讲的有兴趣，你就会不停地说下去，越说越来劲儿，这是人的一个弱点？

二十四日接着讲，李爽说昨天晚上睡觉的时候都流鼻血了。我在这方面心肠很硬，打开机器，说："开始吧。"

二十四日傍晚结束。两天下来，一个中国大陆出生成长的女孩子的青春长卷打开了，又合上了。

我二十三日晚上睡在李爽和老白家一间小屋里的地铺上，睡前看到旁边有一本沈从文写的《忆丁玲》，大概是老白以前做中国妇女问题研究时的参考书。这本书在大陆很难找到，我是在美国的图书馆看到的。虽然看过了，还是翻开再看了一遍，写得真好。

青春现象

我住的美国洛杉矶，常有年轻轻的富家子弟自杀。富裕，钱多到能将一切欲望障碍扫清，青春于是没有对抗物，充满润滑，像梦境里的坠落与漂浮且无物可执，惊醒后大汗淋漓，于是青春滑向灭亡，不像我们的祖先，虎豹豺狼环伺，亦不像李爽，从情感到肉体到社会，到处都是难于克服的障碍，于是青春虽然"惨烈"，骚动起来事件连连，有时不免想到，只要不灭亡，这样的青春是有福的。

我观察到李爽在叙述时，确有幸福的神彩，也许是我的主观，也许她没有意识到。

青春不是由道德准则限定的，它的价值也不是道德价值，它是刚出窑的新鲜瓷器，再丑再不成型也有刚出窑的新鲜。我有时独自开车在美国西部游逛，常见到没有经验的幼兽横越公路而被驰如闪电的车辆碾死，绕过的时候，会瞥见还没有跑出硬茧的小爪，血污中皮毛幼细，鲜嫩的嘴张着，尾巴若有所思。骤死的青春。价值，谁知道呢？

青春是盲动，由生理趋动。艺术在这段时期，常常是借口。成人后用艺术叙述青春，常常老气横秋，因为我们已经长茧，就好像青春时的叙述，常常要模仿老气横秋，挂点成人的艺术腔，不知所云地要摆脱青春，摆脱所谓“不成熟”，所谓“幼稚”。

因为青春是盲动，所以残酷。日本导演大岛渚拍过一部片子叫《青春残酷物语》，“残酷”最得青春的精神，什么“如花”、“美丽”等等，也形容得不差，但只得其貌，不得精神。

大致说来，“星星画展”是一个社会活动而非艺术活动。若从效果上来说，“星星”使三个人展现了才能，王克平、严力、张准立。其他的人，不必“星星”，还是可以展现才能的，例如马德升、黄锐、朱金石。除此之外的一百多个参加者，以我为例，在资质上是中下等，无可无不可，所谓“土壤”。

如果要我给“星星”个说法，那就是“以艺术的名义”。

我当时注意的还是中国古典的东西，尤其是明清一些无名画匠们的东西。中国的古典绘画传统到了明清，笔墨真的是语言完整，质感入微，找到可以所谓“创新”的缝隙几乎不可能了，就好像古典诗词到了明清一样。明清的诗词我个人认为是可以不看的，直接跳到中国的现代诗接着读。

明清的无名画匠们，笔下常有一些叫人心头一惊的东西，但这些绝不是曙光，而是山中的几闪余辉，余辉是不会发展出一个让几代画家生气勃勃的系统的。齐白石身是民国人，其实他是明清的余辉，他人格中有中下层读书人的健朴古风，顽强地保持自己的生活方式，读他的人，读他的画，赏心悦目又心惊肉跳。

我也不认为这是悲剧，悲剧是产生中国绘画艺术的生活方式突然中断，由此而来的问题多如山积，绘画只是一个小问题，因为艺术说到底不是必需的，是奢侈品。

所以“星星”在中华人民共和国成立三十周年之际的游行，真的有些尴尬，是要求绣花鞋的自由。游行由当时的民刊推动产生，让“星星”撒一下娇，也可看出中国当时的风头健在“西单民主墙”。之后“星星”得以在北京美术家协会的官方展地北海画舫斋展出，第二年居然在中国美术家协会的官方展地中国美术馆展出，都使我有被调戏的感觉。一九八九年在香港、台湾举办的“星星十年”作品展，是再让生意人来调戏一下“以艺术的名义”。

回想当年与诸民刊决定游行的时候，深不以一种要求我们“牺牲”的情绪为然，我旁观黄锐等人，亦不是太情愿，但人情关系的复杂纠缠，既身为当事者，又不得不然。王克平是例外，他是天生好事者，他令人喜欢也在这里。但是说到底，在不具备资格与能力的条件下，最好不要儿戏。

我被决定为第二梯队，也就是一旦游行有什么不测，要我出来继续“星星”，大家还开玩笑说“包括探监”。第二天我在街边儿远远随着游行队伍，有上访的、告状的乡下人，衣衫褴褛脸色灰黄，张大了嘴，拉着我问面色红润留长头发的城里娃在“干啥”？我说“有人结婚”。我他妈的能说什么？！

想到城里的娇儿们生活可算优裕，真是李爽在自述里说的“吃新鲜的，喝过瘾的，跳舞，还能抽洋烟”。三十年来的共和国游行，今天才算是别开生面。当时我的一个爱好摄影的朋友藏着一架十六厘米摄影机随行拍摄，这胶片今天若是还在，真是可以看看当时的情景。

我自插队以来，才明白共和国的“知识分子”，其实一直在为自己的利益说话，“以人民的名义”。因为共和国的福利，譬如工资、级别、医疗、退休、假期，知识分子均沾。而一旦被排除出共和国的利益范围，则自称为“受到非人的待遇”，那无利益披被的共和国农民，就不是人了？此或许是知识分子从建立共和国以来到如今几乎不为农民说话的原因。直到今天共和国还在给农民打“白条”，城里的学生娃要的“民主自由”，与农民无涉，是共和国利益里的人争取利益。

绝大多数“老三届”知青从来都是诉自己的苦，视农民的无望为当然，打死也要“回城”，“进工矿”，吃“商品粮”，可见“知青”是准“知识分子”，晓得利益在那里。人往高处走，永远是这样，我也是七九年参加云南知青大罢工要求回城的一分子，当然知道利害所在，所以也不必这样去说人家。

这个长篇自述，我常常在整理的时候觉得自己有许多东西要说，要说的太多，不如不说。读者的说法会很多以至无数，他们会各取所需，各弃所斥。对理论者，我劝他们不妨不要依自己所受的训练立刻将“自述”形而上或模式化。对如我一般的俗众，不妨先将自己的道德习惯放一放，夜深人静，扭亮小灯，安安心心地做一个偷窥者，不必大惊失色，亦不必心安理得，看到最后一页再说。

李爽自述通篇是中国，大陆以外生长的人读起来会有一些技术上的困难，由于技术困难而发生理解困难是免不了的，发生这种困难的时候不妨跳过技术困难处，读下去，自述里的人仍然会是完整的，这是这本自述的一个优点，始终是人在那里。

台湾导演侯孝贤有一部《悲情城市》，得了意大利威尼斯电影节的金狮奖。这部电影的历史线索，评委肯定不清楚，不要说外国人，就是大陆中国人，有几个知道“二二八”事件？那这部影片为什么会得奖？因为《悲情城市》呈现的是人人都懂的“人”，人的质感。

也不要以为十二亿大陆中国人就都明白“文化大革命”是怎么回事儿，度得一时算一时，总有一天有人要说的。

[附]《爽》简体版序

我一直对这个人很好奇。后来“星星”的朋友都满世界跑着去体验世界生活，他也出国了，从威尼斯路过巴黎，我们见了面。老朋友见面分外亲，我开车，阿城、王克平我们三人一起去医院看老马，阿城举着大摄影机拍我们，情谊没变，只是我们都有皱纹了。

晚上阿城住我家闲扯起来，我告诉他，小时候的经历那么强烈，好像时间也消减不了，一直尾随着我。我很想给自己当当心理医生写一写，可又不知怎么下笔，阿城道：“说说就好了，来，对着我，你可以先吐为快。”

第二天我就买来录影带和录音带，开始了。阿城聚精会神，生怕打断我，好几次憋尿，差点儿尿裤子。我们一起完成了一本也叫《爽》的书，书名本来阿城觉得最好叫《我不是天仙》，可半路杀出一个程咬金王克平来，说：“哎，这书名可是关键啊，就叫

阿城按：此序被出版社拒绝采用。

爽吧！”阿城说：“也好，爽字，是大字两边四个叉子，因为人最爱错，但大字是人顶天立地的姿态。”结果就拍板儿了。

上面引的内容，出自李爽的《爽》，却与事实有出入。我一九九二年在威尼斯，之后并没有再去法国。我至今持中国护照，当时欧盟还没有成立，不存在有了意大利的签证就可以在欧盟国家通行的便利。我是第二年去法国南方参加一个会议活动才到了巴黎。到了巴黎，住在王克平的家里。

在王克平家里时，有一天克平转达了李爽想让我为她写个回忆录的愿望。我答应了。

之后李爽来了。我没有时间用笔记下李爽的回忆内容，那将是旷日持久的一件事，所以建议李爽口述，我录下来，当然是用录音机，谁知道要录多久啊。

录音是在李爽家进行的。持续了大概两天，最后李爽流了鼻血，实在是个很累的活儿。我将录音带到洛杉矶，先是将内容一字不落地抄出来，大约将近45万字。之所以有那么多字，是因为李爽常常重复回忆，包括语无伦次。我的原则是，不要轻易打断对方的叙述，即使混乱不堪，只是在对方稍歇的时候，提醒对方刚才岔开的思路，继续下去。打断对方，会破坏对方的状态，破坏了对方的状态，人的完整性就没有了。李爽说话时是很有特点的。

面对着45万字，从何整理呢？也就是这一团乱麻由什么贯串起来呢？政治线当然是个讨好的写法，但为我所不取。因为中国的政治运动不是世界的公共知识，必然要加无穷的注解，影响阅读。李爽的语无伦次里其实有个很强的特点，就是女性叙述。

以女性叙述为线索，最后整理成15万字，完全用李爽自己的话构成，它们散布在45万字的迷宫里，只有串起来才会变成珍珠。之后我写上标题“我不是天仙”，是李爽自己的话。上面所引的文字里，我没有说过那些类似拆字先生的话，看来李爽并没有理解我的标题的意思，它是表明：在当代中国，李爽怎样由一个幼女到少女到女人的过程，她当然是在社会中，在残酷的政治运动中，但重要的是，读者最想追踪的是，这个女人是怎么在其中过来的？我不是天仙，表达的是一个女人的成熟与自信。在台湾出版之前的策划里，曾经约好台湾最好的女性评论家张晓红写序，就是这个意图。结果最后传给我的信息是，李爽要求题目是《爽》，张晓红的序也不写了。我没什么话说，这是以李爽为名义的回忆录，但李爽大概不了解，九十年代，爽是台湾男人玩儿了女人或射了以后的一个口头语，同时配以手势，新世纪后，这个词传到了大陆。

台湾出版了《爽》之后，我至今连一本样书都没有收到过。这次出版前，却收到数码版，翻了翻，加了不少，也删了不少。我手上保留的稿子的开头不是这样的，现在在开头加的部分，相当文艺腔，是李爽加的吗？她说话不是这个风格啊！全书加的部分里，有不少人和事，有攀附之嫌，好容易成熟了，又有点儿退化。

关于涉及的人和事，我希望涉及者们也来写回忆录。将近二十年前，还在成稿之时，我曾经向严力、芒克等人建议过，严力表示要写，但至今没有见到他写，其他人也是这样。事件，需要不同参与者的交叉叙述，真相才会浮出，否则，终是一面之辞，这也是我当年选择女性叙述的原因之一，毕竟叙述状态还是真实的啊。

二〇一四年

海上文存

用“文献”来形容陈存仁先生的《银元时代生活史》，会误导读者以为这是本经济学材料，有损作者的生动之笔，但陈先生确实用了《生活史》作书名的一部分，以文献“形容”，说得过去。

我1987年（说起来是上个世纪了）在美国洛杉矶蒙特利公园市（俗称小台北）的吴兴记书报社捡到一本《银元时代生活史》。所谓捡，是说该书被当作库存打折书，只卖五美元。五美元是什么意思？等于五大杯加冰的可口可乐。如此便宜，等于捡到。

这本书各节在香港《大人》杂志1970年创刊时开始连载，之后于1973年集成单行本发行，没有出版者，只有发行者周知翁、印刷者立信印刷公司、总经销吴兴记书报社，另外就是世界各地华文书局的代理者，每册定价港币十元。因此，这是我们不熟悉的一种出版方式，即私人出版，委托私人发行，再由书局经销。除去付给印刷、发行、经销的费用，作者所得，以我的经验，大约是书价的

注：本文刊于《中国图书商报》，2002年4月25日。

70%，也就是七港币，具体怎样不知道，总之是作者占大头的一种出版方式。比较我们现在的出版，作者一般得书价的6%～10%，除了畅销书，靠写作养活自己，是不现实的。

书是当晚一气读完的，这是本奇书。

在本书书名的左侧（繁体字竖排），有一个副题“六十年来的物价随想”，标示着此书的贯穿内容。作者小时候见到银元宝（按两计算），后来改成银元（按元计算，一枚重旧制十六两一斤的七钱三分，作者就出生在这个时代），再后来改成纸币（所谓钞，上海人现在还是习惯称铜钿或钞票而极少称钱），看到书的最后，知道1935年一枚银元可换法币1440亿元，注意单位是“亿”，真是惊心动魄。见到书中附了一张照片，照片中的客厅以法币糊为壁纸。但最难得的是作者陈存仁先生事无巨细，总是将物价多少记下来，一餐饭，一盘菜，一本教科书，一根油条，一处房子，等等等等都有钱数，真是惊人。我说此书是文献，就是这个意思。

称这本书为文献的另一个原因，是陈存仁先生写出了他那个时代的三教九流，而且非常生动，于右任、章太炎、丁福保、吴稚晖、张大千，这些清末民初的重要人物，陈存仁先生因为行医的关系，与他们都有异常密切的接触，两书写出了他们各自不同的情态风度，有趣而珍贵。

陈存仁先生还详细写了一个事件，让我非常感兴趣。原来1928年北伐成功后，汪精卫到汉口到处演说倡议废除中医，后来在国民政府卫生部召集的中央卫生会议上通过了留日的余严的提案，陈先生节录了这个提案。现在看这个提案，我这个晚辈人真是百感交集，百多年来，那些掌了权的严肃的西化者，毁起东西来真是毫不手软啊。陈存仁先生将整个事件，一直到组织中医去南京请愿，将提案废置过程娓娓道来，是一篇难得的史料。我读了只有两个字，好险！

这类的文字，《万象》杂志近年连载的篆刻名家陈巨来先生的遗作《安持人物琐忆》，是同样惊人的材料，时代也相近，上海缘何有这等福气，让历史人文细节在文字中重现？

《银元时代生活史》这样的好书，我觉得实在应该与人分享。1997年在上海，向陈德培先生推荐，又向吴亮先生推荐，同时推荐陈存仁先生的另一本书《抗战时代生活史》，并建议即去香港买两书的版权来出版。今年得见上海人民出版社2000年6月和2001年8月出版的二书。看《银元时代生活史》后有陈存仁先生公子陈树桐先生一篇2000年在洛杉矶写的后记，才知道陈先生1990年9月9日因脑溢血逝世于洛杉矶。我1987年即长住洛杉矶，还无意中买到陈先生两本书，却与他失之交臂，也许我们在某家中餐厅比邻而餐，却无缘向他请教，真是遗憾。

从陈存仁先生的后记中，知道他除了两本生活史，还有专著《中国药学大典》“皇汉医学丛书”《中医师手册》“医药常识丛书”《中国医学史》《中国药学大典》等。陈存仁先生的学识、文字留给我们，更难得的，我倒觉得是他在他的文字中，留给我们的性情遗产。

语言，社会的舞动

社会学说起来是一门学问，可以研究得很深而且奥，达到我们一般人完全不懂的地步，但我非此界中人，所以心目中的社会学家，是一种达人，表述亦非常通达，读者会随时悟到自己的日常经验，啊原来如此。

也夫是我很关注的此类学者，这次他集社会语言搜集和研究的文章成书，当然是我非常关注的事情。

中国的社会学资料非常丰富，例如二十五史若从社会学的角度去解读，就是两千多年的连续性的社会学资料。中国在上个世纪初，就有了社会学的学术领头人，例如陶孟和、潘光旦、费孝通、吴文藻、林耀华等诸人，与世界社会学科衔接紧密。虽然社会学在中国断过三十年，但中国老百姓久经沙场，无论生灭，总能留下入骨的言语，让当时的人和后人会心彼时的好恶，留给也夫这样的学者浩瀚的材料。看也夫的文章，又心酸，又快乐。

我一直认为东北人会说话，去了东北，才知道他们冬闲时间长，炕头时间多，一件事，嚼来嚼去，锻炼成精。

注：作者为郑也夫《语镜子》一书所作的序言，中信出版社，2013年11月。

我体会这就是现场修辞，后来发现修辞的高段都是人精，即体察人情入微者。老话说人情练达即文章，让我明白文盲不是文字盲，而是人盲，不懂人的关系的勾连变化，是文化盲。所以很多学者的文章我看下来，是文盲状态。也夫我看就是人精，所以他对社会语言作社会学的研究，体现出他对社会关系的变化和互动的敏感入微，分析的结果让我们对我们所处的这个社会的构成有活泼的认识，意义涌出。

上个世纪初，有白话文运动，后来有人不满意，例如鲁迅，于是极端到大众语，即我手写我口，其中有浓厚的民粹意识。现在到了网络、微信时代，才看出来最生动的状态是书面语和口语再加上图形符的组合，例如囧的使用，囧本来已经是个死字。也许也夫已有分析妙论，让我们继续追踪也夫的文章。

检阅《北京病人》

张弛的这本《北京病人》，封面即印有该书所含的真实人名若干，各职何业，这就有点儿难下手，说深说浅都有所碍，官司是埋伏下的。

也许是真名与体例，《北京病人》让我想起南朝宋刘义庆著的志人小说《世说新语》，鲁迅评它“记言则玄远冷峻，记行则高简瑰奇”。《北京病人》也记言，不走玄不走远不走冷不走峻，也记行，不走高只走瑰、简和奇。《世说新语》凡三十六门，一千一百多则，所以鲁迅推测是刘义庆主持，由其门下文士撰集，有道理，因为刘义庆是南北朝时南方的宋国的皇族。《北京病人》呢，也是一则一则，计一百四十八则，张弛与人与己有默契，所以写得逶迤环转，十分耐看。

《世说新语》记的都是实有其人，所言所行，不言而喻也是实有而非杜撰。比如脍炙人口的“雪夜访戴”，说有一天夜里下大雪，王子猷，也就是书法家王羲之第五个儿子王徽之想起戴安道，也就是东晋的画家雕塑家戴逵住

注：本文是作者为张弛《北京病人》一书所作的序，中国社会科学出版社，2000年。

在剡溪，于是乘小船即刻便去，走了一夜，到了戴安道的门口，没敲门就又回来了。有人问王子猷您这是怎么回事？王子猷的回答很有名：我是乘兴而去，兴尽而归，何必要见到戴安道本人呢？

不过后人考证，却是当时王子猷做了黄门侍郎，这黄门侍郎在东晋是侍从皇帝、传达诏命的，有关系即可不必有才，戴安道是个率性之人，十分瞧不起王子猷。所以事情变成王子猷明知戴安道不会见他，只是趁下大雪走一遭，到门口折返回来，跟人家说我这只是率性而为，何必要见到戴安道呢！这王子猷沽名钓誉也真是一绝，让戴安道连知道都不知道就给自己做了名士广告。《世说新语》记王羲之的几个儿子颇为势利眼，没人降得住时，穿高底儿拖鞋，漫不经心，请他们坐坐，说“有事，不暇坐”，活脱现在人说我忙着呢没空儿坐。王献之善写字，与其父并称“二王”，可见人哪里就如其字了。

《北京病人》记的也都是实有其人，记言记行，则是我们现在说的“段子”。饭酒烟茶之间，以快言论，愉悦情境。其中的病人，我多有认识，读来忍俊不住，我猜不认识这些病人的读者，读来也会忍俊不住，因为我们生存的大环境基本相同，讽刺与幽默，灵犀相通。不过《北京病人》流溢的一种无奈，“像草一样不能自拔”，张弛写来，却是兴致勃勃，算是一种积极的无奈吧？

比之《世说新语》，彼时的世道真叫一个乱，汉末三国两晋南北朝，五胡十六国，不好混，能出头的是土匪流氓，军阀豪强，门阀大姓。诸葛令和王丞相争论，王说大家不称葛、王，而称王、葛，意思是姓王的比姓诸葛的牛，诸葛令说我们说驴马而不说马驴，意思是驴比马强了？魏晋造成名士风气之后，假仙就多起来了，《世说新语》里记王孝伯说，做名士不必真有才，只需做出无事闲散的样子，酒往死里喝，《离骚》背熟，就可以了。

矫情是每个时代都有的，只不过我们当下的矫情，有一股子哈喇了的温猪油的感觉。《北京病人》里的病人未必没有矫情，但是张弛写来却没有，无疑是写家走得深，让人读着暗暗诧异。

《世说新语》的世道虽乱，倒还有一些执。竹林七贤中的阮咸，和姑家的鲜卑婢女有性关系。后来姑家搬去远处，阮咸借了头驴狂追，与婢女共骑回来，说“人种不可失”。也有气急败坏的，王述吃鸡蛋，用筷子扎，扎不着，一生气就把鸡蛋扔到地下。鸡蛋到了地下滴溜溜转，王述就用脚去踩，又踩不着，气得眼睛暴出来，抓起鸡蛋塞进嘴里，嚼了之后再狂啐出来。还有吝啬的，王戎自家的李子品种好，卖的时候怕人得了好种，就把每个李子核都钻了，要知道这王戎官至司徒，广有田亩。

《北京病人》比起上面的例子，实在是没有什么病了。应该是张弛的品性风度俱佳，早年又写过诗，所以一则一则之中，意兴绵连，不愠不火，惜墨如金，好看不累。我突然又想到网络文学，本应是这样性情，不料大家都舍不得不弄成文学，就有点儿累。

实话实说不容易

世界上最难办到的事，之一即实话实说。中国古代寓言发达，寓言就是把实话藏进去的话，从记载上看，基本上是臣讲给王的。臣为什么有话不实说呢？因为实话实说有掉脑袋的危险。好在从记载来看，王有时还能听明白，王曰：善。帝王不必给臣下讲故事，因为他有话实说就可以了。

另外道德上有一种善意的骗，即为了保护心智甚或生命而施行的骗。骗，不管善意不善意，当然都不是实话实说。爱子意外亡故，其兄弟姐妹将消息瞒住父母，或造假信，希望父母以为其尚在世上而不致伤心欲绝。这类的故事古今中外有很多，登峰造极的是父母知道消息是假，装作相信，为了是不辜负子女的苦心，在善中骗来骗去。

有意思的是我们常会听到朋友掏心窝子：我实话跟你说……，交往甚久，原来说的都不是实话，这一刻才跟我说实话，可见实话实说之难。

人生不如意事十之八九，实话实说实在是太高的要求。

注：本文是作者为崔永元《不过如此》一书所作的序，华艺出版社，2001年。

所以看小崔主持实话实说，有时候心里很难过，多好的一个小伙子，为什么非要做天下最难的事呢？知其不可而为之，那是孔子，也就是圣人才做的事啊。

我之所以觉得小崔不要做圣人，是因为看到他常常有点坏。

说小崔有点坏，意思是眼看大家就要进入催眠的时候，小崔就来打醒你：真的是那样吗？真的有那么好吗？说起来，节目中这个打醒有实话实说功能。小崔虽然是最受欢迎的主持人，可显然并不是随意就能实话实说的人，所以看到小崔有时候打得有点过了，想想还是原谅他了。

相较于其他主持人，小崔很少使用形容词语，很少文艺腔。这是个异数，因为现在的主持人都太像催眠师，从语言到眼神，都像，煽得很。想想也不能太怪他们，因为从小学到大学，一路就是这么过来的，学以致用罢了。只不过，观众按遥控器是毫不犹豫的，不换台的时候，又多半是将主持人当成娱乐对象。

实话实说不容易，跳脱文艺腔不容易，也因此小崔在这本书里写到的许多东西，是我们不容易在同类书里看到的。

《人物》序

云南人民出版社出版的这套书，缘由于央视十频道的《人物》栏目。一个题材，做成两种体裁，是不错的主意。

十频道《人物》栏目初起时，策划制作的宗旨是，注意寻找挖掘对中国大多数人的生活形态和生活质量产生影响的人物。如此说来，毛泽东无疑是决定性的人物，他按照西方革命思想家、革命家的模式，改变了中国，也就影响了中国所有人的生活形态和生活质量，包括使经济到了崩溃的边缘。但人物栏目的教科文性质，决定寻找挖掘的对象不是政治权力人物，而是例如像想到生产方便面这样的人物。方便面影响了我们的生活形态，也影响了我们的生活质量。上了年纪的人一定还记得“的确良”这种化纤，它曾经改变了我们的生活质量，所以又叫“穷人美”。我的意思是，即使方便面、的确良不是我们的发明，但是谁发现、引进、推广普及的呢？我们的发明大概简易楼算一个，它是谁设计的，又是谁批准实施的呢？当下像减肥、健身、环保、文化保存、保护动物等等等等，都在改变我们的生活形态和生活质量，或者向“好”的方面，或者向“坏”的方面，之所以加引号，是我们难以预测它们的作用会在怎样的情况下转化。这其中关联的众多人物，与大众的生活其实切身关联。电视是大众媒体，与大众生活方式生活质量相关的人物，是大众感兴趣的。

《人物》栏目引起了电视观众的注意，有的观众甚至追踪重播。电视这种媒体，特点之一就是内容转瞬即逝，不能奢望有兴趣的观众会转录。云南人民出版社将电视内容转换成平面印刷，提供传统阅读方式，是个切实的办法，但我这里提请读者注意的是出版社方面的创造性。媒体形式不一样，优势就不一样，出版物在文字内容方面，在平面图像方面，更为细致深入，扩展了人文内容，读者可以优游自如地检点，仔细审视。

我个人希望出版物还能多于电视栏目的，是挖掘一些负面的和有争议性的人物和内容。我们中国在世界上有个特点，就是负面的经验多。这些经验是宝贵的。当我们认识到它是负面的，有争议的，积极的意义就显现了。

二〇〇四年

如果你会读出声音的话

中文有个熟视无睹的词叫“读书”，本义是真的读出声音来。一篇文章，一首诗，一部小说，要读出声音来。古人的修改文字，有一部分是依声音判断，拗口，就意味着文字有问题，要修改调整。拗口，最不堪的称为“诘屈聱牙”。

我们现在基本上是“看书”。看，不出声音，顶多是突然大笑，像精神病患者一样。读中文读出声音的时代，不知为什么和从什么时候消失了。

我们常常也就如此去认为中文之外的文，也是不读的。大谬不然。

英文，法文，意大利文，俄文，我常常听到它们被读出来，懂或不懂，总之都是经得起听的。这也是我想提醒看这篇小说的中译文的人多一个心眼儿的意思。

一，我假定你们不懂意大利文，懂得的话一般不会来看这中译文（不过很难说）。但是从中译文的叙述密度来说，你们大概能猜出来原文是注重声音的。

注：本文是作者为达尼埃莱·德尔·朱切特《身影离开大地》所写导读，人民文学出版社，2002年。

语意当然是重要的，但是这次你们多想象声音。声音是有独立美感的。

我相当不理解阅读理论只研究语意的误读，而完全忽略声音。

二，当然，你们现在只能看到中译文，而我又假定你们不懂原文，所以关于声音，我们只能从中文语音方面来注意了。实在说来，这篇小说的译文在这方面是做得不错的，你只消听你自己的读，就知道了。

这篇小说怎样去读，我的意思是看，我不认为我有资格做导读。第一是我对译文的态度一贯是谨慎，“它真的是这样吗？是否有另一层意思译文无法传达？”

因此第二，当然是阅读理论让我们变得过分敏感，因为译者也是一个读者。负负可以得正，误读之误读的结果可能是正读吗？不可能。

阅读是一个想象的过程，只有承认这个过程，我们才会摆脱心理上的负担，阅读下去。

这篇小说，我最喜欢的是对飞机驾驶的描写。我甚至会想，一只小鸟的初学飞翔，也是这样的感觉吗？小说通篇好像是一种越飞越重的过程状态，一直在飞，想想也是挺难写的。

你的想象会和我不一样，读下去吧，小说有些长，但值得。

关于钱德勒

我自己当然认定这些文字是应该放到钱德勒的小说之后的。如果你读过侦探小说，知道我在说什么。

有关侦探小说的文字，有个道德约定，或说是默契，即不可泄露天机。天机泄露，对一般的侦探小说就失去阅读兴趣。天机，也就是答案，是肉身的诱惑，是智力的挑战，是阅读的张力。

不过天机一旦精彩，下一个天机，也就是作者是怎样的一个人，是读者马上想知道的。这是我认定这些文字是应该放到钱德勒的小说之后的原因。现代文论认为作者和作品是应该分开的，即读其文即可，作者怎样，无足论。以作者论其文，或作者论，为昨日旧套。但现代文论恰恰于此忽略了阅读心理的一个微妙机制。这是有意的忽略，因为作者这一因素会破坏现代文论自建的论述逻辑，或不如说，现代文论有其自我保护机制，有洁癖。

但是钱德勒又是一个例外，因为从上个世纪三十年代以来，不知道钱德勒的小说的读者甚少，更不要说钱德勒

注：本文是作者为钱德勒作品集所写序言，新星出版社，2008年。

的小说都翻拍过电影。因此我的这点文字如果被放在前面，亦无不可，天机早已泄露数十年了。我前面的天机说，纯只为照顾心中想象的居然没有读过钱德勒的小说的读者。

当然钱德勒其人也早就广为人知，我不厌其烦，仍旧为新读者介绍老作者。

雷蒙德·钱德勒（Raymond Thornton Chandler），1888年7月23日生于美国伊利诺州的芝加哥，1959年3月26日逝于美国加利福尼亚州拉荷亚（La Jolla）的斯克瑞普斯诊所（Scripps Clinics），死因是酗酒及肺炎。因为他的文稿代理人赫尔加·格林（Helga Greene）与他的秘书琼·弗莱卡丝（Jean Fracasse）兴讼争夺他的遗产，据《钱德勒论文集》的作者弗兰克·麦克桑恩（Frank MacSchane）指出，这导致他的遗体被葬于预留给贫困者的墓地，即南加州圣地亚哥市的希望山公墓（Mount Hope Cemetery）。

钱德勒的父亲是火车工程师，唯酗酒，不知道酗酒遗不遗传，钱德勒成人后亦酗酒。总之钱德勒的父亲遗弃了妻小，钱德勒的母亲带了他移居英国，由钱德勒的做律师的舅舅资助他们。

1900年秋天，12岁的钱德勒考进伦敦的杜维奇学院（Dulwich College）。五年之后，去巴黎学法语。再一年后，去德国学语言。来年春天回到英国，入英国籍，夏天通过公务员考试，谋得海军的一份工作。这是1907年的事，来年冬天，钱德勒20岁，他的第一篇诗*The Unknown Love*发表。

不过钱德勒一年后辞职，家人震惊。此后两年内，钱德勒试过新闻业，发表过评介，均不成功。

钱德勒向对他不耐烦的舅舅借了一笔钱，说清将来连本带利偿还。1912年，钱德勒返回美国，最后在洛杉矶落脚，做过穿网球拍线及采摘水果的工作。省吃俭用的日子里，据说他只买过一只烟丝荷包给自己做圣诞礼物。之后他修读簿记函授课程，提前完成课程并找到了一份稳定工作。

他开始参加文人沙龙聚会，听音乐、朗诵诗，结识了钢琴家帕斯卡（Julian Pascal）夫妇。

帕斯卡的妻子西西（Cissy Pascal）“性感、世故、机智、自信，集合了所有年轻男子性幻想的必备特质”。西西当过模特儿，好裸身做家事，虽然自称大钱德勒8岁，但对他有致命的吸引力。

第一次世界大战时，因英国国籍，钱德勒1917年应征进入加拿大军队，抵达英国利物浦，加入皇家空军，之后被送到法国战场。钱德勒后来写道，不用值班时，有时会喝酒喝到眼前发黑。战前的浪漫主义诗人，因世界大战而酗酒。

1918年停战之后，钱德勒重返洛杉矶。西西已与帕斯卡离异。钱德勒的母亲1913年从英国回到美国，此时她反对儿子的欲望，结果，他们在1924年钱德勒母亲死后不久立即结婚，又结果，36岁的钱德勒发现西西不止大他8岁，而是18岁。

钱德勒曾担任过加利福尼亚州斯格纳希尔市（Signal Hill）市的德布利石油财团（Debney Oil Sundicate）的副总裁，但因酗酒、旷工及自杀恐吓而被解雇。

钱德勒开始写廉价小说（pulp fiction）。1933年，第一个短篇《勒索者不开枪》（*Blackmailers Don't Shoot*）被《黑面具》（*Black Mask*）杂志发表。

钱德勒曾写信给朋友，说他想要寻找“一种雅俗共赏的手法，既有一般人可以思考的程度，又能写出只有艺术小说才能产生的那种力量”。

他做到了。1939年，钱德勒的第一本小说《长眠不醒》（*The Big Sleep*）出版，大卖。加缪、奥登和奥尼尔都赞赏他。

这之后，钱德勒的小说一路成功。到他去世，留有七部长篇。钱德勒创造了一个硬汉性格的小说角色，侦探马洛（Philip Marlowe）。钱德勒之前的侦探小说，是案件引人，侦探则是超人，例如福尔摩斯，而钱德勒笔下的侦探马洛，突出的是性格，案件则是为了性格的展开。这种硬汉，引领了至今大部分侦探小说的方向。去年，我们熟悉的村上春树翻译了钱德勒的代表作《漫长的告别》（*The Long Goodbye*）。《漫长的告别》曾获在世界推理小说界享有极高声誉的爱伦·坡奖。村上版《漫长的告别》首印数为10万册，日本全国1500家书店也闻风办起了“钱德勒读书节”，村上在后记中将《漫长的告别》定义为“准经典小说”，认为钱德勒的作品影响了纯文学。

钱德勒的侦探小说，读者（包括我）会一再阅读它们，全然不管答案早已知道了几十年。

小说成功后，钱德勒做过一阵子好莱坞编剧，与比利·怀尔德（Billy Wilder）一起将詹姆斯·凯恩（James M. Cain）的小说《双重赔偿》（*Double Indemnity*）剧本化（1944年）；写作了他唯一的原创剧本《蓝色大丽花》（*The Blue Dahlia*）（1946年）。钱德勒还曾参与了希区柯克的《火车怪客》剧本，不过他认为希区柯克的故事不像真的。

虽然钱德勒不符合好莱坞的要求，并嘲笑电影对自己小说的改编，但是二战后欧洲的导演和后来的美国导演，都受了钱德勒小说的影响，例如黑色电影（Flim Noir）。在欧洲，法国新浪潮电影用黑色电影的框架创作了最好的故事，比如戈达尔（Jean-Luc Godard）的《断了气》（*Breathless*，1959）和特吕弗（Francois Truffaut）的《刺杀钢琴师》（*Shooting the Piano Player*，1960）。

不过生活中的钱德勒并不顺利，1954年，钱德勒正在写《漫长的告别》（*The Long Goodbye*，1954年爱伦·坡奖最佳长篇小说），西西久病后去世，钱德勒再次陷入酗酒。1955年，钱德勒试图自杀。最终，这篇小文开始写过了，上个世纪，1959年，钱德勒逝世。

1995年，美国推理作家协会请出四位当代顶尖名家，票选150年来最佳作者、最佳侦探。结果雷蒙德·钱德勒与他创造的高贵侦探菲利普·马洛拿下双料冠军。

钱德勒因自己的小说而不死。

诗与歌的不同

什么是诗，什么是歌，其实今文《尚书》里的“尧典”里已有答案：歌咏言，诗言志。歌是抒情的。远古时人类直抒其情，及至先秦的贵族王侯，宗法社会血亲之间，或许婉转，情感表达还算直率，所以用歌，咏言的，我们现在还能从一般人酒后狂歌中体会当年贵族宴饮为什么用歌。或许有王者要表达志向，例如统一各国之类，就要用诗了。到了周代的春秋时期，为贵族服务的士这个阶层发展很快，言志的风气高涨。从《论语》看，孔子两次叫弟子，也就是士来言志，志又是怀抱。歌与诗同是韵文，最初只是功用不同。中国的歌与诗，从来不讨论“韵”的有无，因为韵是前提，只讲究韵的对不对，因为中国语音有上古音、中古音及现代音的几次大改变，也就是字还是那个，但音变了，不得不区分讲究。所以用当今的普通话念《诗经》，几乎不搭韵，念唐诗，韵有所不搭，而用粤闽方言读，就搭上了，因为粤闽方言保存的古音极多。“凤飞飞”读成“哄灰灰”，“咖啡”读成“咖

注：本文刊于“网络与书”（Net and Books）第二期《诗恋Pi》，2001年12月。

灰”，都是粤闽方言无唇齿音的缘故，而我们知道古无唇齿音。歌大体是在方言的范围传唱，所以不太会有韵对不对的问题。

汪曾祺先生曾经写过一篇散文，说是跟一个人问路，问了之后一想，发现那个人每句话都在韵上，回来再找那个人谈，果然是出口成韵。

不过中国很早就对诗另有独特的要求，才产生了歌与诗的本质区别，即诗须产生意象，以至“诗言志”的传统虽然还在，但对什么是诗的判定已转为“产生意象的抒情散文才是诗”。这次转变，我认为是魏晋和南朝的玄谈结合传入的佛学而明确的，文短不赘。什么是意象？意象就是韵文词句排列后，碰撞出一二不能再用其他语音叙述出来的东西，比一般说的感受、情绪要高的东西，王国维称它为“境界”，境界有高低，我宁愿以最低为限，只要有了，就是诗了。比如“枯藤老树昏鸦”，三个限定词，并无动词，顺序读，其实也就是让它们碰撞，有一个东西产生了，但那个东西是说不出来的。诗，是“欲辨已忘言”。这样来分辨，原来《诗经》里大部分是歌，“乐府诗”是“乐府歌”。“王师北定中原日，家祭无忘告乃翁”是言志诗，“返景入深林，复照青苔上”是意象诗。同样，有含失意的歌曲，“晓来谁染霜林醉，总是离人泪”，按我的说法，有意象，按王国维的说法，境界低了；大陆摇滚歌手崔健的歌词“快让我在雪地上撒点儿野”是意象诗。

陈世骧曾经对张爱玲说，中国诗的成就如此之高，大可不必在意中国的小说。“散文诗”会有误，散文是直叙，是咏言，因此应该是“散文歌”，但我明白“散文诗”的意思是散漫无格律的诗，若产生意象，倒不如说成“诗散文”。日本有“俳句”，其实是意象诗。所以说到这里，有没有“诗”这个字不重要了，重要的是意象。这样，我倒要为张爱玲回陈世骧先生一句，中国现代小说常含有意象，正是中国诗的本质有了新的载体，在这个不读诗的时代，还是在意小说的好。

轻易绕不过去

美国人好邮购，书也一样，所以你可能不了解美国人正在看什么新书，倒能从旧书店知道美国人不看什么书。我是逢旧书店就进去一下，为的是旧书便宜，陆陆续续买了不少。有些书的扉页上玛丽们写着“这本书对你很重要”，大概是彼得们认为不重要，卖掉了。

洛杉矶有几家中文书店。店里有些卖不出去的书，就会归置到一处，插个牌子，写明的价格低到你忍不住要检视一番，无非是再次证明没有人买。当然有漏网之鱼，端看网是什么网，鱼是什么鱼。

一九八九年夏天，路过一家中文书店，门口摆了两只竹筐，标明里面的书五角钱一本。当时汽油是一加仑平均一元两角五，再小的车加满一次总要十加仑。买一份当天的报，还要两角五。没钱倒不一定逼死英雄汉，贱价总是让人觉得有便宜可占，于是为五角钱折腰，翻检起来。

内中有一本《诗经研究方法论》，李辰冬著，台湾水牛出版社，属水牛大学丛书第三九。我对《诗经》有兴

注：发表于《读书》杂志，1993年8月。作者原题为《旧书新说》。

趣，既然是兴趣，所以积极性高，于是凡有关《诗经》的书我都买，历年积有四十多本。这一本亦是有关《诗经》，又只有不像话的五角钱，于是进店付款。之后回家，做饭，吃饭，不洗碗，喝茶吸烟，摸摸弄弄，写写划划，要睡觉了。睡觉之前，总要陪陪闲书，忽然想起下午买过一本旧书，不妨翻翻，于是光脚下床寻来，且看看写些什么，无非是“后妃之德”罢。有分教：前现代现代后现代管它世代时代，读闲书读书闲读书无关新书旧书。

翻开来，封面折进一窄条，上有作者照片，很犟的相，下面写：李辰冬，一九〇六年生，河南省济源县人，法国巴黎大学文学博士，现任国立师范大学教授。封底简介说“本书继《诗经通释》《诗经研究》之后，是李辰冬博士关于诗经之第三部论著”等等，看出版时间，一九七八年，十二年前的了。

不料这一读，竟读到天亮，躺下后想，怎么从来没听说过这样一个人，这样一种解释呢？怪。

大致说来，李辰冬先生认为（这本书就是在讲为什么认为）《诗经》是周宣王三年到幽王七年五十年间南燕人尹吉甫一人所做。这之前，我知道《诗经》里有几篇是尹吉甫所做，而且也知道有个“兮甲盘”，王国维考释其“铭”是记载这个尹吉甫的功绩，但无论如何想不到诗三百一言以蔽之都是尹吉甫所为。我见到李辰冬先生的结论，第一个反应是，有意思，这倒可以是一篇小说，可见我是做不了学问的，常常就要来大胆假设，滑向小说。李辰冬先生对胡适之先生非常尊敬，却恰恰反对胡适之的“大胆假设，小心求证”，认为不是科学方法，科学方法是从原始材料中寻求原理法则，再以这些原理法则解释原始材料。

李辰冬先生研究《诗经》总结出七条原理，且选两条看看：

> 三百篇的形式有点像民歌，实际上，作者是用民歌的形式来表达他的内心，并不是真正的民歌。民歌无个性，而三百篇篇篇有个性。所谓个性，就是每篇都有固定的地点、固定的时间、固定的人物、固定的事件……
>
> 每解释一个字、一个成语、一句诗、一个地名、一个人名、一个名称、一种称谓、一件史实，先得把这个字、这个成语、这句诗、这个地名、这个人名、这个名称、这种称谓、这件史实作一统计，看看三百篇中共享多少次，能不能在这些次中求出一个统一的意义。

法则有十六，且也选几条：

> 凡遇地理上的名称，必得以地理来解释，不得如

《毛传》“前高后下曰旄丘”……必得查出这些地理名称都在什么地方……

凡遇地名，不仅解释古时在什么地方，现今在什么地方，遇必要时，还要解释它的历史与环境，务期与诗义发生关系。

如将同一地名的诗篇作一归纳，求其统一的地带，一定可以寻出各篇中的历史事迹。

如将同一地带地名的诗篇作一连系，一定可以发现一件古代史或故事……

如将相关地名的诗篇……作一连系，一定可以发现一件古史……

如遇山川名称，必得指出山的那一段，川的那一段，不能只说山名、水名、或发源于何处……

如遇人物的名称，必须追究出他是什么时候人、什么地方人、什么职位，他与诗篇中其他人物的关系，他在诗篇中什么地位……

如遇文物制度上的名称，必须以周时的文物制度来解释，不得以后世衍出的意义作解释……

凡遇历史事实，必须找出事件发生的地点、时间、人物，甚至月份、日子，这样才能与历史事实相配合。并将每件历史事件的年份时代算成西历，就不致有年代先后倒置的错误。

如将《诗经》中的同一诗句，同一称谓，同一名物的诗篇作一归纳，往往发现这些诗篇的关系；但必须受其他法则的协助与约束。说得更详细一点，就是这种法则不能单独使用，必须与其他法则所得的结果相配合，才可成立。

删节号替代的是例子。我初看这些近于自虐的法则时，不由替李先生捏了一把汗，再想却都是老实认真，好像看见一个“赛”先生。结果呢，李辰冬先生说：“这样，就发现了三百篇的每一个字、每一句诗、每个地名、每个人名、每件史实都是实录，没有一点虚假。不仅是一部千古不朽的文学伟著，也是一部活生生的宣王复兴史与幽王亡国史。”至于断定三百篇都是尹吉甫所作，是由地理的统一、人物的统一、时代的统一、史事的统一、体裁的统一、名物的统一、诗句的统一、风格的统一、声韵的统一、起兴的统一、人格的统一这十一点来得到的。

李辰冬先生提到他研究《诗经》得力于清儒，最得力的书是顾祖禹《读史方舆纪要》、雷学淇《竹书纪年义证》、于省吾《双剑吉金文选》、吴其《植物名实图考长编》、焦氏《易林》、燕京大学引得编纂处编的《诗经引得》，训诂最得力于王引之、马瑞辰、王国维、闻一多。

这样一本学术书，我却读得像《福尔摩斯侦探案大全》一样，紧张，迷惑，释然，微笑，感慨或大笑乃至惊动了邻家的狗。关于这尹吉甫，择其大略是——

尹吉甫原籍南燕，今河南延经县北三十五里，本姓姞，后改为吉，他的一支不知何时到卫国今河北濮阳县的复关为氓，也就是“外国人”。周宣王二年（公元前八二六年）卫国准备平定陈、宋时，尹吉甫这位士的文武之才为卫侯赏识，派为浚邑的良人（良人是率领二千人的乡长，而非我此前读知的丈夫）。宣王三年随卫侯之孙、卫武公次子惠孙（《诗经》中被称为孙子仲）去平陈（今河南淮阳县）与宋（今河南商丘），初春出征，十月凯旋，与孙子仲的女儿仲氏恋爱，留下《击鼓》《女曰鸡鸣》等几十篇诗。

宣王四年随南燕国君蹶父到陕西韩城把韩侯迎到镐京，朝见宣王后又送韩侯到南燕迎亲，韩侯娶的是蹶父的女儿，之后再护送韩侯到今河北固安县的新韩城，他做些歌颂与迎亲的诗，《关雎》《麟之趾》等诗即是这时所作。

宣王五年初春，随卫人赴镐京勤王，西征猃狁。宣王逐猃狁四月到今陕西白水县的彭衙时，派他赴洛阳，这时他作“兮甲盘铭”纪念自己的战功。六月再去西征，十月才打到今山西永济与南仲会师，合力将猃狁逐到今山西洪洞县。《六月》《公刘》《甫田》等几十首诗就是这时作的。

宣王六年初春，又随宣王南征徐戎，此时派他为尹氏，尹吉甫的尹由此而来（尹是史官）。四月随宣王回到永济。宣王出征是逢山祭山，逢水祭水，逢宗庙祭宗庙，尹吉甫也就写些祭诗。“周颂”的一部分颂和《江汉》等诗即为此时所作。

六月刚回卫国，八月又随方叔伐荆蛮，方叔率领的人是殷的后人，所以凯旋时到宋祭祖，尹吉甫作《商颂》等颂。这年冬天他与仲氏私自结婚，因双方家长反对。从辈分上论，尹吉甫是仲氏的爷爷辈。后来仲氏的父亲孙子仲也答应了。

宣王七年，随申伯安定申、甫、许三国，此时仲氏也随父亲孙子仲到甫国，于是夫妻俩在许国有了一段好日子，留下《汝坟》《汉广》一些诗。这年冬天他随仲山甫赴齐迎娶齐胡公的女儿庄姜，由尹吉甫护送回卫，留下《南山》等诗。

宣王八年到十年，尹吉甫又被派去东征恢复鲁国的土地，产生"鲁颂"里的颂。但这次没有用他的文武之材，而是监建营房，于是气愤，有《大东》等诗。此一去三年，回家时，父母为他娶姜女来抵制仲氏，致使仲氏非回家不可。仲氏回去后住在漕邑，尹吉甫去漕欲接她回来，终致断绝，其时仲氏已身怀六甲。后来仲氏改嫁给蹶父的儿子伯氏，也就是尹吉甫的本家侄儿。仲氏临出嫁还去浚邑看望尹吉甫，告之再嫁，这时有《载驰》等诗。

宣王十六年，卫武公即位，在浚邑春秋祭祀，尹吉甫作《斯干》等诗。

宣王二十五年时已连续大旱五年，尹吉甫父母饿死，有《云汉》《蓼莪》。

幽王四年（公元前七七八年），西戎作乱，镐京危急，让尹吉甫随伯氏西征，伯氏因不听尹吉甫的计谋，丧兵失地，反将责任推于尹吉甫，有《何人斯》等篇。尹吉甫四处控诉，终将本家侄儿正法，这时的侄媳妇仲氏怨怒于尹吉甫，鼓动卫侯没收了尹吉甫的官职与土地，逐出卫国，有《十月之交》《伐檀》《巷伯》等诗。尹吉甫只得回原籍南燕，不受蹶父欢迎，流浪到今山西汾阳县死去，有《小宛》《鸱》等篇。李辰冬先生估计尹吉甫死时七十八岁。

看《我的治学经验》一篇，知道这位李辰冬先生早年进的燕京大学，修马季明先生的国文，读中国古典文论。一位在清华念哲学的朋友李戏鱼先生介绍他读美国斯宾冈（J.F. Spingarn）的《创造的批评》（*The Creative Criticism*），大喜，后来又读斯宾冈的《新批评》（*The New Criticism*），并译成中文投北新书局登在《北新月刊》上。之后，由斯宾冈摸到意大利的克罗齐（B. Croce），读朱光潜译的《美学》，选修邓以蛰先生在燕大哲学系开的美学，写《克罗齐论》登在燕大文学会的《睿湖》的创刊号。当时凡提到文学批评，必称法国，于是李辰冬燕大毕业后即去法国。一九三四年自法回国，在天津女子师范学院教“近代欧洲文学史”，一九四八年在兰州国立西北师范学院教“文学批评”，做陶渊明、曹植、李白作品系年各成书，并著《文学新论》一书，认为“文学的时代并不是（对应）政治的时代”，由是对中国文学史做总检讨。所有的转折在于一九四六年李辰冬先生教了一门与平生所学毫无关系的“工业心理学”，认识到统计学，觉得可用于文学研究，但怎样用法则是一年都未想通。

既教文学史，于是先统计了一下《诗经》里的“诗”字，不料结果是三百篇内只用过三次，进而查周与周以前的文献，只有两次。查《诗经》里的“歌”，则有十四处。这倒也并不能称为怎样的伟大，结论却找到了：歌抒情，诗言志。周的官爵世袭，宗法社会彼此是属亲，各种情况都歌，而春秋时代则要求官做，孔子常歌，但两次要弟子言志，是言怀抱，是以言志用诗。原始社会封建社会是歌，诗是郡县治下固定的文体，诗是歌的延续，歌的形式的固定。进而由统计“士”，认《诗经》为“士”所做，再进而是“征”，不料却查出“士”“出征”的路线，渐渐找出尹吉甫这个“士”随周王“出征”的过程以至最后惊人的结论。

如果我写了这样内容的一篇小说（我当然写不出），结果可能是“胡说”或“有趣”，李辰冬先生考证研究出这样一段古史故事，反应是“胡说”而没有“或”。《诗经研究方法论》就收有质答的文章，例如质《竹书纪年》《易林》的可靠，恋爱辈分不合，孔子删诗，有二十三篇诗作者可考，例如《巷伯》一诗明明写是“寺人孟子作为此诗”，古无私人著作，古采诗，为何此事从无记载，西周宣王复兴史难道要改写等等繁多得令人捏一把汗的问题，及至看完辩答，清晰得令人愉快。我因对三百篇的每篇诗，也就是每个“犯罪现场”都有了解，都有腹疑，现在突然来了个福尔摩斯·李，一五一十头头是道，证明“罪犯”就是尹吉甫，知我者，华生大夫也。

这其实还不只是西周史改写，文学史也改写了。尹吉甫晚荷马一百年，一直说中国无史诗，我想所谓史诗的意思是记述历史因果行为的诗，这回有了，而且与荷马史诗的不同在于《诗经》里有非常个人的情感。尹吉甫又早屈原五百年，也就是说，中国的私人诗可提早五百年。七十年代末与八十年代初，人民文学出版社的两套《中国文学史》，一是中国科学院文学研究所中国文学史编写组编写的，一是游国恩等五人编的，都做高校文科教材，对于《诗经》的提法是五百年“诗歌总集”、“民歌总集”；一九八四年江苏古籍出版社出版金启华先生的《诗经全译》的提法是五百年“诗歌总集”；一九八七年陕西人民出版社出版魏炯若先生的《读风知新记》，其中的质疑非常精彩，许多地方几乎就是李辰冬先生在得出结论之前的质疑。看来，今后再碰《诗经》，李辰冬先生积二十年筑起的这道墙，是轻易绕不过去的。

中午爬起来，想，既然《诗经通释》一九六二年初刊，七一年出版，《诗经研究》七四年出版，《诗经研究方法论》七八年出版，美国的图书馆，大学里的中文藏书一定会收有前两本。大胆假设之后，且来找找看，起码要知道李辰冬先生将哪篇定为三百之首，取代《关雎》。有分教……

分教是，找不到《诗经通释》与《诗经研究》。美国是最好“异端邪说”的地方，居然找不到，怪。电话电传E-MAIL往来之间，亦逢人就问，都回答不知道，也问过北大复旦的朋友，还是不知道。没听说过。有这样的解释？有意思。胡说吧？直觉于是上来了：也许有人在这十几年间驳倒了李辰冬，于是销声匿迹？或因为什么政治原因……又开始大胆假设。寻找加上假设，又有其他书的骚扰，也就过去了一年多。

终于想通了，既在台湾发端，何不溯源？于是在写给朱天文的信里附了一笔，有枣没枣打一竿子。不久回信来了，内有詹宏志的答复：“李辰冬的诗经研究是出了名的，他主张诗三百是尹吉甫一人所写，吓坏了六十年代的人。他的三本诗经专著《诗经通释》《诗经研究》《诗经研究方法论》都由水牛出版社出版，前二者至今再版不歇，阿城找到的倒是比较不流通的后者。李辰冬是文学史与文学理论的学者，自称是梁实秋的学生，一九〇六年生，一九七七年还有新书出版，一九八〇年还有新作写出，可见创作力至老不衰，如今不知仍在否，在的话八十五岁了，我得问一下别人。水牛出版社还出过他的《文学与生活》《三国水浒与西游》，东大则出版有他的

《陶渊明评论》《杜甫作品系年》《文学新论》《浮士德研究》（译）等书，据说他还有《红楼梦研究》《中国文学发展史》《文学研究》等多种，但我不曾见过。若阿城想要《诗经通释》《诗经研究》，我可托同事到水牛去买，不难。”这回信是九一年四月。

此前曾经问过在芝加哥一个早年在台湾师大念过书的朋友，请她的老师打听一下，不料回音说，《诗经通释》极难买到，还没出印刷厂就卖光了。不久，师大的老师搞到一本，寄芝加哥，我去芝加哥取回。又不久，台湾焦雄屏寄来《诗经通释》和《诗经研究》，踏破铁鞋，不料一下就有两本《诗经通释》，倒叫我不好意思。

这《诗经通释》是上中下合订本，厚厚的一千三百多页，水牛出版社一九八八年再版，属文史丛书第四，电脑编号A004。从书首“三版修订自序”看，八〇年就已经是三版了。《诗经研究》属文史丛书第二二，九〇年再版，电脑编号A022。《诗经研究方法论》电脑编号A023。三本书都没有国际图书编码（ISBN），大概是美国图书馆无法收藏的原因？可大学图书馆远东语文藏书差不多都有《金光大道》，同一时期初版，也没有ISBN呀？怪。

《诗经通释》定《邶风·击鼓》为首篇，它原是毛诗篇次的第三十一、“邶风”第六篇，而《诗》被尊为“经”以来居首的《周南·关雎》，在《诗经通释》里排第一百九十。通释体例是每首诗有原文，诗义关键，字句解释，诗篇连系，诗义辨正。全书并有三篇自序及十六篇论文。书末附研究中用的经学、地理、历史、音韵、名物考释古今著作参考书目一百六十七种。书价是“特价六百元”，合美金二十四五元，比在美国买两张CD音乐唱片的钱还少。

《诗经研究》里有几处情景记述，十分生动。李辰冬做出《诗经》乃尹吉甫一人所作的结论后，无人相信，“我的一位最好朋友，他对我的《陶渊明评论》一书备加赞扬，认为是最科学的著述，并请我到他的学校讲解研究陶渊明的方法；可是提起我发现尹吉甫是《诗经》的作者时，他马上堵起耳朵说：‘我不听！我不听！’那时是在师大教员休息室，他指着在座的一位同仁说：‘你说，他的算什么方法！’另指一位说：‘你说，他的算什么方法！’所有在座的同仁他都指遍而耻笑我……胡适之先生也说：‘不可能，因为古人没有讲过。比如《小星》篇明明是讲姨太太进御的，怎么会是尹吉甫的自传？’我说：‘不是，是他出征时发牢骚的诗。’胡先生回答说：‘我不同你辩论。’并郑重地劝告我说：‘李先生，你的个性太强了。朱老夫子讲：“凡事要退一步看。”朱老夫子是圣人哟！他的话没有错哟！’”

另一处讲到：“当我的《尹吉甫生平事迹考》完成后……我想请钱穆先生指正，因为他是古代史专家。他那时在马大讲学，我怕他不肯指教，事先给陈铁凡先生去信，征得他的同意才寄去。谁知寄去后，钱先生回信说他的眼睛有毛病，而我的字太小，一时不能看。后来陈先生告诉我：钱先生是相信朱熹的民谣。”还有一处也有意思：“几年前，台湾广播电台为广播全部《红楼梦》，整整花了一年的准备，在正式广播的头一晚，为引起听众的注意，约了几位他们认为的《红楼梦》专家，如胡（适之）先生、李宗侗先生以及兄弟我，开一个座谈会，目的在为电台捧场，而胡先生第一句话就说：‘《红楼梦》毫无价值。’记者着了慌，忙忙说：‘胡先生，您这一讲我们明天还播不播？’胡先生不好意思，只好改口说：‘我只讲讲《红楼梦》的考证，至于价值问题请李先生讲好了。’记者就问：‘《红楼梦》既无价值，胡先生为什么要考证它的作者呢？’胡先生回答说：‘我只是对考证发生兴趣，对《红楼梦》本身不感兴趣。’”

我虽然有读书速度过快的毛病，还是用了三四天才读完《诗经通释》，当然这之中还有做饭吃饭睡觉洗漱写稿大小便接送朋友看新闻等等有为之事。我另一个毛病是爱将有为之书做闲书读，不料总是读得很累，因为有为的读书可以做计划，又很容易找到理由不读了，例如“文化大革命”后期要全民读的《反杜林论》，而武侠侦探，你怎么能有计划或找个理由不读了？读闲书和闲读书才会因“不忍释卷”而累，与初衷相反。我朋友中有做教授的，总有一点为五斗米不得不读书的苦相，从前为做官读书的也是说“十年寒窗苦”。学术何时能成“闲术”，知识也就恢复平实貌了。我看这李辰冬先生最初也是兴趣，由“统计”（不是归纳，李辰冬特别指出归纳会偏差，因为不懂或认为无用的部分就有可能不去归纳）来试一下“诗”字，就像买了一把快刀，随手削削木头，不料削出轩然大波。我本来收有中国中原几个地区的乡下剪纸千数张，闲时按十五国风所言的动植物及礼俗配置，以证西周的遗传，现在看来是将牛头对马嘴，待以后什么时候再说罢。

一九九一年冬于美国洛杉矶银湖

刍狗年代

八十年代末，李怡先生约我在《九十年代》上发表小说，字数定在一千五百。我手上有不少“碎”稿子，截长补短，可以修成约定的字数。我从未这样发表过文字。不过，我耽心的是，小说适合一本政论刊物吗？作为附庸，也许可以吧。

小说传过去了。收到刊物后出了一身冷汗，我非常尊敬的张北海先生和余刚先生的文章原位未动，我的倒在最前面，于是去信香港说过。张北海先生的文章是一种特殊风度的杂文，文章一到了风度，就学不了了，只能看。余刚先生的文章也是，很天真地绕，结果绕出一个想不到的结论，另一种风度。

第一次在《九十年代》发文字，是张北海先生约我写些什么来填因他休假而空出的缺，记得是一九八八年。我想读者对那两期肯定有些失望，就像到馆子里点清炒虾仁，结果虾没有了，上了别的。《九十年代》一九八四年转载过我的小说，算起来，文字缘有十四年，不短了。所

注：本文刊于《九十年代》杂志，1998年5月。

以，知道《九十年代》将要休刊，有些愕然。

我的看法，政治和经济是联在一起的，也就是说，商人最关心政治。知识分子关心的只是对政治中未合理想部分的讨论。比如大陆，人人都可以买卖股票了，于是《人民日报》的社论开始有人认真读。去年中国大陆的股情变化，读过前一天社论的股民，都及时撤出，苦了那些认为经济只是经济的股民。艺术上有“为艺术而艺术”的做法，以此为商业投机原则，要亏。香港是个商业性非常强的地区，我相信香港人是注意世界政治动向的，“九七”之后，大陆在制度、政策上的任何变化，香港人也敏感，一份针对大中文地区政情分析为主的刊物休刊——

当然，天地不仁，也只好遵李怡先生嘱，学庄子鼓盆而歌。只是，阅读是有惯性的，各人要知道自己的刹车力量，才好应付《九十年代》的中止。

评审感言

此次应邀参加《联合文学》新人奖中短篇小说评审，实在是一种新经验。

我是偶然也会得奖的人，但对于别人为什么会给一个奖，不是很明白，尤其对得奖者为什么只有一名，也不是很明白。不过，这次明白了，原来是争论之下，票选出来的。

我这样大概算很没有常识。做一件事，做错了，不算笑话，但做得来没有常识，就是笑话。

我一直认为，科举是有所谓状元、榜眼、探花之类，但诗无状元，虽然唐时科举中有诗一项，但状元诗留下几首？

诗只有品。艺术只有品。“作品”这个词，就是在说明这回事，“作”出一种“品”来。

所以以品来说，也许有几个作品都在一个品上，也许一种品上，一个作品也没有，怎么会只有第一名、第二名这样？这不是百米赛跑，第二名比第一名慢零点零一秒，有时间做标准；这也不是工业产品，有数据为标准。

但什么是品？说来话长，见仁见智，最终可能还是不

注：本文是作者作为1997年台湾《联合文学》中短篇小说新人奖评委所写的评审感言。

可度量。也许所谓品，是我们历来积累的经验标准加上我们不断拓展的新的经验。新的经验有时是破坏旧的标准的，我们会有一个固定不变的标准吗？

种种种种，都让我思之却步。每年全世界有数百种以上的艺术奖项，评委们安之若素，甚至有以评审为生的，我遇到过不只一位，好像评酒名家。

不过任何经验对我都是有益的，难得有一次评审经验，也来试试看。

首先是阅读。以往的读，多是闲读，即使是有为的读，也是为了自己，还没有过评审这种专门为别人读的经验。说老实话，读得真是辛苦。

首先，量很大，又很杂，读了这篇，忘了那篇，于是再返回去读。次之，新人旧人是怎么样的区别，因为显然不少作品是有写作经验的人写的。

我想新人的意思应该是虽然参审的这一篇有疏陋，但潜力显露，若获名次，会在鼓励之下得其未知的发展（其实真想写的，无需鼓励）。

有了这样一种想法，才读起来比较顺利，选择也有了把握。

不过，这一次的新人作品，缺精缺彩，这也正是目前中文小说的整体状态，除了两岸的“老”将不断悍然发出新枝，文学之林一片生态不良的样子，不知是遭了什么瘟。

征文阅读心得

评判文章为一等二等三等，确为难事。勉强为之，是受人之邀，仅就阅读，写些心得。

此次征文，是为三十年前一件事，即中国无产阶级“文化大革命”中知识青年上山下乡。此事起因在诸评论文中多所阐述，此不赘。这件事，我是众多当事人之一，也曾因此而有文字发表过。有时闲着，也思索过三十年前的这件事。

大部分知青对上山下乡这件事是深恶痛绝。为什么会这样？道理好像不言自明，无非是劳作辛苦，物质匮乏，身心待遇恶劣，总之不当如此。但问题也在这里，当地，其实不止当地，而是中国农民，就该当有如此处境吗？

这就有一个既得利益的问题。知识青年，其实是中国既得利益集团或阶层的继承者。知识青年为何要返城？是因为返回既得利益系统之后，可以享受例如工资级别、劳动保护、医疗保险等等。中国农民有何既得利益？他们无城可返，只有“哪儿的黄土不埋人”。所以从无产阶级

注：本文是作者作为美国洛杉矶《中国日报》“中国知青上山下乡三十周年征文”评审所写的感言，1999年3月。

“文化大革命”结束之后到如今，连篇累牍的知青文字，透露出强烈的“秀才落难”的感慨。秀才，即中国传统专制制度中初步既得利益者，他们是不当落难的，他们的前途本是沿科举制度层层上迁，直到有幸成为专制集团的核心成员。

趋利避害是生物本能，知青的感慨，无可厚非，只可怜中国农民无利可趋，害不可避。这不公平，还不如美国的黑人。美国黑人还有民权法的权利公平，只是社区无好学校，无好学校则谋不到好出身，无好出身则在社会上无好位置，得大利益，于是一代代恶性循环下去。中国人爱讲“打入美国社会”，黑人社区也是美国社会，不见有中国人要打入。

所以我个人认为知识青年上山下乡的问题中，知识青年事虽然不小，但暴露出来的中国农民的境况的事更大，因为从中华人民共和国建立以来，从来没有这样以大规模的文字透露出中国农民的待遇。中国在封建社会时期，也即诸侯分封的周代以往，“普天之下，莫非王土”，但尚有公田私田之分；秦始皇统一中国，施郡县制，实际是将专制统一绝对化。汉王朝倒退一小步，重又分封诸王，但专制统一的制度则是延续下来了。所以，中国从周代开始，只有封建和专制统一两制，封建制毕竟还造成过战国七雄的竞争，引起过与之相适应的“百家争鸣”，也就是从哲学思想的争相探讨到社会制度的选择实施，我们实在与这样的封建制断绝了有两千年。说批判封建主义是我们的任务，是对历史的误解。我在乡下十余年，看来看去，愚蠢造成落后，落后到崩溃的边缘。我是不批判封建主义的，批判不着了，而且，若如有人呼吁的“文化复兴”，也要从战国的状态做复兴的起始吧。看来看去，几千年来，还是那时对人的价值、思想的价值、商业和艺术的价值比较看重。

中国七十年代末由农村到城市的改革开放，一直与所有权在纠缠，所谓深化，也是针对所有权而言。农村刚开始实行土地的私人使用权之后，农民就在感叹“苦的时候学生娃来受苦，如今日子可以过了，学生娃回去了”。中国农民心里很清楚，有良心，反而是知青常常在文字中自恋，当年的知青恶少，偷鸡摸狗，作奸犯科，欺负农民，倒没有看到谁来写写。知青返城之后，很少听说有谁后来回去帮帮农民。失去既得利益的锥心恐怖，将伴随着过来人终生。

这也是我读到海龙的《桂珍姐》觉得好的地方。这篇纪实文焦点始终对准一个具体的农民，而且非常自然地一直到农民取得土地私人使用权之后，道德上的愧疚非常真实。可惜一等奖只限一名。

简繁的《十八里河畔》也是一等的好文章，人物关系细节准确，文字干净利落，章法平白其实老道圆熟，很合作者的名字。

我推举王新华的《一点苦难 一点光荣》为记实文一等，大致也是这样的理路。不过，此文独有一种不可多得的开朗幽默，挥洒自如。作者其实可以成为好的写家，一路应付各类题材。文中最后的收养一节，作者与农民如此“死生契阔”，是我见过的少有的超越“知青”与“农民”概念的好文字。

也因为这样的理路，我在评论文中因此寻不到一等，只好从缺。不过张亢的《那缺苗断垄的棉花地……》虽然在记实文类里，其实倒是好的评论文，是这次征文里唯一有实据并论述逻辑干净利落的文字，切身感受而结论踏实。这样的文章只恐其少而不嫌其多，可惜文类归错了，无法评等。不过以作者的明晰，恐怕也无所谓等不等的了。

恐怕我是很偏颇的；评判别人的文字为何等，无疑是一种权力，我对使用权力实在缺少经验。两样加起来，不是害文即是害人，只有写出心得，希望此事做得还不算盲目。

（此文有删节）

附录·谈话

与查建英对谈

查建英：你想怎么来讲八十年代这个题目呢？

阿　城：我不是太有“十年”这种概念。就像艺术的变化不会随着政治时期的改变而变化，好比我们文学史上，两汉、魏晋，或者隋唐，不会因为有了一个新朝，就会出现新的艺术，政治的、权力的转换决定不了艺术。事情也许早就发生了，也许还没有发生。单从“八十年代”划分，有点儿难说了。

查建英：那个时间其实是人为的计量。比如说，从外部环境看，八九年好像是一个句号，它正好又是八十年代末。九〇年以后，文学上就有了王朔，大家很习惯就把王朔看成一个九十年代的现象。实际上他早在八十年代就开始了，不过那时他不突出，只是舞台上众多的人之一。其实这个年限不见得。

阿　城：对，不见得。就像世纪末两千年那个分界点，叫个事给搅和了：到底二〇〇〇年，还是二〇〇一年算是两千年的开始呢？我记得有些国家是二〇〇〇年的时

注：本对谈收于查建英主编《八十年代访谈录》，三联书店出版，2006年。

候庆祝，有些国家不认这个，二〇〇一年庆祝。很多人慌了，因为大部分人习惯了以一个十年或者一个时间的量度去决定自己的情绪。“我要跨过这一年，我要有一个新的，我要做什么事情”，突然发现不是，说下一年才是，有挫折感。美国人喜欢搞十年这种东西，decade，搞得有声有色，有好多套丛书，你肯定看到过。台湾前些年搞过七十年代，找了很多人回忆。

查建英：你是说他们回顾过七十年代？

阿　城：对，很多人都卷进去了，《中国时报》人间副刊的杨泽主持的吧。

我自己的量度不是这种，而是知识结构，或者文化构成。从知识结构、文化构成来说，一八四〇年是一个坎儿，新的知识撼动中国的知识结构，船坚炮利；一九一九年“五四”是一个坎儿，新的文化撼动中国文化构成，科学民主；一九四九是最大的一个坎儿，从知识结构、文化构成直到权力结构，终于全盘“西化”，也就是惟马列是瞻。中国近、现代史，就是这三个标志，其他就别再分什么十年了。不过既然定的话题是八十年代，总要来说说吧。对一九四九年这个坎儿，我觉得七十年代算是一个活跃的时期，七六年，官方宣布“文革”结束，造成八十年代是一个表现的时期，毕竟出版又被允许了。

查建英：是不是一个从地下转到地上的过程？比如那些诗人。

阿　城：也没有全转上来吧。不过确实在八十年代，我们可以看到不少人的七十年代的结果。比如说北岛、芒克，七八年到八〇年的时候，他们有过一次地下刊物的表达机会，但变化并不是在那时才产生的，而是在七十年代甚至六十年代末的白洋淀就产生了。七十年代，大家会认为是"文化革命"的时代，控制很严，可为什么恰恰这时思想活跃呢？因为大人们都忙于权力的争夺和话题，没有人注意城市角落和到乡下的年轻人在想什么。

查建英：对，六六年、六七年是特厉害的，六八年以后就开始下乡了。

阿　城：管不着了，这些学生坐在田边炕头了。他们在想什么，传阅一些什么，写什么，权力者不知道。像六十年代末的芒克、根子、多多、严力他们在河北白洋淀形成那样一个诗的区域，尤其根子的《三月的末日》，意象锐利迷茫，与食指的《鱼群三部曲》失望迷茫区别得很开。《三月的末日》在我看是那时的经典，可惜没有人提了。我记得岳重跟我说，他当时提了一桶鱼从白洋淀坐火车回北京，到北京的时候桶里的鱼死得差不多了；春天了，但是，三月是末日。这样，一直贯穿整个七十年代。所以，好像是压制得最厉害的时期，但是因为把他们推到权力、行政力管理相对松散的地方，他们反而有些自由。

查建英：你就是那时候去了云南？

阿　城：对。人的成熟其实是很快的。现在讲究超前教育，其实人在十二岁左右有一次生理的变化，大致与性发育有关，会在一年内，将之前的所有知识一下就掌握了。所以所谓小学，就应该放羊，让他们长身体，防止近视而已。小学为什么要六年？中学为什么要六年？活生生让人混到十八岁！其实是因为规定十八岁以下为儿童，儿童不能到社会上去做工，童工是非法的，于是将他们管制在学校里磨时间，磨到法律的底线。一般一个人在十二到十八岁的时候，思想、感觉最活跃、最直接，二十岁一过，进入成熟了，以后是把成熟的部分进行调理。

查建英：很多部分成熟了，但整体还没揉匀乎呢。

阿　城：对，面还没有“醒”透。所以呢，七十年代，正好是这个年纪，摁都摁不住。你想，他走上几十里地，翻过几座大山，来跟你谈一个问题，完了还约定下一次。多数人其实也不会写什么，也就是互相看看日记。当时不少人写日记就是为朋友交流而写的。

查建英：实际上是一种创作。

阿　城：思想记录。我觉得那个时候另有一种意思。《中国时报》他们搞七十年代，我就很有兴趣。为什么呢，我要看七十年代他们那边在干什么，我有对比的兴趣。到了美国，我也是这个兴趣。比如，一九六七年吧，那么一九六七年我们在干什么？美国人在干什么？横向看看。有意思。

查建英：对，我也爱这么比。比如在美国结识了很多所谓“六十年代”那一代的美国人，他们讲他们六十年代的故事，我就会回想我们在六十年代做的、想的那些事，这样就更明白为什么现在他们和我们这么不同。当年就不同！成长的大环境、社会体制都不一样，受的教育也不一样。有人相信地球上有一个场，六十年代很多国家都在发生所谓的社会革命，青年人都在游行。比如说一九六八年，好像冥冥之中有一个什么场，在那里起作用，西欧、东欧、美国、中国，都有所谓的社会动荡，青年人到处骚动不安，都在造反。但实际上这些造反是不是一回事呢？你再仔细一比较，发现骚动背后那个动因其实很不一样，动机、目的都不一样，闹事只是表面的相似。比如我刚到美国那些年，身边有几个要好的法国朋友，大家一起处得很融洽，但就是不能谈六十年代，一谈就变成他们集体跟我辩论。他们几个法国布尔乔亚青年，一齐来捍卫毛泽东思想，把中国的“文革”说得浪漫极了！想想也好笑，其实这是一个中国人和几个法国人共同回顾六十年代造成的误会。

阿　城：对，像萨特，“文革”时跑来中国，还上了天安门观礼台。福柯，法国新左，做教授时直接参与街头抗争，在房顶上扔石头，还小心不能脏了丝绒外衣。

查建英：那你说说，台湾的七十年代，和你那个知青的七十年代，比较起来感觉怎么样？

阿　城：台湾的七十年代呢，比较感性。大陆的七十年代呢，就我接触到的，比较理性。因为我们在大陆碰到安身立命的急迫的东西，你在这个地方怎么安身立命。虽然台湾处在戒严时期，比较起来，台湾还是有活动的自由。有自由，又是很多人的青春期，更多的是感性的东西，所以他们回忆起来更多的是感叹。

查建英：嗯，不过，我想中年人回头看青春期，多少都有点这种感叹吧。先是纯情时代，后来就有了挫折有了城府，油滑了，感情也不太纯粹了，你能说这是台湾的特殊现象吗？还是一个生理现象？不过，也许这和台湾处在转变期有关。七十年代他们经济起飞，从乡土转向市场，转向那种做贸易做买卖的城市经济，生活方式变了。

阿　城：对，就是陈映真写的那个时代。我记得八十年代末吧，我在美国见到陈映真，他那时在台湾编《人间》，《人间》杂志的百姓生活照片拍得很好，过了十年，大陆才开始有很多人拍类似的照片了。我记得陈映真问我作为一个知识分子，怎么看人民，也就是工人农民？这正是我七十年代在乡下想过的问题，所以随口就说，我就是人民，我就是农民啊。陈映真不说话，我觉出气氛尴尬，就离开了。当时在场的朋友后来告诉我，我离开后陈映真大怒。陈映真是我尊重的作家，他怒什么呢？写字的人，将自己精英化，无可无不可，但人民是什么？在我看来人民就是所有的人啊，等于没说啊。不过在精英看来，也许人民应该是除自己之外的所有人吧，所以才会有“你怎么看人民”的问题。所有的人，都是暂时处在有权或者没权的位置，随时会变化，一个小科员，在单位里没权，可是回到家里有父权，可以决定或者干涉一下儿女的命运。你今天看这个人可怜，属于弱势群体，可是你给他点权力试试，他马上也会有模有样地刁难欺负别人。这是人性，也是动物性，灵长类的社会性动物就是这样。在我看来“人民”是一个伪概念，所以在它前面加上任何美好的修饰，都显出矫情。

查建英：我见到陈映真是在山东威海的一个会上，那都九几年了。他可能真是台湾七十年代构成的一种性格，强烈的社会主义倾向、精英意识、怀旧，特别严肃、认真、纯粹。但是他在上头发言，底下那些大陆人就在那里交换眼光。你想那满场的老运动员啊。陈映真不管，他很忧虑啊，对年轻一代，对时事。那个会讨论的是环境与文化，然后就上来一个张贤亮发言，上来就调侃，说：我呼吁全世界的投资商赶快上我们宁夏来搞污染，你们来污染我们才能脱贫哇！后来听说陈映真会下去找张贤亮交流探讨，可是张贤亮说：唉呀，两个男人到一起不谈女人，谈什么国家命运民族前途，多晦气啊！这也变成段子了。其实张贤亮和陈映真年纪大概也差不多。

阿　城：所以形成不同。人民就像水中的悬浮物，上上下下变化着，我们不都是其中一粒吗？谁能代表其他的粒呢？你想要代表，一般来说你就有了权力之心了，人民很可能就成了你的真理的牺牲品了。我们见得还少吗？

再说“文革”一结束，一九七七、一九七八年可以考大学了。我遇到不少那个时候在大学里做教师的人，他们都说刚开始很讨厌这批插队考回来的人，太难教了！但是，这批人毕业走了，开始正常了，高中毕业就可以上大学了，他们又很怀念这批人，说上课没劲了！就是因为插队那批人已经是社会油子，经验多得很。你不要跟我讲马列教条，不要，我有一大堆的东西等着为难你呢。做一个教师就会觉得挺烦的。过了这个时候，他们又觉得，哎呀，没有这种人了。

查建英：后来都是“三门学生”了，上课猛记笔记的那种了。我知道这个情形，因为我赶上了“文革”后恢复高考那第一批。我们班上净是老三届，我在小学跳了两级才算赶上在郊区插了一年队，可是在班里年纪最小，特自卑，因为没什么故事可讲，只有听讲的份儿。这批返城知青，真的人人一肚子故事，都有经历，追着老师讨论，什么都不怵。那真是挺特别的一个时期。

阿　城：一个非常特别的时期。七六年以后，一下子，大专院校进了一大批社会油子！

查建英：（笑）中国历史出现了一个非常现象。

阿　城：（笑）其实我觉得，孔子跟他三千弟子就是这个关系。孔子这个人很有意思，他的学生啊，我看都是社会油子，除了颜回。颜回就是从高中上来的。

查建英：最老实巴交的一个。

阿　城：对，最老实巴交。所以他学习最认真，做笔记最勤。子路这些家伙呢，子路只比孔子小几岁啊！子贡已经是春秋晚期国际间的大商人了。这批学生怎么教啊！所以你看《论语》里面很多都是这些学生刁难老师。

查建英：老爱提问！（笑）我想孔子有时候也不免叹口气：这帮刺儿头、油子！还是颜回好呵！至少我还有这么一个特乖的学生，就说："回，回——"怎么说的来着？反正就是只有颜回才懂得仁的真义。

阿　城：（笑）对。孔子有弟子三千、七十二贤人，多是一大帮社会油子！他们想，在这儿混一混，完了就走了，就去给贵族服务了。有这么一个老师，刁难刁难他，提刁钻的问题，常常说：哎，你跟那个谁说仁是那个，你怎么现在又说仁是这个了呢，怎么回事？

查建英：对，课堂气氛挺活泼的，不光是老夫子坐而论道。其实倒有点像美国研究生院的seminar，大家散坐，七嘴八舌跟老师讨论，甚至抬杠。

阿　城：对。你赶上了北大最好的时期，十年前老的一拨儿造反，十年后新的一拨儿质疑。所以，思想活跃，这一代人在七十年代都已经完成了，八十年代就是表现期。要从政治上说呢，我是比较清楚地感觉到，八十年代是一个想要弥补信用的年代，但到八十年代末仍没有见效。

查建英：是啊，那些年老是一会儿放，一会儿收，老摇摆，你刚觉得有点不错了，他又开始了！

阿　城：对呀，反复说我是有信用的，完了以后又失信，我是有信用的，又失信，就一直在这么摇摆、摇摆、摇摆，这样就进入了九十年代。九十年代是没有信用的社会，没有信用。就非常非常恶劣。

查建英：是，经济方面从九十年代起中国也算在搞资本、市场了，但因为这个信用问题，这资本、市场成了个怪胎，就是老沈（沈昌文）归纳的“恶劣市场”。从政治上讲，八十年代末真是一个分水岭。知识构成不能这样分。

阿　城：知识构成呢，比如说我个人，我是歪打误撞。六十年代我已经开始上到初中了，因为我父亲在政治上的变故，好比说到长安街去欢迎一个什么亚非拉总统，班上我们出身不好的就不能去了。尤其六五年，这与当时疯狂强调阶级斗争有关。要去之前，老师会念三十几个学生的名字，之后说：没有念到名字的同学回家吧！我有一回跟老师说：您就念我们几个人，就说这几个念到名字的回家就完了，为什么要念那么多名字？老师回答得非常好：念到的，是有尊严的。意思是：不是我要费这个事，这么念，是一个尊严。念到名字的那些人，是有尊严的。他说的是有道理的。任何朝代，权力的表达，都是这么表达的。

查建英：肯定式。

阿　城：权力肯定你。一次一次念到你，你对权力是什么感情！那么回家是什么意思呢？当然是没尊严，边缘。我习惯没有尊严，歪打误撞，另一方面，对我来说，回家就是你可以有自己的时间了。大家都上那个锣鼓喧天的地方去了，那你就得自己策划了，那我上哪儿去？你被边缘化，反而是你有了时间。那时我家在宣武门里，上的小学中学也在宣武门里，琉璃厂就在宣武门外，一溜烟儿就去了。琉璃厂的画店、旧书铺、古玩店很集中，几乎是免费的博物馆。店里的伙计，后来叫服务员，对我很好，也不是我有什么特殊，老规矩就是那样儿，老北京的铺子都是那样儿。所以其实应该说他们对我没有什么不好，对我来说，没有什么不好就是很好了。我在那里学了不少东西，乱七八糟的，看了不少书。我的启蒙是那里。你的知识是从这儿来的，而不是从课堂上，从那个每学期发的课本。这样就开始有了不一样的知识结构了，和你同班同学不一样，和你的同代人不一样，最后是和正统的知识结构不一样了。知识结构会决定你。

查建英：就是说那时你到琉璃厂这种地方去，还能找到和学校正统教育不同的一些书和东西？

阿　城：很多，非常多。当然后来越来越少，事后想起来非常清晰，你一步一步看到：什么时候，有几本书没有了，然后你会跟那个店员说：那本书怎么没有了？他就说：收了，不让摆了。一次一次思想运动嘛。逐渐淘汰，真的是一直淘汰到一九六五年底的时候，就几乎全没了。

查建英：一九六五年？真倒霉，正好我也到认字的年龄了。我就没有到外头淘书的经验。家里也被抄过家，还剩下几本经典，《红楼梦》啊，《三国》《水浒》《西游记》，其他就没多少可看的。外边也没什么了。再就到后来七十年代那些手抄本了。看来，你从小正因为被边缘化了，又赶上“文革”以前那些年，所以反倒……

阿　城：有时间。有时间你就有可能接触到另外的知识，你的知识结构就跟你的同龄人不一样了。八十年代发表了《棋王》，有些评论……其实应该是我的知识结构和时代的知识结构不一样吧。

查建英：对，我记得第一次读《棋王》觉得特别意外，因为跟其他的都不一样。心想这人从哪儿冒出来的？什么年龄的人呀？

阿　城：那个时候你觉得写下来是正常的，可是一发出去真正面对社会的时候，面临的是与读者的知识结构差异。所以，到西方，同样面临的是知识结构跟人家不一样，我觉得这就是最重要的差别。当然还有文化构成。

查建英：对，比如跟你同龄的美国人或欧洲人，他们成长时读的是什么、接触的是什么，直接涉及你和他们后来能不能交流。也就是说彼此的知识结构有没有可沟通性。

阿　城：对，所以呢，我觉得没有代沟，只有知识结构沟。我的知识结构可能跟一个九十九岁的人一致，或者和一个二十岁的人一样，我们谈起话来就没有障碍，没有沟。但是我跟我的同龄人，反而有沟，我们可是年龄上的一代人啊！

查建英：所以有“忘年交”。

阿　城：对，忘年交就是这个意思，就是说年龄虽然相差很大，但知识结构大致是一样的，由此产生的默契，让人忘记了年龄的差别。

查建英：如果在一个正常情况下，就是说文化有传承，传统没有断裂的社会常态下，为什么一个七十岁和一个二十五岁的人不能拥有同一类的知识结构呢？应该是可以的。可是中国人经历了三十年的文化断层。

阿　城：一九四九年后，整个知识结构改变了。你想，连字都变了，变成简体字。文字的变化，事关重大。一代之后，阅读古籍成了特殊或者专门的技能，实际上被剥夺了阅读传统的权利。

查建英：所以后来的人跟“五四”那个年代教育出来的人，就无法交流了。

阿　城：说不上话！成了台湾人、香港人了，成了韩国人、日本人了，他们是汉学家才会读繁体字。一九八六年在纽约，陈丹青介绍我和木心认识。我看他的文章，没有隔的地方，甚至很多译名比如莫札特，现在译作莫扎特，一下子让我想起少年时看过的旧书，那里面还有译作莫差特的。常说的学贯中西，其实就是个知识结构，当然还有个学贯雅俗。中外雅俗，思维材料多了，什么事情就好通了。

有时还不在于你是一个画画儿的，我是搞音乐的，他是搞理工的，大体上来说，你如果是共和国时代，好比是说六五年的，或者七二年的，虽然搞的是不同的艺术语言，但知识结构是一致的。后来，你发现不但知识结构起了变化，连情感模式都一样了。情感本来应该是有点儿个性的，可一看，都是一个情感模式。

查建英：比如说？

阿　城：比如说喜欢唱苏联歌，但不知道俄国歌。他们唱的《三套车》，是苏联的，改过的。这有点儿像会唱《东方红》，但不知道《白马调》。

查建英：嗯，这是王蒙他们那一代，五十年代的共青团干部嘛，老得组织唱歌，特别熟。还有《阳光灿烂的日子》里那一拨儿也爱唱。

阿　城：对，是五十年代的情感模式。唱歌这个事情，特别能够显露我们的情感模式。我还记得在美国有两次朋友聚会，北岛喝得差不多了就唱《东方红》音乐舞蹈史诗，还朗诵“天是黑沉沉的天，地是黑沉沉的地”。我还以为北岛在开玩笑，后来发现不是。他喝酒了，在抒发真的情绪，但是得唱共和国情感模式的歌才抒得出来。就像有人喜欢样板戏，那是他们成长时期的感情模式，无关是非。

当然，说起来，八十年代几乎是全民进行知识重构的时候，突然允许和海外的亲戚联系了，有翻译了，进来了这个理论，那个理论，这个那个知识。这也造成很多人变化非常快。嗯，这算是八十年代的一个特点吧。

查建英：还记得那时候，我上大一大二的时候，北大书店经常有赶印出来的中国和外国书，印的质量都很差，但都是经典，就是因为“文革”断了十年，什么“三言二拍”，巴尔扎克、狄更斯，一来书同学之间就互相通报，马上全卖光。当时还没有开架书，图书馆里的外国小说阅览室里就永远坐满人。那真是恶补的一代。所以，你也同意这个“文化断层”的看法?

阿　城：当然。记得八五年我写过一篇很蹩脚的小文叫《文化制约着人类》，题目还好，可是内容吞吞吐吐，那时候还怕牵连我父亲，而且东拉西扯，其中就讲文化的断层。很早我就感觉到这个，大概是在初中的时候。你想，教材是统一的，图书馆的借阅，控制非常严。我还记得西城区图书馆在西华门对着的街上，我当时是初中生，只有资格去这个图书馆，初中生只能借四九年以后出的书，看来看去就是那些。但是琉璃厂旧书店、西单商场旧书店、东安市场旧书店、隆福寺，就有不一样的书，旧书。在那里看了很多莫名其妙的书，当然沈从文的小说很早就被清理了，“反右”以后的右派的作品被清理了。不过后来被称为经典的乔伊斯的《尤利西斯》，当时还有，我记得作者译为乔哀思，归在希腊神话一类，大概不是全译本，不厚。那个时候，喜欢看，小孩儿哪有钱买书啊，就在书店里边看，没看完，就怕放在那儿被谁买走了，就搁在一排书的后面，第二天来呢，往里一捞，接着看。到后来发现，有时候一捞出来，哎，不是我那本书啊！别人也是放那儿，都是怕被买走了。小孩子那时候记东西是最旺盛的时候，因为不能买书，就养成了很快地阅读，速读。

除了书，还有就是遗漏下来的生活细节。大凡出身不好的，好像有一个共同点，就是这些人的家庭在一九四九年之后多少留下些不一样的东西。比如一些书啊、画报啊什么的。你会发现共和国之前的一些气息。

我记得有个姓宋的同学，邀了我几次去他家里，他家在宣武区，过了琉璃厂还要走。清代的时候，娱乐不可以在内城，你必须出内城到宣武区去。问题是太阳一落山，内城九门咣当关上了，内城里又有满八旗用栅栏划区驻守，说实在的北京在满清近三百年里等同戒严。那么你就会在外城买一个住的地方，方便娱乐，第二天早上开了城门再进来。内城的东城、西城，都是一亩二分地的大四合院，很规矩很体面。一到宣武区，其实不少是别墅，是比较小号的四合院，不是一亩二分地，可能只有半亩地，一进，就一个四合院，不必像在内城那么严肃。门口院里砖雕很细致，走廊上头的梁子也都比较细，你看惯了北京内城的高门大户，说实在宣武区有点儿像南方了，商店多，饭馆儿多，戏园子多，娼妓多，灯红酒绿。我这个同学的家就是这样适合人居住的小四合院儿，他的母亲大概是民国时名气不大，但是在地区上有名气的一个明星。他给我看他母亲和他父亲的一些照片，发在当时那种蓝油墨印的杂志上，他母亲拿个花儿啊什么的。他家里中式的西式的小玩意儿特别多。于是你看到一种生活形态，四九年后这个生活形态因逐次运动而消失，现在又成了时髦了。

还记得有一个同学也是邀我到他家去看他发现的他父母的照片。是他父母在美国留学拍的裸体照片，天体的。

查建英：他父母本人的照片？

阿　城：对，还有什么樱桃沟啊，在香山那边拍的裸体照片。用的是那种Kodak chrome反转片，有人说是幻灯片，其实不是。当时拍那种反转片，冲洗相当相当贵。所有这些具体的东西，印刷品啦，家庭私物啦，经过“文革”都没有了，烧了，自己就烧了，你想那还得了！

查建英：马上游街。

阿　城：对，游街。山东画报社出的《老照片》，登的差不多都是正式照，当然也不错，但是私人情景照很少。不知不觉中我见过的私人照真是太多太多啦，我有点儿烦正式照。后来再看林徽因、徐志摩他们，都是正经人，不生猛，有点儿呆板小气了。

说回来，你是边缘，跟边缘人在一起的时候，反而会看到他们的生活形态非常不一样。

查建英：这一批人里边有多少人在八十年代特别活跃呢？

阿　城：你是说我的那些同学？多年没有联系了，不清楚。不过我的朋友中画画儿的朋友比较多。也有做音乐的，比如有一个周勤如，跟瞿小松、刘索拉、谭盾、叶小钢他们是一届的。你从他的名字就可以猜到他们家是什么样的。周勤如是“文革”前的那种天才生，高中可以不上课，他志在学作曲，考音乐学院。结果“文革”了，废除高考。他后来去了京剧院，高考恢复后考上中央音乐学院作曲系，留校，再去美国读了博士。他的知识结构和文化构成我看是最好的，他唱民间的小俗调张嘴就来，活灵活现，中国的音乐，他是活字典，又是录音带。他后来办了一个学术期刊《中国音乐》，只有他能搞这件事。他的那些同学，你看谭盾他还在当民间音乐是一件新鲜事儿，把自己感动得不行，谈道家吧，也是一股刚听说的兴奋劲儿。因为那些是他的知识结构和文化构成里原来没有的，恐怕与他们在共和国的时候处于主流的状态有关，共和国是不讲什么道家的，道家讲阴柔，共和国是阳刚得邪性。

我们以前所谓的好人家，起码是中等人家，大概起码有两代是念书的，生活状态是自足的，思想上生活上自足。西方那些叫什么，叫玩意儿。哎，这玩意儿有意思，这玩意儿新鲜！可没有这个他也行，有这个呢也不会破坏自足。西方的东西进来的时候，清末，辛亥革命，五四运动，大讲亡国亡种，于是产生焦虑。但绝大部分的两代读书、三代读书的家庭，当时科举废除了，让孩子上个新学堂，学点新东西，可他们的家庭还应该是自足的。这样的家庭是没有焦虑感的家庭。教材里让我们读到的“五四”那些人是焦虑感的。

查建英：是啊，那个视野里是生死存亡的景象，非常紧迫，好像文化脉搏就要中断，甚至亡国亡种。那就没有从容了，每天想的是：怎么办？

阿　城：对，焦虑感。就我对生活细节的阅读和经验，我觉得是心理学上讲的群体性心因反应。焦虑是会在心理上传染扩散的。天下兴亡，匹夫有责，匹夫有什么责？责在权力者手上。只有你有权力，弄兴了弄亡了，当然是你的责任，要大家来负责？这就像卖国，我就卖不了国，国家不是我的，我怎么卖？说秦桧卖国，冤枉他了，普天之下莫非王土，他有什么资格卖？大宋是赵家的天下，所以赵构才能卖国，物权在他手上。我有个认识的人住在新泽西，拿了学位，有了工作，贷款买了房，邀我去玩儿。他原来是北京的大学红卫兵，我说现在如果有人进来抄你的家，你怎么办？他说：他敢！当年他就是直接冲进别人家，砸烂别人的东西，把别人赶出家门。那时候的中国，说起来就是混乱国家。当年的流氓呢，到了西方，对私人物权有了切身的体会，所以冲口而出“他敢！”

所以焦虑应该是切身的，不切身，不焦虑。也可能焦虑，如果处在群体性心因反应里。

查建英：这个分野办法有趣。就是说实际上，后来我们接触到的很多东西都是焦虑的人写出来的创作。争论也好，问题的提出也好，都是焦虑心态的产物。结果反而淹没了你说的这种人的声音。

阿　城：对。有主人心态的人，是那个时代不焦虑的人。“五四”上街游行，算人头儿，比例上还是少。

查建英：没错，其实“五四”那时候上天安门的也不过就那么几百人吧。

阿　城：所以，比如说，在壮壮拍的电影《吴清源》里，我在剧本里提供了我的想法，吴清源的家境就是这样。他父亲到日本学法律，回来在平政院做个科员。家里用着七八个人，典型的北京中产阶级一亩二分地的四合院儿，天棚鱼缸石榴树，肥狗白猫胖丫头，喜欢写字了，买一大堆帖来，好帖当时不便宜啊。又喜欢小说了，哗，去买小说，买很多，成箱的，也不便宜啊。吴清源兄弟三人，私塾在家背四书五经，背不出来打手心板儿，不去外面上新学堂。我们在吴清源的回忆录里看不清晰“五四”的影响，他们家当时就在北京。我们可以想象，父亲在衙门里上班，回来后会说：哎哟，这两天学生挺乱的。嗨，也就这两天，说过去就过去。接着就说别的了。那个东西在他的生活里，不算是主要的，吴清源是在这样的家庭里出来的。后来焦虑了，父亲死了，家败了，穷了，焦虑了，段祺瑞给钱，就去陪段祺瑞下棋吧，日本人给钱，就去日本下棋吧，结果杀得日本人大败，二十五年无敌手，棋圣。

查建英：嗯，这样的家境，就算他读到“五四”时期那批有焦虑感的书，也不一定为之所动。不过确实也有些青年人受到那些书的影响走上革命道路了，或者忧国忧民了。但到底有多少人就难说了。我看过一个统计，其实鲁迅他们的书当时发行量很有限的。

阿　城：有限。我不是出过一本《中国世俗与中国小说》吗？

查建英：你是说《闲话闲说》吗？我记得《闲话闲说》里边你讲过一个看法，就是即便在所谓“五四”时代，当时的文学主流也是鸳鸯蝴蝶派。

阿　城：对，应该说是世俗文学，有发行量的统计。市民的东西，在消费上永远会是主流。现在也是这样，时尚类的杂志，就是鸳鸯蝴蝶派啊，销售很好。小资是什么？就是新派市民，就是中产阶级的初级阶段啊。但是当初庸常稳定的主流在后来的文学史里都被回避了。钱锺书的父亲钱基博写过一本中国文学史，讲法就不一样，我以前在旧书店看过，从来没见重印过。史与其说是后人写的，不如说是后来的权力者写的，后来的文学史，像新文学大系，谁写的？是后来掌了权的左翼文人嘛。

查建英：其实呢，“文学史”本身就是从西方进来的概念。就是因为清末觉得不行了，连续战败，得弄点西学了，大概是师夷之长技以制夷那种想法吧，于是朝廷出钱办这么一个学。当时的京师大学堂，也就是后来的北大，都要引进新学，课程表的设置也参照了德国和日本的大学，后来蔡元培当校长时又参照过美国大学。文学史就是那时候开始设立的。原来的书院或者私塾里哪有什么文学史啊，就讲子曰诗云、经史子集。但小说、戏曲之类，虽然不能在精英教育里登大雅之堂，却可以在社会上、在民间广泛流传。可是，如果文学史的设置是当时中国朝野一些精英人士模仿西洋来转变自己的知识样式、教育样式的一个产物，那我想他们在筛选近代作品的时候自然就会有一种态度，比如说更重视某些时代主题的表现。四九年以后当然就更明确了，只有一个主旋律。再一搞普及教育、统一教材，那就全民都只能读这点东西了。而那些你认为是很重要的文学构成，它基本是在这个主流话语之外的。

阿　城：在它之外。那么你再看下来，尤其是九十年代，普遍焦虑了。连胡同里的一个人，都焦虑，因为真正影响到他的生活质量了。

查建英：怎么影响他生活质量？

阿　城：首先是消灭了中产阶级，全国人都成为无产阶级。

查建英：一个普罗大国。

阿　城：对。中产阶级可以经受一些物价波动，无产阶级就不能。比如电钱涨了，有家底的呢，还能熬一熬，无产阶级怎么熬得起？普罗大国，经济上有点风吹草动，就是普遍焦虑。

查建英：八十年代也有焦虑，但是还没普及全社会。

阿　城：那时候主要是新的知识进来了，冲击原来的知识结构的焦虑。

查建英：那时候老说“赶上”，“补上失去的岁月”，后来就叫“接轨”了。

阿　城：八十年代还是国营企业一统天下，工人还好。他们甚至看私营小贩倒卖牛仔裤的笑话：你蹦跶吧你！有俩糟钱儿敢下馆子，你有退休金吗？摔个马趴，你有公费医疗吗你？幸灾乐祸。

查建英：他想：有多少人能穿这种裤子呀！想不到没过几年全国上下都穿了。

阿　城：有月工资，有退休金，有医疗保险，有几乎不交钱的房子住着，几毛钱的房租，那算什么，不焦虑。

查建英：那时知识分子、文化人的焦虑也有点奢侈的味道。拿着体制内的工资，周围也没什么人发财，也不用攀比，物质消费上还没多少诱惑，都不用发愁。所以都可以去探索、争论、清谈。

阿　城：王蒙说索拉的小说，说那是吃饱了撑的文学。我的看法，工、兵、商、学、士，士是知识分子，都是既得利益集团的，唯独农不是，他们什么都没有。我当知青我知道农民什么都没有，结果国家反而还采取以农业养工业、重工业、核工业的政策。农业税，也就是交公粮，相当重，一交公粮，就是标语：支援国家建设！“文革”时我父亲去乡下，沙河，离北京不远，房东还是复员军人，穷得只能和子女合盖一条军棉被过冬，我父亲目瞪口呆，走的时候把自己的被子留给房东了。“文革”的时候，延庆县，北京的远郊区，还有农民一家子睡沙子，白天撮出去晒，晚上撮回炕上，图个热乎气儿。

查建英：那你现在回头看八十年代的好多讨论啊，话题啊，其实它是一个特别短暂的现象，有点虚幻，一个更现实的年代已经就在拐角了，但当时没有人预料到。那时大家充满一种解冻期的热情，生活上还有国家给托着，是个有理想也有很多幻想的年代。很多艺术家、作家就觉得没准儿很快就能赶上西方，我们天天在创新嘛。记得黄子平有句俏皮话：小说家们被创新之狗追得连在路边撒泡尿都来不及。王蒙也说作家们“各领风骚三五天”。总之，三五年就把西方作家一个世纪各种流派都给过了一遍，然后不就是拿诺贝尔奖啊，出大师啊、传世之作啊什么的。那时真的气儿挺足的，并没感觉后边有这么多问题呢。

阿　城：你这里有迈克（香港作家）的书，你看他所写的，他就很个人化。他反而没有那些感觉，因为他就在那个世界里边，资讯他知道，香港的和西方的。他有很多话很锋利，他关注着商业社会里个人的问题。

查建英：对，这是八十年代的又一个特征。它还是集体主义生活沿袭下来的这么一种艺术形态。所以当时提的问题不太个人化，都挺大的，考虑的都是有关民族的、国家命运的大事。

阿　城：他们叫宏大叙述。倒是索拉的《你别无选择》是有个人问题的。我在美国，有人问过我，为什么你的小说里老有个词："众人"？我想想，是啊，众人，稍微近点儿的，我用"大家"，感觉上"大家"比"众人"清晰点儿，其实还是面目不清。其实，"众人"和"大家"是中译《圣经》里常用的词。

查建英：你觉得还有哪些作品比较个人化?

阿　城：《透明的红萝卜》，《白狗秋千架》。莫言当初写的很多东西都很个人。为什么，因为他在高密，那真的是共和国的一个边缘，所以他没受像北京这种系统教育，他后面有一个文化构成是家乡啊，传说啊，鬼故事啊，对正统文化的不恭啊，等等这些东西。他提出来的是个人的问题。我倒觉得莫言后来慢慢不太个人了。

查建英：我喜欢莫言早期的小说。本来我读农村题材的小说总觉得隔，但那时候对他那种奇特的想象和描写手法印象特别深。可是越到后来越觉得他有一种史诗意识。到《丰乳肥臀》我就基本上读不下去了。就算高密东北乡吧，也变成一个乡土寓言的场景了。不是民族就是种族，反正不个人了。

阿　城：大概是“军艺”的影响？军队当然是集体意识，不小心就容易合了道了。

查建英：接了轨了。

阿　城：《红高粱》被艺谋改编成电影，恐怕有这个因素？电影里最后一个镜头，算是民族大神话。

查建英：电影《红高粱》不是根据《透明的红萝卜》改编的吧？

阿　城：不是，是根据“红高粱家族”改编的。《透明的红萝卜》是讲一个小孩儿挖萝卜，看地的老头认为他是偷萝卜的，就要抓他打他，但是他完全没意识到，就把萝卜拔起来，对着阳光一看，是透明的。这是一个小孩子童年的记忆，个人的强烈经验。《白狗秋千架》也是。不是共和国小说，“红萝卜”也不是共和国写法。

查建英：一到《红高粱》电影，至少后半截已经变成了抗日，民族寓言、集体话语全都进来了。那你回头看八十年代小说，这种个人的东西是不是比集体意识的要少。

阿　城：少太多了！第一人称并不就表示是个人性的。

查建英：“我”其实还是“我们”。说说“寻根文学”吧。你一般也被当做“寻根派”的一个主将。那你现在怎么评价它呢？也是一种新的集体寻找一个过去的集体吗？还是说里面有很多个人的东西？

阿　城：“寻根”是韩少功的贡献。我只是对知识构成和文化结构有兴趣。

查建英：韩少功写了一篇宣言似的文章，《文学的根》。然后郑万隆又写了一篇叫做《我的根》。反正就是有几篇文章。你好像从来没说过寻根这种话，但是你的小说《棋王》一出来，大家马上觉得：啊，传统文化！寻根！跟那个就连上了！

阿　城：连上了。

查建英：而那时候呢，你讲过文化的重要。你那一篇《文化制约着人类》的文章可能也给算做“寻根派”的一个文件了。但实际上你并没有感觉自己是寻根的？

阿　城：我的文化构成让我知道根是什么，我不要寻。韩少功有点像突然发现一个新东西。原来整个在共和国的单一构成里，突然发现其实是熟视无睹的东西。包括刚才说的谭盾，美术、诗歌，都有类似的现象。我知道这个根已经断了。在我看来，中国文化已经消失了半个世纪了，原因是产生并且保持中国文化的土壤已经被铲除了。中国文化的事情是中国农业中产阶级的事情，就是所谓的地主、富农、上中农，这些人有财力，就供自己的孩子念书，科举，中了就经济和政治大翻身。他们也可能紧紧巴巴的，但还是有余力。艺术啊文化啊什么的是奢侈的事情，不是阿Q那种人能够承担的。结果狂风暴雨式的土地改革是什么意思？就是扫清这种土壤，扫清了之后，怎么长庄稼？谁有能力产生并且继承中国文化？不可能了嘛。

查建英：就变成工农文化了。延安文艺座谈会已经定下这个方向了。

阿　城：无产阶级不产生文化，贫下中农不产生文化。从肉身或从意识形态上把商人、工业中产阶级、乡绅、农业中产阶级消灭，更不要说没有话语权，当然大跃进这种工业农业的愚蠢就会出现。如果这层土壤还在，还有话语权，是会抵制那种鬼话的。这之前，要夺天下，在解放区把这个扫清，没办法。得了天下，还这么扫，还谈什么中国文化？文化产生的那个土壤被清除了。剩下的，其实叫文化知识。

查建英：就是课本上的那些。

阿　城：对，《诗经》《论语》《道德经》什么这那的，只能是文化知识的意义。可以清谈，做学术，不能安身立命，前人读它是为了安身立命啊。

查建英：文化其实是生活的一部分。

阿　城：是生态系统啊。

查建英：是一个方方面面的事情。比如，你除了知道《诗经》是怎么回事，你还赋诗唱和，它是你的感情方式，生活方式。

阿　城：对啊。即使是文化知识，后来发现原来我们还不如一些汉学家。好比瑞典高本汉那样的人，他们做得很好。如果文化没有了，连文化知识也放弃的话，是不是也太惨了点儿吧？

查建英：但是四九年以后出生的人就生在这么一个社

会里边了。看来你在八十年代闹“文化热”的时候，已经很清楚这件事了。

阿　城：清楚。但我是支持“寻根派”的，为什么呢？因为毕竟是要去找不同的知识构成，补齐文化结构，你看世界一定就不同了。我是没办法，被边缘化了，所以只能到旧书铺子里去。那现在松多了，连官方都寻了，祭黄帝陵、祭孔，先别急着笑话，开始不一样了，排列组合多了，就不再是单薄的文化构成了。

查建英：所以你还是肯定寻根，找自己传统文化的根。八十年代另一个方向，就是往外看。这是同时在发生的。像前卫艺术，后来那些“先锋小说”，就明显受了很多西方现代艺术、翻译小说的影响。比如：达达派、拉美魔幻现实主义、欧洲现代派小说，等等，这些东西都进来了，并且很快就有人模仿。

阿　城：这些东西旧书店当年很多都有啊。

查建英：翻译小说、西洋画册……

阿　城：以前印的那种老铅版的画册，全都有。其实后来想起来，我喜欢那个时期，就因为中国有那么多不焦虑的人，他们在看莫奈、看梵高、看康定斯基，看左翼引进来的麦绥莱勒、柯勒惠支，表现主义的格罗兹，还有鲁迅喜欢的比亚兹莱。

查建英：你说的这个我也可以举个例子佐证，就是我的姥爷，我叫他外公。他家是湖北的乡绅，他很年轻就去了法国，念书工作十年，还娶了法国太太生了个女儿。然后呢，一方面有些“工业救国”的理想，一方面顶不住家里的不断召唤，回来了，把法国太太留在法国，离异了。回来以后呢，又照老式规矩，娶了家里早先订下的门当户对的一个姑娘，然后生儿育女，过得很好。家里边也还是中国式的，只是他带回来不少洋派的习惯和玩意儿，比如说喜欢摄影，还自己有暗室冲洗；爱自己蒸面包，爱吃“垮桑”，家里叫它月牙饼。但家常就是面包、馒头什么都在一起，很自然的一种中西合璧。

阿　城：他不焦虑。

查建英：不焦虑。他是那种专业人才，理工教授。那时候教授待遇也好，薪水高，生活稳定，住洋房，有仆人，太太也不必工作，一家子过得很舒服。一到周末，他还爱跳跳舞骑骑摩托什么的。虽然我外婆是个裹了小脚的传统女人，可他俩一直感情不错。这就感受不到我们后来在“五四”文学看到的那种东西，比如郁达夫的那种沉沦啊压抑啊，或是左翼文学里那种愤怒啊。也许这就是你说的那种比较自足的中产阶层吧。

阿　城：对，一直到抗日战争前。这时候中国的“亚细亚生产方式”并没有在西方文明面前崩溃，在陕北那种穷地方还有李鼎铭先生等等，“毛选”上有记载；由乡绅和城市商人转向的民族资产阶级，像荣毅仁先生等等，渐渐成了一点民族工业的气候，中产阶级家庭出去留学的子女们回来了七七八八，像侯德榜、熊庆来、陈寅恪等等，还有无数的人正在出去。北京的四合院里中产阶级还是天棚鱼缸石榴树，肥狗白猫胖丫头，像住干面胡同十六号的美国医生马凯大夫更是乐不思美，上海的时髦与巴黎的款式只差着一个星期，好莱坞的新片也是一个星期一部。中产阶级既消费鸳鸯蝴蝶，也消费左翼文学，所以鲁迅的稿费并不低。天灾当然有，人祸当然也有。中国的一个朝向现代化的改良过程被日本人的侵略切断了，这是中国最亏的。抗战之后，中国人自己接着打内战，四九年之后，运动连着运动，“文革”，没有一天现代化的工夫。四九年之后的造原子弹，丝毫没有影响中国现代化的进展。

我不记得在哪儿了，偶然看见你那个文章，关于猎奇的，你说：猎奇有什么不好？我同意这个。

查建英：是讲异国情调的吧？那是在《读书》上发的。

阿　城：对，就是讲异国情调。

查建英：其实古代中国人更喜欢猎奇啊，因为他底气特别足、自信的时候，心态就开放，不怕外边东西进来。

阿　城：他不焦虑。你看美国一般的人，他学一下拉美的歌啊什么的，很正常，没有那种焦虑的猎奇。

查建英：我就老爱想象唐代长安，那时候长安城里住了多少胡人啊！带来那么多胡人的玩意儿，肯定那时候好多中国人喜欢那些，新鲜啊！唐诗里边不就有吗？胡声番乐，胡舞胡女，有什么不好的？现在就得说是崇洋媚外了。

阿　城：对。

查建英：大家这么喜欢别人的东西，感到有威胁。

阿　城：觉得这会带来新的文化构成，所以也焦虑。

查建英：有一个现象：不少八十年代时非常活跃的人后来消沉了，有些人甚至变成民族主义者或者民粹主义者了。我不知道这么推测对不对？是不是九十年代以后，全球化来了，这个大环境之下，即便你把中国传统文化找出来也不足以依托了，对付不了这个势头了，因为全球化似乎就是西化，而且更加以经济为中心。这个局面比八十年代复杂多了，经济层面、制度层面、文化层面，犬牙交错，中外互动。这对习惯思考大问题，老想捋出一条大辫子，开药方解决大问题的那种人是很要命的。他会产生无能感、失控感。即便他物质生活上小康了，他还是会感到一种失落。而且我看这不是个别现象，有相当一批八十年代的人，尤其所谓的人文知识分子，相对科技知识分子来说，感觉自己在九十年代被边缘化了。这跟你那个边缘化不是一回事。你那时是被正统边缘化了。可在八十年代，这些人文知识分子也好，艺术家也好，实际上在话语权上是很中心很主流的。比如电视剧《河殇》，那口气多雄壮呵！李泽厚《美的历程》当年是大畅销书。再比如刘再复，据说那时候他一演讲，讲文学主体性啊二重性啊，就有上万人去听。你想那恨不得都是现在歌星出场的架式。“朦胧诗人”也有大批的追星族。所以那个时候，当一个人处在主流位置上，他再怎么反思，说赶上、追上，其实那个焦虑也不会很深。

阿　城：不是。因为四九年以后，就把大家都变成无产阶级，失控了。中国的知识分子其实是既得利益阶层，因为从经济上他们起码享有福利待遇。刚才说了，这个问题我以前不知道，是我插队以后，从农民身上反过来才知道。农民没有医疗保险，连土地都不是他们的，真的是什么都没有，任由他们生灭。但你是一个城里人的时候，你已经跟利益沾边了，所以大家要争，要多一点。知青后来的返城运动，说起来就是要返回利益集团嘛，起码要回到吃商品粮的那个圈子里去。农民根本没争的，他不在这里头。就说作家吧，中国作协是部一级的单位，往下可以类推，省的，市的，都是利益集团里的，所以中国哪有文坛？只有官场。

查建英：文坛就是官场，基本同构。这个历史上也有过，王朝的时候，谁要是变成了朝廷的诗人，所谓御用文人，比如说李白，不是也有什么高力士给他脱靴，那个作家的地位也就不一样了。

阿　城：中国一直是官才能标明价值，官本位。你为什么要读书？为了做官。制度形成了，尤其在科举之后，隋朝以后官本位越来越严重。八十年代初，我父亲的右派身份要改正，要恢复原级别，我跟父亲说：为什么要改？你的人格自己还没建立起来啊？今天可以认可你，明天仍然可以否定你，他手上有否定权嘛。我这样说当然欠通人情，但是我把这样的意思放入《芙蓉镇》的电影剧本里了，秦书田没有去做那个文化馆长了。看完电影，观众还没看清秦书田吗？还需要当官才能让观众明白吗？

查建英：可是他们不行。像丁玲，你想那是写《沙菲女士的日记》的人啊！到后来她对上面给她的评价重视到这个程度！唉。

阿　城：所以，右派本身没有问题，是国家不可以这样对待一个公民，降低你的生活水平，限制你的自由，等等。现在，你当街说我是右派，谁理你啊！你现在想当右派？多不容易啊！

查建英：现在回忆右派的书都成畅销书了，像章诒和那本。

阿　城：这本书写得很好，书名也好，梅志前些年写过一本关于胡风的《往事如烟》，但这本书积极，往事真的并不如烟。但是它也再次证明了就是因为这哥儿几个，才开始了反右运动。

查建英：网上有一个评论挺有意思，说我们本来不知道，从这本书倒看出那时候特权阶层是怎么生活的了。而且呢，这种优越的生活是因为主动接受统战。你为什么说反右是他们几个挑起来的呢？

阿　城：这部分的人属于一九四九年前中国内战时期的第三种势力，他们主张和平……一九四九年后虽然他们中很多人得到重用，像章乃器是粮食部长，章伯钧是政协副主席、交通部长，罗隆基是政协常委、森林工业部长等等，但是……结果，哗——一大批中层和底层的右派……

查建英：倒了血霉了。

阿　城：倒了血霉了。邓小平八十年代初不同意改正这几个右派，他承认反右有扩大化，扩大化指的就是这几人以外的人，包括党内党外的高层中层和底层，尤其底层右派，现在来看这本书：唉，“反右”后“文革”前你们活得还不错嘛！我觉得这是这本书的一个反效果。

查建英：还有车呢。那没车的还不觉得冤死了，可他其实还有院子，还有服务员。

阿　城：章诒和在成都，觉得有危险，就到机场，坐飞机回北京。这在当时是不得了的事呵！而且有机票钱啊！高尔泰出了本《寻找家园》，描述的就是另类景象，底层右派，有普遍性。

查建英：那时候他们摆个家宴，多少个服务员。下馆子请客吃西餐……你要想那时候的工资是多少啊！

阿　城：不得了的。

查建英：所以消灭阶级也不是绝对的，里边还是有等级。啊，咱们还绕回去说八十年代吧。既然那时知识分子的既得利益还没有受到威胁，你觉得他们的焦虑有点滑稽有点虚飘吗？还是他们确实提出了真实的问题？

阿　城：问题也是真实的，不能说不真实。但如果他们生活得更真实一点呢，可能同样的问题不会这样提出。

查建英：你知道后来有一个说法，好像是朱学勤文章里写的吧，反正就是九十年代的人回头批评八十年代，说那时是“荆轲刺孔子”。就是说那个“文化热”是个伪命题，荆轲本来应该刺秦王，结果呢，因为不敢刺秦王，怕要了他的命，所以就去刺孔子，去批判传统文化了。“寻根”到后来可不是光把传统拿出来奉为珍宝，而是去批判它了。包括韩少功，也不光是瑰丽的楚文化呵，不是后来就写了《爸爸爸》吗？那可能跟“五四”的批判国民性又有一定的关系了。

阿　城：有。

查建英：把中国传统保守愚昧的那一面又给拎出来，作为一个靶子，结论是：因为有这样的传统，所以我们才落后于西方，所以我们后来才有“文革”，等等。那个根就变成祸害之根了。结果就不是文化影响或者传承，而是又变成一个自我否定了。

阿　城：寻根，造成又回到原来的意识形态，而不是增加知识和文化的构成，是比较烦的。

查建英：所以这寻根呢，在你看来它初衷是好的，找传统，找文化资源，是你赞成的。

阿　城：对。你不管是找传统也好，找西方也好，这样你的知识结构和知识构成才会丰富一些，你就会从原来的那个意识形态脱离开，或看得开一些。唉，怎么结果它又回来了！

查建英：是不是因为寻根的这些人，他原来的知识构成和思维方式，在后边影响他看那个传统的态度？结果他可能看到的就比较消极，净是要抛弃的糟粕。那中国还是得重新来过。最后就是《河殇》，又是老大的一种话语形态，把过去那个黄土文明拿出来做个总体批判，从政治到文化，都专制都落后，是我们今天落后的原因。然后呢，西方的海洋文明是我们向往的，要追上的。那大概是一九八八年前后，离八九年不远了。所以咱们要是这么粗略地归结一下，看看八十年代有没有一个内在的发展逻辑，那可能到后来，它就是走到《河殇》了。有没有这么一条线？

阿　城：我觉得有。

查建英：我觉得，传统里是有不少糟糕的东西，作为一个现代人很难全盘接受。有些东西呢，是古代农业经济中生发出来的，在当时是智慧的、合理的，但与我们现在工业、信息时代的生活不太匹配了。可是呢，一个民族就像一个人一样，你总得面对和承认你自己的家世，总得有所传承。老是砸烂、批判、自我否定，然后宣称：一张白纸，好画最新最美的图画，那你就老上小学一年级吧！你倒是无知无畏，可你那创新就老是小儿科。要不就只好全抄人家的。人家倒是一路积累上来的。我们老爱说美国人建国短，缺乏文化传统，可是在美国住了这么多年，你知道他们多么注意保护自己的任何一点历史沉积啊。仅仅纽约吧，就有一两百个保护老房子老街区的协会，难怪纽约市景如此的千姿百态，它丰厚啊。再看看我们的北京，七八百年的都城历史，拆来毁去就成了现在这个样子！难道我们要和新加坡比吗？这说远了。总之，我觉得八十年代对待传统态度还是过于简单了，也还是黑白分明的，比较决绝激进的一种态度。就像丹青说的那个“红卫兵文化”。丹青是讲前卫艺术，其实八十年代很多东西，前卫也好，自由主义也好，那种权威的、教训的话语方式挺普遍的。

阿　城：对，这就是权力的意识形态。

查建英：那要这么说，你认为八十年代的“文化热”不太成功？

阿　城：这我觉得倒没有关系。估摸这事，还真是要来回来去这么反复。

“五四”就想一次成功，一锤子买卖。鲁迅后来不是写《在酒楼上》吗？就是写当年的那些人，怎么都这样啦？消沉了。

查建英：因为觉得，本来一次辛亥革命就能解决这些问题了，结果不行，就喝酒，就消沉。是，也许这能解释有一部分人，八十年代气特足，风云人物，到九十年代，瘪了。那气球本来吹得挺胀的，突然泄气了。

阿　城：这种人就像酒楼上那个魏连殳。张承志也算是一个寻根的吧？他写过一个《北方的河》，讲到彩陶什么的，小说主人公就是一个研究生，实际上是一个知识者的态度和历程。

查建英：有点自传色彩吧，他自己就是社科院研究生，好像是念民族史的。

阿　城：张承志完成的是一次文化构成的更新。

查建英：他的《心灵史》是九十年代写的了。八十年代他作品里边还没有回族这个事儿呢。

阿　城：生活状态有了，我记得八十年代他就改变饮食结构了，后来才算是找到真正的根了。

查建英：我印象中，到《黄泥小屋》，回族这件事还不太重要吧？

阿　城：《黄泥小屋》就已经开始了，还有一个写清真寺的，题目我忘了。他首先是要区别于汉族。先要做到这一步。接着要皈依，神。进入宗教，知识更新。

查建英："寻根"的那一拨儿人到后来也有各种各样的走向，各种各样的形态了。

阿　城：都没关系，都有松动、晃动，而不是坚如磐石。开始出现可能性。你像现在倡导读经的，我不太了解他们怎么会要求这样一个知识结构，但是提出了，更有的实行了，慢慢地，不一样的知识结构就会出现。所以，寻不寻根，不是重要的，重要的就是要改变你的知识结构。

查建英：改造原来那个铁板一块的盐碱地。

阿　城：对，那么多人，十几亿人，知识结构是相同的！

查建英：这是一个缓慢的过程。

阿　城：绝对是一个缓慢的过程。那么毕竟八十年代发生了。现在不从成败上去论，只是说，它发生了。

查建英：我也听说北京有私立学校讲孔孟，不过这种学校到底有多普遍？而且，读经和读诗词歌赋、文学经典又不同，它属于明确的德育，培养君子的，精英色彩比较重。这里面涉及一个如何人性化地调和理解古代农耕王朝社会里严格的尊卑等级秩序与现代民主理念之间的张力的问题。也许这方面我们应该借鉴台湾的经验。他们从小学、中学就念《四书》，不也照样弄大选？他们那儿还有激烈的女权活动家呢。

提另一个问题，九十年代商业化加剧，这对你说的文化构成、知识构成的影响怎样？有几乎是相反的两种评价。一种是觉得商业松动了原有的政治意识形态，提供了新的个人空间。七十年代以后出生的人，他们的知识形成期基本是在这样一个相对宽松的大环境里，所以他们比较个人。另一种是持批判态度的，比如说新左派，或者那些搞文化批评的人，他们比较强调商业对文化对教育的冲击，担忧它的腐蚀性，并且认为这是一种新的意识形态，可能消解了旧的政治意识形态，但用“新马”，比如法兰克福学派的那种理论来看，就是资本主义商业文化造出了一种“单向度的人”（One-Dimensional Man），原来你可能是政治单向人，现在你是另一种单向人，比如技术单向人，或者消费单向人，你还是不丰富，还是苍白。你自己怎么看？

阿　城：问题其实不是相同的吧。“新马”面对的是成熟的资本主义。尤其在欧洲，贫富悬殊的问题已经大致解决了。环境很不一样。

查建英：语境不一样，西方已经有成熟的市场经济，有个很大的中产阶级。“新左”有这个问题，把某个西方理论横移过来，插到中国一个不同的历史阶段上，大肆分析一番，其实“这鸭头不是那丫头，头上没有桂花油”。这种似是而非的歪打、误用在书斋里谈谈倒也罢了，弄到媒体、社会上就容易把真实的问题以及问题的真正根源给搞混了。

阿　城：是。这就像我看中国的有钱人，买了北京最好的房子，在最好的小区，结果，他不能解决小区之外的糟糕环境。他再有钱都解决不了。

查建英：出了豪宅没多远，那个马路上就坑坑洼洼的。

阿　城：坑坑洼洼的。他跟穷人呼吸的是同样的恶劣空气。越有钱，越尴尬。人均收入一千美金的时候，再多就有危险。拉美就是人均收入达到五千的时候崩溃，比如阿根廷。在人均收入一千的时候你起码要开始着手社会的福利系统，或者由税收达成回馈社会，或者等等。没有做好这个的话，接着往前走，到五千的时候就……拉美就是按西方的理论做啊，中国现在不是宣布到一千了吗？

查建英：可别可别。好，那现在谈过度商业化带来的问题，你觉得是一种错位？等于是没下雨先谈水灾？

阿　城：商业化？我们根本没有商业。商业什么意思？起码得有健全的信用制度和健全的金融体系才有商业。没有这个根本不可能有商业，更别说化了，我们现在是抢，是夺。只是有些人抢得多，有些人抢得少，大部分人没能力抢。国有的抢成私有的，股市最后会崩盘的，我没钱炒股，可是看股民被抢也很惊心动魄啊。

查建英：那你不同意这种说法：中国人过去老爱谈精神，因为毛泽东时代的话语是一种精神话语，精神是最重要的。现在呢，就变成物欲横流，精神算什么？不值钱。这是一个流行评判。所以中国人像钟摆一样，原来摆到一个极端，现在又摆到另一个极端。

阿　城：商业也有精神的，它有风险，没有精神怎么承担风险？一流的商人有一流的精神素质，但有一流精神素质的人未必成得了一流的商人。有学生问孔子：您老先生的这一套如果有人买，您卖不卖？《论语》里记载他连说了三个“沽之哉”，也就是卖、卖、卖啊。孔子当年的贴身学生子贡是春秋晚期一流的商人，经营国际贸易，以他的实力还摆平过一次国际争端。可是孔子死后，别的学生守三年丧，只有子贡守六年，六年不经营，谁都明白对一个商人意味着什么。曾子跑去责难子贡，子贡说，我对老师的感情要六年才够。这是中国两千五百年前一个一流商人的精神啊。韦伯不是讲资本主义精神和新教伦理的关系吗？我觉得现在中国还没有商业，只是权力释放出一些资源，谁有能力，谁近水楼台，谁迂回曲折，就去把释放出的资源拿到手。这不是商业。

查建英：原来的国有资产转移到有权力有关系能够把它拿到手的人那里去了。

阿　城：对。这怎么是商业呢？这不是商业。我要去看看你说的这本书。

查建英：是不是中国曾经去海南、去深圳这批人，和美国早期历史上开发西部那种圈地运动有些相像？

阿　城：嗯？

查建英：在某种程度上相似。都是在一个管制比较弱的边远地盘上，很多外来人涌入，就抢了！暴力的、强制的，这就是我的了！但连这种相似，它都有一个中国特色，实际上它还是国有资源，土地呀贷款呀，上头都有管制者，还是要和权力发生关系，占着这个部位的人才能抢到手。所以叫“监守自盗”。不像圈地淘金，那是牛仔式的，我厉害那就是我的了！

阿　城：如果没有一个最高的权力，那就相当于一种自然状态，哪怕这个自然状态是野蛮的。我们这里不是自然状态。

改革开放讲了这么多年，我所认为的改革开放，就是政治体制改革，开放被集中的资源。各个部成为服务机构和信息机构，资源一级级往下放，攥在手里当然只能计划，放下去才会出现市场。这个事应该在八十年代末妥善处理。

查建英：这方面改革一下子冰冻了十几年。

阿　城：耽误的十几年里，有权力的人就开始抢了，腐败和抢夺是亲哥儿俩。所以我看问题不在什么市场，市场小得很，而且不公平。不管是好还是坏，总是到不了位，好像是宿命。什么“辛亥”了，“五四”了，等等，都是。“寻根”也是。

查建英：（笑）回头还找补一下咱们这个话题！命中注定寻不着那个根。

阿　城：寻根没有造成新的知识构成。

查建英：可那时候也开了个头了。你觉得这事有人继续在做吗?

阿　城：我觉得做得有声有色的是颠覆。我比较看重王朔。王朔是真的有颠覆性。八十年代后期出了一批先锋作家，像残雪、余华等等，可我觉得相对于正统的语言，先锋作家是另开一桌，颠覆不了这边这个大桌。只有王朔，是在原来的这个大桌上，让大家夹起粉条一尝：这不是粉条原来的味儿啊，这是粉条吗？咱们坐错桌儿了吧？这就是颠覆。王朔的语言里头，有毛泽东语录，有政治流行语，听着熟，可这好像不是红烧肉啊！由王朔的作品开始，整个正统的语言发生了变化。包括央视的主持人都开始用这种语气说话，这个颠覆的力量太厉害。但是没有一个主持人会说残雪的话。这就等于没有颠覆，反而没有起到先锋，那个avant-garde的意义。只有王朔做了。

查建英：和语言形式、叙述形式有关。中国文学传统的主干还是写实主义，不管里面加了神怪也好，佛教道教也好，它也还是有故事有人物而且往往是寓教于乐的，你还是要在这个主流里头做实验，你才能……

阿　城：才可能做到颠覆。

查建英：如果你真地岔到另一条道上去了，像八十年代好多实验，主要灵感源泉是外来的，比如残雪，可能她就是特别受卡夫卡启发，莫言可能受福克纳、马尔克斯启发，格非、余华，你也都感觉得到背后那个欧美现代主义翻译文学的影子。比如余华的《现实一种》，好像有中国历史啊“文革”啊，但那种叙述方式，不是中国小说传统里出来的。

阿　城：这就是另开一桌。

查建英：这种东西有点像中餐西做，本地材料，西式制作。绝对应该有这样的馆子，有它一席之地，多样化嘛！但它的顾客，也许就限于有这种趣味的小众，比如说大学生啊，文学青年啊。我自己二十多岁时也爱看各种玩文字文体游戏的实验小说，觉得这种专门跟传统阅读习惯较劲的东西新鲜，后来很快看腻了，更爱重读经典，还是那些东西禁得住再看。西方现代文学里，我也觉得还是俄国小说最有后劲儿，最经得起重读。再有就是东欧中欧的一些作家，可能和我们共有的“革命”经验有关吧，涉及你讲的文化构成问题。说到王朔的影响呢，除了你说的影视，前些时我看过一个小孩儿叫郭敬明的小说，挺有才气的，写了个中篇叫《梦里花落知多少》，我一看这语言感觉不是在模仿王朔吗？就写几个城市青年耍贫嘴啊，调侃啊，浑不吝啊，一口京片子，可是又特纯情，外表是痞子，骨子里都是罗密欧朱丽叶，特别“酸的馒头”（sentimental）。当然他把故事安到几个所谓富家子弟和小白领头上了，杜撰痕迹比较重，时不时还让人联想到日本卡通片。后来我才听说这郭敬明也不是北京人，他愣是活生生地编出了一群又酷又酸的北京小资！就连这样的小孩也学王朔。

阿　城：大家现在一听到正统文体就觉得可笑，为什么？是因为王朔把味儿给变了。王朔是颠覆者。我有一个朋友，他哥哥在北大教书，凡是写到王朔的名字，都要打上两个叉。

查建英：这成“文革”了。

阿　城：所以呢，我们刚才说的韩少功的寻根，我觉得最起码是在寻找一种新的知识构成，希望能够改变原来的知识结构，但是被后来的先锋淘汰了，因为中国一百多年来一直有一种意识形态叫先进，包括时尚的概念，结果都很快就消散了。反而是王朔，只是把原来主流构成的位置换了，就把它解构了。原来的结构形态就变形了。

查建英：有一种看法，我记得好像是戴晴说的吧，她说王朔做的是一个破坏性的工作，就是把旧的东西拆掉，他没有建设。这建设性的工作由谁来做，不知道。她对这个解构工作是肯定的，但这里没有生出一种新的东西，她很失望。你同意她这个看法吗？

阿　城：戴晴有她的道理。像庞德、艾略特他们也引入另外文化的语式，像唐诗，建设成现代诗。有意思的是之后鬼使神差地回来影响了中国诗人，我熟悉的是芒克、北岛、多多、严力他们。王朔是解构，他把正统文体砸变形了。变形就引起一个结果，你再怎么听怎么看原来的话都是可笑的。

查建英：神圣的东西变成滑稽的了。

阿　城：对。而且王朔造成了一种文体，一种识别皇帝新衣的文体，心领神会的文体，这应该是一种建设了吧？

查建英：那你自己在八十年代的创作，你就把它看做一个个案吗？

阿　城：说个案好一点，我造不成新的文体。我觉得我的形成不是普遍性的，偶然性大，是自修的结果，不具备普遍性。如果我的知识构成和大家的知识结构相同，那我的东西才可能有普遍意义。我的东西没有普遍意义，个案吧。

查建英：九十年代你写了很多文章，我看过你那两本书，《威尼斯日记》和《闲话闲说》，都很喜欢。你后来做得更多的好像是跟电影电视有关的事情，对吗？

阿　城：我的经济来源是在体制外做点电影电视的事。你知道，写东西做不到畅销，等于要饭的。噢，我还有个《常识与通识》……

查建英：这是《闲话闲说》之后的吧？

阿　城：对，是九十年代后期的一个集子，就是在《收获》上发过的那些文章。其实还是知识结构的问题，就是聊聊现在的常识水平是什么。我这么一说我都觉得很难听，等于说人没常识，等于骂人。我当然出于好心，意思是提高常识水平，你的知识结构必然要变。那本书东拉西扯的废话太多了，我不会写栏目文章，规定要多少字，只好东拉西扯，其实呢，是希望大家知识构成变一变。变了，伪的东西总归会抛弃一些吧。

查建英：明白。你还写了小说，比如在《九十年代》上发表的那些。

阿　城：就是筛选以前写的那些，后来他们叫笔记小说。本来这东西有上百篇的，但是多了之后必然有很多是同质的。结果，就二选一或者五选一吧。正好借《九十年代》这个机会就把它筛选出来了。

查建英：你去美国是哪年？

阿　城：八五年还是八六年。

查建英：回来呢？

阿　城：九八年的时候开始来来往往，主要在上海，我妹妹在上海。大概是二〇〇〇年之后吧，刘小淀帮助我，就基本在北京了。

查建英：那在美国也有十几年了。

阿　城：不知不觉就十几年了。

查建英：是啊，我在美国前前后后住了十七八年了。丹青在纽约住了都快二十年了。索拉也有十几年。二十世纪有好多这样的作家，有的是自己选择的移民，像拉什迪、奈保尔；有的是流亡，像纳博科夫、昆德拉，在另一个国度另一种文化里长期生活。这种经历对你有多大影响？

阿　城：对我的影响不太大。我从小学就读杂七杂八的书，形成了我对常识的看法。我在世界上走，到美国、到法国、到意大利、到日本等等，哦，原来世界上没变，常识还在。

查建英：好多东西你少年时已经看到了，至少看到了一些痕迹。

阿　城：对。所以没有焦虑。

查建英：所以你出国没有经历过一个像索拉他们那样

的阶段。

阿　城：他们觉得怎么样？

查建英：比如说特失重，因为本来正在一个浪尖上。按说你也一样，你八五年出国时，《棋王》已经大红大紫了。在这边已经很成功的人出国往往有一个心态上的问题：突然变成了一个普通人、外国人，有语言障碍，有文化隔阂。你呢，对好多东西并不觉得意外……

阿　城：还高兴，因为发现常识还在，比如说最基本的信用，比如助人。你知道在美国经常碰到有人来问：要帮忙吗？这个中国原来就有，“要搭把手不？”“不用，谢谢了，您忙您的”，到“文革”，尤其是到现在，没有了，以前有啊！这是最起码的教养啊！搞来搞去半个世纪了，我们还没到起点！还在向基准迈进。连这个都没到，咱们就什么都别提了。在美国我有一次深夜开车车坏了，停在路边自己修，一会儿有辆车开过又倒回来，下来个人问我要帮忙吗？我一看是个很瘦小的女人，就说谢谢不用，你一个人下车很危险啊！她居然对我的后半句没听懂！另外，我从小就被推到边缘，习惯了不在主流。八四年发了小说之后，公共生活围过来，感觉像做贼的被人撒网网住了，而且网越收越紧了。到了美国才知道，边缘是正常的啊！没人理你是正常的啊！大家都尊重对方的隐私，这是个常识啊！所以在外国我反而心里踏实了。

查建英：对西方社会里这种普遍的基本文明教养，很多人出国都会感觉得到，但很少人像你这样强调它。

阿　城：我很踏实了嘛，安心了。你只需要跟人家说真话，你做什么不做什么都很安心嘛。不会想到什么建功立业，或者什么打入主流社会。在美国要进入主流的中国人，在中国就是主流里的人。你在中国即使处于边缘，还是有不安全感，出去反而有安全感，而且马上就感受到。我刚去爱荷华，一个黑人学生带我到我住处去，一路上我看那个黑人的眼睛就知道，他根本不怀疑你。一路遇到的人，都是不怀疑你的，只要你按照久违了的常识去做，你就不会出错。安心。所以，我等于出去休息了十几年。能休息就挺好的。

查建英：（笑）那为什么又回来呢？

阿　城：回来是因为有可能性了。原来一点可能性都没有。起码现在，你有可能把门关起来，锁上了。以前不是。以前你一插上门，街道的老太太就说：你插上门干什么？你不做坏事你插什么门！我说我要洗澡怕您看见啊。到西方去，你真的可以放心。至于说抢啊偷啊，那是全世界的问题。

查建英：所以一个人出国后的心态和出国前的心态有关。如果原来有这么强烈的边缘感，老是处在被看守的、戒备的状态，那你出国就觉得放心，甚至亲切。

阿　城：你说得太对了。在那边你想叫一个人来打扰你，是要给他钱的。你要买他的时间。人家还要挣钱呢。

和留学生没问题，那时周勤如还在UCLA，不过后来你们这批留学生毕业离开学校了，就不能聚堆儿玩儿了，有一种人气不在了。

查建英：但出去十几年，有没有在哪些方面给你增加一个不同的视角来反观中国社会和中国文学？还是觉得以前也全都知道了？

阿　城：更多的是验证你的常识，验证你知道的基本线。这个基本线是很具体、很细节、很踏实的。当然还有图书馆。我在国内是没有资格借到某些书的，你如果不是教授，不是副教授，不是研究员，不是什么几级干部，那你是借不到某些书的。突然出国了，那里的图书馆是服务性的。那些图书馆不在于它藏多少书，业绩在于哪怕只有一本书，却借出过一千次。我们是藏了一千万本书，就不给你看！所以，在国外趁这个机会赶紧看书。为看书开车跑来跑去，有个时候老要跑旧金山UC Berkeley东方语文系，那里有许多赵元任在的时候购进的书，陈世骧先生去世后，他的藏书也捐到那里。有意思的是，发现好多书我已经在旧书店里看过了，很亲切，跟我少年的记忆连上了。或者有的书呢，把以前看过的残破本看完整了。这时候赵毅衡已经去英国了，我第一次去伯克利的时候，就住在他家，他在伯克利读博士。他对我帮助很大，我们在北京就认识，他那时就翻译过高罗佩的《狄公案》，译笔好过原文，我觉得。殷罡那时也在，现在成了社科院中东问题专家，我在电视上看他侃侃而谈。

查建英：那有没有这样的感觉——就是出国以前还觉得有很多事情是新的，值得做的，出去一看这么多事情都做过了，而且比我们一辈子努力下来做的水平还要高？

阿　城：太有了。

查建英：那做事的动力和创新的热情会不会由此受到挫折？

阿　城：不会。反而明确了可以做什么。这个可以放心去做，因为还没人做；这个现在是达到了这个程度，你可以接着去做，反而踏下心来了。这就是为什么我没有集中在小说上。

查建英：为什么呢？

阿　城：我写的那些东西本来是私人交流的。但是你知道“文革”是一个没有发表的时代，是手抄的时代，这样的时代里形成的写作习惯是只给知己看，不给不认识的人看，不像现在的写家，出手就是要给不认识的人看的，心理很公共。这之前我寄过一些插队时写的东西给在纽约的丹青看过，也给美院的一些朋友看过。八五年讲给李陀他们听的时候，李陀他们的鼓励让我明确知道，手抄的可以转成铅印的，可以给不认识的人看，这对我的心理有建设性，我永远感谢李陀他们在这方面给我的帮助。有意思的是八十年代后期的先锋文学的语感反而是私密性的！你知道，隐私是成熟的中产阶级的人权要求之一，由私产的生活方式而来，尊重隐私是教养。北京中产阶级的四合院就是有隐私感，所以西方人很迷它。中产阶级阅读私人心理的东西，已经成为西方的小说大传统了。所以我读中国的先锋小说，像残雪的小说，觉得它确实像卡夫卡那样的中产阶级小说，退入隐私的、无所谓现实对应的小说。这是很超前的，因为中国自四九年后直到现在还没有形成中产社会。中产阶级是非常重视教育的，受过教育等于是一种私产。当代受过教育的结果之一，就是中产阶级有能力消费先锋艺术，这就是先锋艺术的市场由来。本来先锋艺术是颠覆中产阶级的价值观和趣味的。这是个悖论。

至于我没有集中在小说上，我要以我在美国得到一次很大的帮助为例。我去哈佛大学，张光直先生给我非常大的帮助。你知道张光直的，平和，学问大没有学问腔。他带我去赵元任的女儿卞赵如兰的家里去，那儿每星期有个粥会，喝粥，熬一大锅粥，其实是不拘一格的讨论会，好像是叫“剑桥新语”，是陆惠风发起的。我记得杜维明、陈来、张隆溪都在，叶扬在不在记不清了，还有谁啊？叶扬的学历很少见，他在上海读高中以前是家学，父亲教他，高中才上市里的中学，所以知识结构非常不一样，不料一年就“文革”了，只好去插队。我和他一见如故，我有点兴奋。后来他和张隆溪从哈佛去洛杉矶东边的UC Riverside教书，我接到电话就开车赶去聊天。张隆溪开始迷上咖啡，喝得很学术。张隆溪夫妇都是四川人，做的川菜好得痛彻心肺。后来我还去听过叶扬在UCLA讲演《乌托邦与桃花源》，说乌托邦是设计一个不存在的制度，所以桃花源不是乌托邦，最后露了一手古诗吟唱，美国学生高兴的呀，确实精彩。说回来粥会，我记得张光直先生突然问我，说考古遗址里，包括还在的北京故宫，他都没有找到过茅房的位置，你知道北京管厕所叫茅房，公共厕所叫官茅房，他说宫里的人不拉屎吗？这个我正好知道，就说是拉在放了焦枣儿的木桶里，焦枣儿滚动灵便，屎一下就到桶底了，不会散臭，只有焦枣儿的甜香味儿，再由粗使太监拎出宫。他很高兴，嗯嗯嗯，点头儿。我要说的倒不是这个，而是我刚见到他的时候请教他，他很简明清晰地告诉我他做过什么，在这之前，我在八十年代初的时候看过他的《中国青铜时代》。于是，听他谈之后，我一下子知道我还可以做什么了，我的知识构成和文化结构中，有一大块，可以迅速成形了。

查建英：怎么讲？

阿　城：张光直先生有他不方便的地方，他不可以去那么说。我知道我无足轻重，更不是学术圈子的人，反而可以说。

查建英：你是指考古上的一些事情？

阿　城：不算是考古吧，跟人类学有关系。当时说到七十年代我在少数民族地区看到的东西，包括他们的巫术仪式，巫婆神汉吸食致幻物，我对艺术的起源有我自己的看法，于是当面请教张光直先生。当然聊到青铜器的纹样，你知道张光直先生对青铜器美术研究很深，张光直先生问我：你吸过大麻吗？我说：您问这是什么意思？我吸过。他就说：噢，那太好了！

你知道张光直先生是做考古人类学的一流学者，现在在UCLA的罗泰告诉我，他是德国留学生，做过张光直先生的研究生，他说张先生招研究生的时候总要问：你吸过大麻没有？弄得学生左右不是：说吸过吧，是不是就不要我了？所以都说没吸过。

张光直先生在他的《中国青铜时代》里直接提到过巫师用酒用麻致幻，我告诉他中国民间直到现在还是如此。我是认为，起码从彩陶的时候，纹样要在致幻的状态下才知道是什么，青铜时代同样如此。唯物论的讲法是，纹样是从自然当中观察再抽象出来的。我在美院的讲座里说：一直讲写实，讲具象，八十年代可以讲抽象，现在我讲幻象。三大"象"里，其实中国造型的源头在幻象。古人的纹样，在致幻的状态下，产生幻视、幻听，产生飞升感。这一方向很重要，它决定了原始宗教，也就是萨满教的天地原则，神和祖先在天上。

查建英：其实都是吸麻吸高了之后的幻觉。

阿　城：对。是整个民族在巫的暗示引导下的集体幻觉，集体催眠，大家一块儿上去见爷爷奶奶，非常快乐，狂欢。后来逐渐改变成只有巫师一个人上去，他在天地间来回传达。巫先有催眠的能力，后来这种能力转变为权力，远古的酋长同时也是巫，通天地的人。巫又是当时最高的知识系统，所以知识与权力一直是混在一起的，直到现在。这个东西在云南村寨里可以看得很清楚。

查建英：他们一直就是这样吸麻，现在还吸？

阿　城：不吸为什么那么简单的节奏他们跳通宵？嘭嘭嘭，傻逼啊？在他们的幻听和幻视里面，声音是美妙的，世界是飞旋的、五彩斑斓的。所以原始人用什么标准去检验造型和音乐呢？就是它们能不能在幻觉当中运动起来，灿烂起来。彩陶，一直到青铜器，都是这样。青铜器新铸好的时候，是明亮的香槟色，没有铜锈或者包浆什么的，是要“子子孙孙永宝用”的，是当宝物来用的，是没有李泽厚先生说的“狞厉的美”的，反而是狂欢之美。狞厉美是阶级斗争的意识形态，可是，青铜器，也就是彝器，藏之高堂，奴隶们没有资格看到啊，看不到，怎么会狞厉着吓唬到他们呢？所以，所谓云纹、水纹、谷纹、蝌蚪纹，都不是具象的抽象，而是旋转纹，导致幻象。另一个是振动纹，由幻听起作用。这两个纹，是幻象艺术的造型原理，直到今天，中国的传统工艺纹样，还是这两个原理。其中旋纹的原理，被道教总结为那个阴阳符。

查建英：学者就不能明说这种事吗？这是一个学术问题啊。

阿　城：如果你有幻觉的经验，你就明白，但你承认你吸，就有麻烦。大麻被定为毒品，几乎是昨天的事，而这之前的千万年来，宗教是如此产生的。“耶稣在海面上行走”，在暗示的幻觉中，这是真的，“亲眼”所见。所以，汉武帝通西域，丝绸之路是去，同时也是宗教之路的来，新的致幻剂之路的来，传进来的印度大麻比中国原产的劲儿大，还有就是新的香料之路，是来。有来有往。

查建英：印度的大麻进来了。

阿　城：对。香料大致是两类，植物性的和动物性的。植物性的是致幻，动物性的是催情。

查建英：噢，有哪些春药是从动物身上提炼出来的?

阿　城：龙涎香啊什么的，据说是鲸的呕吐物。汉到唐，女人们用来入药或洗澡，需求量很大。另外，魏晋时期，名士们谈玄、谈佛，服石散，这石散我怀疑也跟佛教传入有关，阿富汗那边是高原，药里的石类常见，现在藏药里还是有石类的特点，而魏晋的“五石散”里，例如石英，在中国并不好找。记载中说，服石散后要喝酒，要行散，也就是要快走出汗，搞不好会发狂，这与《神农百草经》里说多服大麻会见鬼狂走，久服通神明，有异曲同工之效。印度大麻的麻黄碱含量高，所以六十年代的美国嬉皮们要跑到印度去吸。

查建英：而且印度宗教里erotic的东西特多，情欲文化特别发达。

阿　城：香料多是兴奋剂和致幻剂。你看屈原的《离骚》里面，所谓的香草，兰、蕙、椒，都有致幻作用，屈原是什么人？他一上来就宣布资格，我是祖传的巫师，国家级的巫师，他可以在天上想到哪儿去就去哪儿。佛教传来中国，迅速与儒教、道教、巫教平起平坐，有一个重要原因是同时传来的印度大麻比中国大麻劲儿大。佛经的本质是幻觉，是一种经验与概念的置换。你在幻觉里看到的，不是真的，难道你"清醒"的时候，也就是身处俗世，就不会是另一种幻觉吗？看到的是真的吗？你敢保证？这时候你就晃范儿了。色即是空，空即是色。

查建英：有点像我晚上睡觉之前给我女儿讲庄生梦蝶，小家伙彻底晕菜，完了第二天醒了还直问：到底谁进了谁的梦啊？特逗。

阿　城：所以你看部落里的人，会觉得他们生活条件这么低下，苦啊，其实，他在幻觉里比你快乐。而我们呢，只会一厢情愿地想去改善他们的生活品质，错，他们比我们幸福。

查建英：这个是你在云南的时候就知道？

阿　城：是啊。那是西南，在东北是一样的。东北的萨满教厉害，跳大神儿，邪性，人类学里专门有Shaman。萨满是阿尔泰语系和通古斯语系，其实也就是西伯利亚的原始宗教，他们的巫师就像屈原说的，是家族传的。萨满在美洲也有，据说是传过去的，在国际上是显学，这些年在中国也有了研究的气象。"文革"时候可不是，是迷信，只能偷偷的。跳大神、癫狂、昏迷，之后附体，它能让你和你死去的长辈通话，能治病。湖北、湘西也有这类——用一种毒蘑菇泡水，降神。南美洲也是用一种蘑菇致幻，我见过那儿的老百姓用来治病的，催眠是可以治病的。河北的太平鼓其实就是萨满教的东西。现在东北“二人转”不是火了吗？“二人转”里就有一种萨满的癫狂。我在东北的时候，“二人转”只能偷偷在炕上，外面冰天雪地，屋里悄悄狂欢。现在还是有正人君子不喜欢，不通人性啊。

查建英：泰国这类东西也多。

阿　城：世界性的啊！

查建英：我有个美国朋友，原来是华尔街投资银行的，两年前去泰国，交了一个泰国女朋友，就把他带进一个当地人的圈子，把他引上这条道了。前些时我见到他，他就变成另外一个人了，对这些东西信极了。给我讲他在曼谷的种种经验，怎么怎么一屋子人全变成神神叨叨的了，都见到了什么前世呀祖先呀，各种怪象。他边讲边说：我知道在美国他们都会说我疯了，但这些是真的，是我亲眼看见的。

阿　城：你到印度去，只要一下飞机，就弥漫着各种各样的香的味道。它们都有具体功能。

查建英：还有泰国边境金三角那一带，空气里也满是大麻味。清迈有好多西方人，那种目光神态一看就是此道中人，净是背着那种backpack的老嬉皮们。但是有的药，比如摇头丸，就和大麻不同，更厉害。

阿　城：摇头丸这样现代科技的东西，是非常准确地作用到你脑子里一个部位去影响你。大麻不是，它不太会产生倚赖。凡是提纯的，像海洛因、可卡因，也就是“粉儿”，千万千万不要去碰，碰了，倾家荡产，万劫不复，死定了。

查建英：咱们怎么说到这儿来了？

阿　城：嗨，是说张光直嘛。其实他就没有明说这句话，所以我八五年在爱荷华的时候，可以用写作计划的钱选择到什么地方去，我就想去波士顿，想请教张光直先生，我觉得他知道，他在书里涉及了。

查建英：你们俩就把这件事谈开了。

阿　城：他特别高兴。他还问我是北京哪个小学的，我说是实验二小，他说那我们是前后同学啊，学长和学弟。实验二小在四九年以前是他读书的师大二附小。唉，我要早有这么个大学长就好了，他是先生啊！“文革”前北京学校里管老师都叫先生的。

查建英：后来你在什么场合讲过或写过这个吗？

阿　城：在学院里。在社会上讲应该有麻烦，他们还不说我煽动吸麻？其实，在初民时期，人应该比现在快乐。我们是清醒地承受一切苦难。

查建英：没错。现代资本主义其实就是用“效率”这个中心概念把人的每根神经全都绷到最大紧张度，让你最大效率地生产、生活。但在这种高科技社会发展出来的生活方式之下，人实际上失掉了很多，是挺痛苦的事情。

阿　城：很痛苦的事情。你只有赶上这个效率，甚至你超过这个效率，你才有成就感。它给你的就是恶性循环。

查建英：这真的是个问题。也许中国还没有到美国那个程度，现在中国人的焦虑和美国人的焦虑有一部分是不同的。但你已经能感觉到有些焦虑是相同的，比如由于效率、成功的压力引起的焦虑。照这样发展下去，如果中国越来越走向规范的资本经济社会，与美国生活的同质性会增高，焦虑度也会增高。所以在现代意义上，美国是全世界的前卫。美国的问题是人类的问题，是我们大家未来的问题。我们在这个现代化的历史过程中，其实已经丧失了不少老文化，老的生活形态。许多简单的生活形态都没了。紧张、疲劳，很多人都有紧迫感，生怕被落下，不仅成年人，青少年也压力越来越大了，而且没有人知道怎么摆脱这个恶性循环。从什么时候开始中国人已经变成这样了？

阿　城：从清末，从“五四”那一代就开始了。直到四九年建立了共和国，精英们好像不焦虑了，因为终于找到了马列主义。到跟苏联掰了，还不焦虑，写“九评”：别慌，咱们有这个份儿，能批判，可以拯救这个社会主义。现在呢，什么是新的资源呢？那可不就是飞过一个东西，“叭”一口赶快就叼住，总应该是馅饼吧？

查建英：信仰的问题，你觉得有救吗?

阿　城：这个问题呢，也许是我的性格吧，我不焦虑。

天地不仁，也就是说我们赋予感情去看待的东西，它自己没有感情，死了就是死了。我们将自己的主观价值外涉出去，但其实，天地不仁。

查建英：看看中国一个世纪的折腾，其实就是一个客观过程。人在这里焦虑，上帝在那里发笑。

阿　城：这当然也是人格化的，我们改不了要以人去判断。老子就来提醒我们，老子不是说天地不仁，而是无仁。

查建英：毛泽东有句诗："天若有情天亦老"，意思也是天是无情的。

阿　城：对，从李贺的诗里拿来的一句。

查建英：那你悟到天地不仁，对人类的这些焦虑是不是有一种身外感?

阿　城：不是身外感，是当你的知识结构扩展改变的时候，问题改变了。这时候你发现，还有东西。你如果盯着蚂蚁，你就会说：如果它碰到热水怎么办?但其实还有好大的地方，有别的东西。

查建英：丹青认为你是一个历史主义者，可能包含了这层意思，就是说你把所有事情都当做一种历史过程，有一种开放的心态，所以你会拥抱各种各样的东西，你的目光不是盯在一个事情上，你也不是认同某一种东西。你觉得你是这么一种历史主义者吗?

阿　城:我想我起码不是一个"主义"者,事情一到主义,就封闭了。我喜欢丹青表达的那种可能性。其实西方东方都有建立系统的传统,只是西方力求一个完整的系统,比如马克思。可是,系统一完成,就意味着终结、死亡。为什么?可能性没了。你把这个世界解释完了以后,可能性没有了。这是你自找的呀。这些年他们在否定形而上了。形而上就是最大的系统。老子也讲形而上,但他不是那么肯定地描述,是恍兮忽兮。另外,由于焦虑,我们现在对时间的承受力越来越脆弱,急得就像火烧猴儿屁股:一万年太久!中国这才一百年,到五百年的时候,你再去看。

查建英:现在焦虑的很多事情都会过去。

阿　城:都会过去。宗教里面有一个很重要的概念就是"渡",尤其是佛教。但是我们通常理解为:渡只是一个手段,尽快地到彼岸,彼岸是最重要的。渡的时候,一切皆苦,彼岸才有价值。天啊,渡有渡的好啊!

查建英:现在是过渡期,才好玩呢!过渡期是乱七八糟、生气勃勃的,一切还不定型,就有各种各样好玩的东西。一旦这东西规范了、定型了,可能也就呆板了,不好玩了。所以就享受过程吧。提另一个问题:回顾八十年代,丹青提出了一个历史真实的问题。就是说我们不要再给年轻一代那么多错误的信息。比如由八十年代过来人或是风云人物讲的八十年代，可能已经不是本来面目了，有“历史失真”的问题。而且这个问题呢，丹青觉得从“五四”一代人就开始，一代比一代严重。你怎么看？

阿　城：当历史更长，你绝对会忽略这十年。它不计入计量单位。越长，越不计入计量单位。十九世纪八十年代，因为一八九五年有个中日甲午战争，我们后人还记得，那么七十年代呢？谁记得？才一百年前啊。

查建英：其实我不是特别同意丹青这个看法。再说历史失真也不是中国特色。所有历史在后一代手里都失真。包括丹青特别喜欢的一个意大利人叫维柯，我记得当年赵振开的弟弟还专门写文章介绍过，是那时候《今天》那些人特别推崇的一个人文学者。这维柯有个观点，我就觉得特别有道理，他说其实没有一个客观的、统一的标准来说历史，哪个是更好的，哪个是更坏的，哪个是真的，哪个是假的。他就反对欧洲启蒙的那批人，法国的伏尔泰等等，把文明、文学分成高级低级，莎士比亚就是野蛮的，雅典就是理性的，他就反这个。其实回到原始人的角度，就像你说的巫文化，吸着大麻看到的幻象，对他们来说就是真实的，你不能从一个理性的，比如说科学家、马克思主义者的标准来批判迷信，那你就是在用你的标准裁判历史。从这个角度讲，失真是永远会存在的。另外，历史是不是只有一个真实，都不见得能讲清。所以，八十年代的人怎么说八十年代，也都没有什么太大的关系，每个人都有他的角度他的原因。

阿　城：对。丹青大概是看维柯的《新科学》吧，维柯也说过谁创造历史就由谁叙述历史，这样的历史才最有凭据。我怀疑，因为叙述就是很可疑的。

查建英：依照丹青的说法，“文革”这一代人都是从文化断层里走出来的。那就是说大家都有沙漠症。可能说起来特膨胀，说得不客观，但这也挺正常的。拉开点儿距离看就没什么了。下一代人判断八十年代，他们的信息源也不会仅仅是八十年代过来人这么一个。就像历史学家，见证人的口述只是其一，他可能还有很多别的材料与手段。

阿　城：我觉得八十年代对某些人，是他最重要的生命历程。对于自己的生命历程很重要的阶段，他不能忘记。有的人恰好在八十年代，有的人可能在七十年代，有的人可能在九十年代。这才是他为什么会重视八十年代，因为重视自己那个最重要的生命阶段。所以在这个意义上，我从来不去跟我父亲说政治信仰。为什么？那是他从青春期一直到他“右派”时期，最重要的人生经历。否定对他是非常痛苦的。

查建英：这和我父亲一样。虽然他后来一直政治上不得志，但他是在年轻的时候信了左翼。本来他是地主兼商人这么一个家庭出来的少爷，结果他自己上学时读了那些左翼的书，又是一个热血青年，他就信了这个了，以后他一辈子没有改变。改变太痛苦了，不如他就别改变了。

阿　城：别改变。

查建英：那样他太难受啦，等于把他一辈子的价值、信仰给否定了。

阿　城：但是有一点，回顾你的经历，假如这个经历冒犯、侵犯过别人，在这点上你不能回避。如果你还要活下去，就得掂量掂量，虽然你的经历对你很重要。这是一种真，丹青要历史之真，我比较是要人性之真，我想丹青也是要人性之真吧。总是这样，表达不好，容易滑走了，我就常常告诫我自己。

查建英：有一些“文革”当中迫害别人、打人的人，最后回顾起来他把自己全说成受害者了。

阿　城：鲁迅有一个大家都知道的说法是“一个都不宽恕”，我一直不知道其中是否包括他自己？如果不包括自己，应该是他的盲点。“文革”后很多人有这个盲点。

查建英：是啊，这就不仅是历史记忆失真的问题了。这是一个体制问题，引起的对历史的遮蔽是体制性的。我们还是说八十年代吧。

阿　城：反正对我个人来说，八十年代我发表过小说，好像很重要，其实对我不重要。最重要的是六十年代。

查建英：就是你去旧书店淘书的那个时期？

阿　城：对，你也知道了，对我的影响非常大。

查建英：那你是个例外。八十年代很多人，不论什么岁数的，当年有点像在那里发一种集体青春狂热症——当然这样说挺损的，那种热情其实挺可爱、挺让人怀念的，但你确实不能说它是成熟的。有些像是长期压抑之后迟到的青春期，那种浪漫真是很炽热的。那时候的许多小说读起来也像青春文学，虽然作者也都是中年人了。追溯回去，这与他整个知识构成阶段接触的东西有关，从学校到社会，在很长一段时间里实际上是把大人当小孩儿教，施行简单的意识形态化教育。

阿　城：但这有普遍性。

查建英：而你呢，当年我的印象里你特别与众不同。就想：哎，这人怎么一出道就已经很成熟了？咱们第一次见面是哪年？

阿　城：是八六年底吧。我在爱荷华写作计划结束后到纽约，到哥大去了。在那个湖南人的家里，听说后来他去台湾，写书了，写了一本《曾国藩》……

查建英：不对，那是唐浩明，他哥哥唐翼明是我在哥大的同学，咱们是在唐翼明家见的面。

阿　城：是吗？是姓唐，跟夏志清念研究生的……总之，这么说吧，八十年代对我并不是特别有决定性、有影响的时期。使我的观念或者经验起到非常大转弯的、震荡性的东西，第一次是我到出身资本家、一九四九年前是中产阶级的同学家，之后是七十年代到农村。

查建英：看来这种边缘经历在你身上打下的烙印很深。

阿　城：当然。你必须面对你的“右派”家庭出身，才能生存。我还记得我小时候我家的邻居是绿原家，绿原算是当年“胡风反革命集团”分子，抄他们的家，后来才明白那就叫家徒四壁啊，什么都抄走了！我们和绿原的小孩，我记得叫刘柏林，他还有个姐姐和妹妹还是弟弟，我们每天疯跑。抄了他家后，我们不懂事，还觉得他家宽阔了，在他家跑圈儿，什么都没有了，他妈妈坐在地上。邻居中我记得还有一个赵树理家，好多外文书，长大之后，看他的小说文章，丝毫不提外国，厉害。八十年代我发表小说，我父亲从杂志上看到了，批评我在小说里提到巴尔扎克，杰克·伦敦。知道而不显出，是一种修养。就好像写诗，用典，不是好诗。唐诗不太用典，并不表明他们不知道唐以前的典故。你看李白、李贺，直出，有自我的元气。另外还有一个特殊的经历，就是我从十几岁去插队，去的地区的话我都听不太懂或听不懂。内蒙、云南，我都不是太懂。所以我到美国的时候，即使听不懂英语，对我也没有压力。我十多年都是处在别人说什么我听不太懂的环境里。

查建英：都是跟少数民族在一块儿吗？那怎么说话呢？

阿　城：说简单的，慢慢复杂起来。先懂骂人的，再学正经的。他们也会说官话，但是与其看着他们那么痛苦地说汉语，还是算了吧。日常用语，也就是那么多。到了美国，也差不多。

查建英：甚至在某种程度上你还有点儿回家的感觉。

而这对另一些人，就是从中心到边缘的经历。这个是八十年代一批人出国的感受。

阿　城：是啊。他们从一懂事就被告知是祖国的花朵，八九点钟的太阳，未来是他们的。有些人到了美国的反应很有趣：为什么这些好东西不是我的？！他们觉得所有的好的，就应该是我的。有趣，凭什么是你的啊！这是公有制熏出来的一种权力意识，一种共和国的文化构成。这种东西有普遍性。他们到那边去，产生那样的反应，我完全了解。一定是这样的。

查建英：现在这一批“海归”呢，你怎么看？

阿　城：“海归”的命名其实隐含着出国不易的意思。如果不能建功立业，他们在那边不满意的话，还是回去吧。人生苦短，浪费不起的。除了公派出去的，有责任回来，一般人无非要两边的好的，势利，也健康。我的选择是自由度吧，我以前那些出身不好的朋友到西方，我觉得我们差不多，无所谓建功立业，也无意打入主流什么的。就觉得：没人打搅，这儿歇歇挺好的。这大概趋近于柏林的那种消极自由主义吧，当然这批人都不发言，不会像柏林那样喋喋不休，甚至因此获得皇家爵位。

查建英：是不大听得到他们的声音。我也知道有一批人，在学院里教书的，或者当年家里给整得很惨的那些，他们就留在西方了。而你决定还是回来了，是不是觉得现在的可能性已经到了一个程度，你在这边也可以过一个比较个人的生活了？

阿　城：对。以前是你根本不可能有自己的生活，现在是你在一个范围内大致可以有自己的生活。谁知道呢，试试吧。

查建英：好吧，咱们就说到这儿？

阿　城：好。

（此文有删节）

与陈村对谈

陈　村：昨天跟史铁生聊的是在家里怎么样。你的状态呢？我觉得一个很有意思的是，你老是在外面乱跑。现在的小孩也喜欢乱跑，年轻人也是在家待不住，在外面跑。我觉得跑出去这种状态蛮好玩的。我不适应，我这个人是有问题的，我要是出去两个月，我就开始焦灼了，我就想要回去了，老子不干了，那个好风景也不看了，什么好事也不要了。我看你这种人好像非常适应这种跑来跑去啊，挪来挪去啊。

阿　城：对。我是觉得上海知青特别要说到家，北京知青不太爱说家。

陈　村：那是什么道理呢？北京人也有家。

阿　城：可能是因为北方黄河流域，起码一千多年以来，都是游牧民族的后代，身上都有游牧觅食的基因吧，像我身上就有游牧民族的血，鲜卑的。我还有点黑人的基因，小腿像柴火棒，年轻时无论如何练不粗，很没有面子，但善跳善走。上台阶不耐烦一级级走。为什么北京的生活质量不好，大概家的概念比较淡？为什么一改革开放，上海生活质量就改善？上海人恋家的。北京其实不是生活质量改善，是面子改善了。到一般人的家里头，生活质量很差，也觉得不是太要紧，不太在乎。一般的北方人去哪儿无所谓，多脏多臭的躺着就睡。

陈　村：你跑得比别人早。在你的，按以前说法，世界观形成的那时候就开始乱跑。

阿　城：乱跑嘛。

陈　村：现在我看你跑的动力是找活儿，你说跟民工是一样。

阿　城：我觉得我这个乱跑呢倒不能跟民工比，民工也是跑来跑去，但是他们不讲。到哪儿去有个烂棚子，进去混个两三年。春节的时候造成全国火车拥挤。

陈　村：现在很多年轻人是看风景去。祖国大好河山啊，世界……

阿　城：看世界嘛。必须去过你才有面子。我去的地方没什么风景。

陈　村：你不是写过威尼斯吗？

阿　城：威尼斯很痛苦啊这个地方。

陈　村：人家看你比较小资。

阿　城：《威尼斯日记》里有这个表达，被他意大利删掉了，妈的。

陈　村：一开始，记得你去插队不是在云南的是吧？

阿　城：在山西，后来去内蒙。

陈　村：这也很折腾。插队的人哪有像你那种……

阿　城：当时政策可能北方跟南方不太一样……

陈　村：像你跑出去我觉得蛮好玩的，刚才讲你插队的时候出去的，其他那些人呢可能也插队，我也出去的。有些人到最后是回老家，他觉得那里农民对我不好，还是回老家去。像你好像跑来跑去都是没根的，你没有理由的好像。

阿　城：不是。我想南方应该也是，但是北方比较突出。就是每个村子成分不能太高，成分你知道，地富反坏右，这种人在村子里多了的话，村子里成分就高起来了。高起来有坏处，就是救济少了。遇上荒年，救济少了是要命的事。

陈　村：我们那时候有返销粮啊。到春荒的时候给你们一些返销粮，比如给你们三千斤指标，你们就去分分吧。

阿　城：成分高的村子，这个东西就少。结果你弄得一个……

陈　村：你就跑到这样一个村子里。

阿　城：人家不愿意要你呀，你是属于可被教育好的子女，你一下把人家成分弄高了。而且我们几个同学一块去，都是出身不好的。

陈　村：你们成分也算啊？就是还要问你，你爹是干吗的？决定救济不救济你。

阿　城：档案里有啊。全村受害。救济额下来了，害一村子的人。所以人家就不欢迎你在这儿。很难过嘛，就离开吧。内蒙有另外的政策：假如接收了一个知青，好比他生了一个孩子，多一个人在内蒙古你就可以有二十五亩的开荒权。

陈　村：哦，就赏他二十五亩。

阿　城：当时的一个政策，其实是想把草原全种上粮食。你想他妈一个人二十五亩啊，那个地都是处女地啊。

陈　村：第一二季种出来总是不错的。

阿　城：对。但拿到这个额的时候他希望你不在。拿到额而你不在，这不是很大一个便宜么。

陈　村：就白得二十五亩。

阿　城：南方和北方的地区政策不太一样。

陈　村：我到那就是国家把我分去了，到那了，他要也得要我，不要也得要我。

阿　城：因为是我们自己去，我们得跟村子里，跟县里头，内蒙叫旗，旗里头打交道。

陈　村：你们自己找死要去，找人家说，把我们收下来吧什么。

阿　城：对，因为总归是要走的，还不如几个朋友到一个地方互相有个帮助。万一跟学校下去了，全是身份好的，你就完蛋了知道吗（笑）。

陈　村：那么后来呢，后来跑到云南也是一起走的？分裂了？

阿　城：也不是。像龚继遂，他后来到美国西雅图读美术史，后来又到Sotheby's（苏富比）做中国书画部主任，他就没再走，在北京，横下一条心，硬扛着。

陈　村：我是说当时挪动的时候，你们这伙人是不是一起挪的。知青很容易分裂的。下去的时候五个好朋友，过个半年五个好朋友就翻脸什么的。

阿　城：那个大概没有碰到。我们碰到的是比较尖锐的出身问题。为什么我们五六个人要一道到一个地方去，就是说我们已经是这个地步了，已经坏人了，坏人能够互相帮助一下这样。

陈　村：因为外部有压力而且压力比较大。

阿　城：那样内部就比较团结。

陈　村：当时跑来跑去，总的来说是被迫的是吧？

阿　城：背景是被迫的，但表现是我们主动的。（笑）

陈　村：可能在这种情形下，还有些大串联的影子在里面。大串联的时候就是爱上哪就上哪。

阿　城：我们不可以，我们不可以串联的，这种出身是不允许串联的。

陈　村：不过很多人走了也就走了。那时候也没人管你。

阿　城：北京不是，北京他妈这方面当时特别厉害，北京当时还有联动什么的。还有四三派，出身不好的也集成一派了。因为北京在这方面的政治压力实在是太大了。我相信在南方学生当中就没有那种压力。

陈　村：对，不至于这样。

阿　城：北京是一个政治化的城市。

陈　村：你三个地方总共加起来待了多久？

阿　城：总共加起来，应该是，是十一年吧。

陈　村：十一年啊？你从几岁到几岁啊？十七岁？

阿　城：差不多。得认真算了。反正我记得回来的时候是七九年吧。我记得我算过，是十一年，十一年多一点儿。

陈　村：那就是很长很长，一般知青好像没那么长年头。

阿　城：当年从云南回来的人差不多都有十年了。

陈　村：因为你们是兵团？

阿　城：它有过好几个阶段。越战的时候，从越南撤下来的军人，没有办法安置，就把我们这个地区变成兵团了。

陈　村：农垦。

阿　城：不，兵团。那个时候很有意思，突然我们每人就都有一个军人证了。我那次跑出去，拿着这个证跑到海南岛去看，年轻喜欢到处看，我就住在军人招待所呀。

陈　村：就冒充军人。

阿　城：真的就是军人。

陈　村：属于军事编制。

阿　城：军事编制。当时越战的时候，咱们军队下来都是聋子啊。

陈　村：是。说一开炮把自己耳朵震聋了。

阿　城：后天的聋子脾气特别暴躁，因为听不见，烦得不得了。另外一个呢，因为听不见自己的声音，就容易提高声音。所以我们那个兵团就叫“大声兵团”。军人说话都是啊啊啊地叫，狗一样的。他们一走，又变过村。

陈　村：回到老百姓去了。

阿　城：后来又成了农场。我七九年走的时候呢，我们那里又把地分了，还给我来了一封信，说阿城你回北京了，我们这儿也把地给分了，包产到户了，有钱了。说你们在的时候没赶上好时候，好时候了你们又回去了。有钱了呢就想在队部弄一个假山，你来给我们设计一个假山吧。我说干吗，周围都是真山，为什么再弄一个假山啊！说起来是一个笑话，其实人是需要有虚构的东西。虚构的东西就是艺术。虽然有真山，我们就是要一个假山。

陈　村：因为看惯假山的呢认为真山非常美，看真山已经看烦了。你去给他们弄吗？

阿　城：没有。

陈　村：否则你写本人艺术史的时候可以添一笔，在真山中间我曾造过假山。

阿　城：那我就跟石涛有一拼了，石涛当年在苏州给人造假山。

陈　村：在苏州还不错，弄点太湖石去拼一拼。那么这也算是你比较不流浪的一段时间了。

阿　城：还是可以跑的。

陈　村：那时候你好像也就是晃来晃去，到哪去玩玩，像王一生一样的。

阿　城：前些年拍《茶马古道》，去德钦。就是我们现在说的香格里拉再往北，到德钦已经是四千多的海拔了。我记得七十年代是沿着怒江走上去，走到德钦没能过去，就是太冷了。算了。本来打算翻过德钦山口，那边就是察隅了，察隅就是亚热带了，是西藏最奇怪的一个地方。西藏高原里突然有一个低的地方，印度洋控制它的气候，温暖，什么芭蕉啊什么热带的植物。

陈　村：那么当时走的时候是怎么呢，搭便车吗？

阿　城：搭马帮。

陈　村：那马帮不是人要走路的吗？马是驮东西的呀。

阿　城：是啊，但你跟着他走就有吃的呀，年轻时候不怕走，就怕没吃的。云南的马帮局应该是二四年还是二三年才取消的，它跟公路局是同等的。云南专门有个马帮局。后来云南不是修高速么，那种市到市的、县到县的马帮就撤掉了。马帮一撤掉，马帮局也撤掉了。实际上到了县，再往下面走还是要靠马帮。

陈　村：就是走不了，没有机械化的工具来给你驮东西。

阿　城：马帮呢挺有意思的。我以前写过那个峡谷，写首领，当地叫马锅头。下去的时候，从昆明他们自己要买些东西，或从县里再买些东西下去，他马帮并不是从昆明一直下到那个寨子的，他是一层一层下去的。最下头呢最有意思，他们常常就买些针。为什么？因为这马帮每天到一站歇下来的时候呢都有情人，有五奶六奶七奶，二奶怎么够？根本不够。沿途的这些情人呢在生活上会很仔细地照料他。走了一天很累，弄点东西吃一吃啊，一般这些女人呢性情特别好，唱唱歌啦，就歇过来。

陈　村：她可能好几批马帮里都有情人。今天张三来了，明天李四来了。

阿　城：带给她们的都是非常实用的日用品。这个针呢现在城里人绝对不会重视它，但是乡下，什么都没有的地方，一根针就是高科技啊。怎么会把一根铁丝穿了一个窟窿！有缝布的，缝麻的，各种各样的针。

陈　村：就带去做礼物去。

阿　城：那等于现在大家比手机呀什么的，是一个意思。女人那天特别高兴。拿着它让寨子里的人都看看。马上就连锁反应，消息会传上去，谁谁谁给谁谁谁买了一个什么东西，脸上有面子得不得了。

陈　村：那马帮要驮东西的话，他自己给养也要驮着走。

阿　城：他要什么给养？他沿途走到哪吃到哪啊。不用买。

陈　村：他往里面背什么东西进去呢？

阿　城：就是日用品，你比如盐。云南是缺盐的一个地方。盐驮下去，其实就是驮到供销社么。那个盐其实是云南开远还有四川自贡的井盐。井盐国家规定呢必须往里面放碘。其实碘是会挥发的，太久以后碘就没有了。

陈　村：防大脖子病。

阿　城：云南山里头有很多大脖子病。盐过期了，但没有人能鉴定这个碘是不是挥发了。都是熬成的那个盐，锅底的样子，半圆形的。运到那个供销社，小卖部什么的，买的时候得拿一个开山锤打开，石头一样的。

陈　村：这个是必需品，再穷再苦这个是少不了的。

阿　城：因为不吃盐过不了日子啊，最近不是有说人是在水里进化的么。

陈　村：有这说法。

阿　城：所以缺盐是不行的。进化成陆上的人，没毛了，还要盐。这个盐呢，马帮运下去是允许有一定损失的。十斤一两运到下面还是十斤一两是不可能的。可能是九斤半。这里面抠出来的盐你就可以给人家。这是免费的盐，带着感情的盐。那比方说掰一块给你最重要的情人，那不得了。都有损耗。但是马和牛对盐特别敏感。

陈　村：它喜欢舔？

阿　城：不是。重。石头嘛，所以它就特别喜欢过河。

陈　村：过河，那完蛋了！

阿　城：它知道这个物理道理。过趟河就轻松了。所以过河的时候要看住牲口，过河盐就化掉了。最精的就是驴。所以马帮事先训练这牲口的时候，先给它驮那些烂棉絮什么的，过河了，你要以为是盐故意停下来让盐化掉，那好，出水就重，压死你。这样牲口就不太敢往水深的地方走。特别淘气的牲口，你得治它一次。它就老觉得自己是驮着棉花呢，不敢肇事，自己倒霉啊！

陈　村：他们这样走路这样走过去要走多少天呢？

阿　城：乡下干活有一个概念，就是干活这事儿不要急。知青刚下去的时候先都努力干。农民都是慢慢干的，四季嘛。马帮也是慢慢走。一天翻一个山，因为都是盘山道嘛，峡谷啊，一天有一个山差不多了。翻过来就歇了，太阳还挺高的，歇了。尤其山区，太阳落下去跟我们的概念不一样。平原真是落在地平线，山区只要山挡住了就是下山了。

陈　村：这都黑了，最高的山头上还亮着。

阿　城：其实离地平线还远着呢。毛泽东那时候站在山头上看残阳如血。在山沟里根本看不到残阳。

陈　村：走一圈再慢慢走回来，成本也很高。

阿　城：不，回来还驮东西，当地的土产什么的。拉到上面的什么……

陈　村：供销合作社这种。一层一层的。

阿　城：对，我们说的那些药材啦，麝香啦，往上拉。

陈　村：这样走走很长见识。

阿　城：枯燥啊。路程上景别变化不大，碰到人是最高兴的。现在说城里人那么多忧郁症，为什么云南这深山里没有忧郁症？唱歌呀。他妈这汉族没有歌了。大家都喜欢KTV里唱唱别人的歌。寨子里，知青有忧郁症，生活没变化，思念家啦。但当地老百姓没有忧郁症，他们有歌，就是唱歌。山跟山的距离你看着那么近，常常是看到对面山上有一个人，你想跟他走到一块儿，要走一天才有可能。山歌利于聊天。唱山歌就是聊天。很简单，就是你从哪里来，你到哪里去，我从哪里来，我到哪里去。唱起来，容易传远。你要是喊，你到哪里去啊，就很难。只要有个人影马上就唱起来了，唱是最方便啊。

陈　村：这倒是好办法，所以叫山歌，叫山歌有道理，山里人特别容易唱歌。

阿　城：山里是最容易唱的，因为传声容易。现在北京上海那么多楼，其实你要是唱，不用打手机，对面的人马上就能听见。

陈　村：我以前和写剧本的那个张献，住浦东的时候就是，我那个门呢就对着他的窗，我叫他的时候当然不是唱歌，就是喊他：张献！他头就伸出来了。

阿　城：再远点，喊就太费力气了。而且一个完整的意思，喊就相当费力，但是你把它装进一个腔里头去，唱，就听清楚了。

陈　村：这些都是男的。马帮没女人的。

阿　城：没女人。你看到有个人影就唱，一唱发现是个女的。大姐你到哪里去？她就唱回来。

陈　村：比如到远一点的，我到过不大有人的地方，比方说青海什么的，路上碰到人，说话搭讪，聊个天什么的，一点不冒犯的。不像城里……

阿　城：对。所以城市和乡村的区别，就是城市里人和人是陌生的。乡下，有什么事情，马上全村都知道，你碰到不认识的人，马上就变成认识的人。

陈　村：有个人你认识的吧，肖矛。她跟我说到云南的寨子里。上人家竹楼，那小姑娘跟她说了一句话："亲戚来了！"城里人容易感动嘛，她听了很感动。我们城里人不会这样表达，看到不过是个客人来了。

阿　城：云南还有一个，你要是有酒的话，那就更好了！

陈　村：对，所有偏僻的地方，少数民族的地方都是喜欢酒。

阿　城：随身带着酒，往楼上一摆，什么话都没有，人都不见了，去弄吃的去了。哐哐哐哐。不但是亲戚，亲戚还带酒啦！

陈　村：到后来回北京了么，你回到北京就画画什么的是吧。和一群人又搞“星星画展”。

阿　城：“星星画展”那个时候还稍微有点不适应，对城市还没恢复感觉。我回来的时候坐长途车进昆明，看到一个警察。很多年没看到警察了。警察是城市的标志啊，我咚的就站起来了。后来回到北京，只要有警察我就会比较久地看他。人家说你对警察怎么那么感兴趣啊，太土了！城里是以骂警察为乐的。

陈　村：城里人是避不开警察。在乡下的时候你画画写字吗？

阿　城：对。

陈　村：那么写的那些东西哪里去了呢？

阿　城：写的跟《遍地风流》差不多的，其实是用烟包纸写，写到底就完了。很多人就是写日记。乡下叫赶街，碰到了，问有什么东西，写了半个月日记，您瞧瞧。其实就是思想记录。

陈　村：文化生活。

阿　城：所以那个时期是没有出版的，他写作呢是为知道的人。有一个很大的区别，现在是为不知道的人写。

陈　村：以前的感觉比较好。我为某一个人或某几个人写作。我写的时候就想着他们，我愿意他们看到我写的什么东西。今天写的是没有目的的，有时候是虚空的，你在那里写也不知道写给谁。

阿　城：其实后来到美国，我发现美国有社区艺术家，社区诗人在美国非常普遍。金斯堡是面对全世界的。我就觉得，这很像我以前在云南那个时期。社区诗人的诗，你可能看不太懂。他知道他的读者是谁。所以这种社区诗作呢，你看的时候常常会看不太懂。

陈　村：对，他们可能都懂。

阿　城：他们都懂，都有默契。所以他们有那种驻校艺术家。好像上海有姓张的兄弟俩，都是拉提琴的，他们在美国又找了两人组成四重奏乐团，做过很长时间的驻校艺术家，一驻就是一二年。就是为了学校演奏。

陈　村：我曾经到香港去当过几天所谓的驻校作家。它也是轮流请一些人来，跟学生做一些交流，它的交流也不是开讲座一样，开完就算了，它持续一段时间。

阿　城：咱们大学里没有驻校艺术家吧？

陈　村：好像没有。当年比较封闭，知青们看到的事情比较少，但是说话的欲望强。

阿　城：阅读的欲望，说话的欲望，表达的欲望很强。就是年轻。

陈　村：写信也是，而且没有琐事。我有一次说起来，给朋友写的一些信，他就找出来给我看。里面没有说今天穿了什么衣服吃了什么饭，很俗气的事情都没有，而且讨论那些很傻、比较抽象的事。

阿　城：云南有日常，当然这个日常跟现在的也不一样，就是谁谁谁把谁谁谁给搞了，很具体地写这个。

陈　村：这是小说啊，小说的雏形。

阿　城：很具体就是写这些事。我有一个北京知青朋友，他的日记写得非常好。

陈　村：就是当年的博客。

阿　城：他有一个本子，他这个本子现在要是找得到的话，把这个日记出版，绝对好。

陈　村：他记述了什么呢？什么奇人奇事呢？

阿　城：不，就是日常的事。那时候不是下来些聋子、指导员什么的，把谁强奸了。大家确定这件事他做成了，种种种种表现、分析啊。

陈　村：这就是思维的营养啊。一个思维如果什么没有，就坏掉了，农民脑子木，他没什么可多想。那么这小说也蛮好，我蛮喜欢以前那种小说，像《十日谈》，像中国的“三言二拍”，一些笔记小说就是这样，有个好玩事。

阿　城：这好比现在我们看《十日谈》，比如佛罗伦萨，或者锡耶那的事情。我们现在没感觉，人的活动半径自从有了飞机之后，可以上千里上万里。古人不是，古人的活动半径就是几十里。因此几十里以外的事情就有诱惑力。所以呢，你就说“三言两拍”，一个是时间跨度，它是宋朝的事情，没办法退回到宋朝了，还有一个杭州府的事情，那是一辈子也去不了的地方。这就绝对有诱惑力。现在这些对我们就没有吸引力，杭州坐特快两小时就到了。但以前不是，一生没有去过县城，县城里所有的事情都会被传诵五六年之久。

陈　村：那么这些人就变成有趣的人，比如说马帮啊、沈从文笔下的那些水手们的。他们可以把消息带过来。阿Q去了一次外面，回来后就嘲笑“条凳”。

阿　城：他们的活动半径不是别人可以达到的，他们超出了一般人的活动半径。回来以后，他们就如同先知一样。

陈　村：当年我们没有所谓改革开放的时候，好多人从国外回来，告诉你美国……

阿　城：国际级的先知。

陈　村：拍了很多照片。我记得王小鹰她丈夫回来，我们到他家去，把美国幻灯片放出来，给你解说。这就比人家高级么，咔嚓一张，就这样放出来。确实很好，因为你根本是没见过，或者你没有从这个角度思考过问题。

阿　城：马帮还承担先知：让寨子里知道县城里来了个女老师，很漂亮！

陈　村：也好啊，令人向往。像书里的那些美人，跟我们有什么关系呢？说到苏小小啊，心里一阵暖意。当地的老百姓有没有书呢，除了老百姓都有的皇历。

阿　城：云南是比较特殊的，因为云南除了县这一级，跟汉文化没有关系。真的是化外之地。在历史上，在战国的时候跟中原有联系，在生活上还是他们自己。比如在季节上，概念不一样。我从小长在北方，所以对节气很重视。节气和黄河流域有关，脱离黄河流域节气就不准了。我们刚去的时候还查查谷雨什么的。在那里根本没有，就是旱季雨季，两季。

陈　村：在我们这儿老百姓喜欢看的书，“三言二拍”，《红楼梦》，《金瓶梅》，有没有，也不看？那知识分子也不看？

阿　城：没有，他们有他们自己的一套东西。比如藏族的《格萨尔王》。

陈　村：经典了。我们讲起来所谓文化，大多数是阅读得到的。看书也好看画册也好。阅读占了大的比重。有些地方是看戏来的，传说来的，或者听讲故事说书。

阿　城：那是中原。到那呢就是说和听。没有文字。

陈　村：就不需要文字。

阿　城：也没有文字，没有书写的工具。所以呢，比如说口传，我们会怀疑，会不会记不清楚。不会的。英国人一直有这个习惯，晚上靠近壁炉，读诗读小说。托尔斯泰也读。一定要出声音，为什么呢？就是人在篝火前特别容易进入催眠，催眠时记忆力特别强。一个小孩子，如果从小一直听故事，到他自己能够讲故事的时候，他已经不会忘掉了。错了他自己就别扭。《格萨尔王》的东西那么长，一个汉人说，要背多少年啊。他们不是，就是日常听到的。

陈　村：当时还传说你在那边还讲过《安娜·卡列尼娜》。

阿　城：因为咱们不会当地的东西么。

陈　村：话说卡列宁。如果你给乡民们讲《安娜·卡列尼娜》，他们会不会要听呢？

阿　城：你不是自找麻烦么。要看对象。也就是知青听，他们不要听。

陈　村：他们搞不懂那种文化，里面有很多关系。

阿　城：比如“性”的关系。在那里“性”道德不一样，你讲完了，他不明白，问，为什么啊？

陈　村：按理，性，在那个地方，他们也有个框架的吧。他们也有夫妻有孩子，他要维持家庭组织的稳固，他必须要有点规范吧。没有规范不就不对头了吗？

阿　城：这个规范和咱们的规范不一样。中原的道德比较严苛。人发明出一个东西，人就会被那个东西异化掉。发明出一个道德来，人就会被这个道德异化掉。异化的结果常常就是压抑。越压抑的时候他欲望就越强，道德就更压制，恶性循环。在那边，云南山寨里呢，没有这个讲究，只是不能影响劳作生产。

陈　村：生产力第一。

阿　城：生产力第一。我们现在一些白领，工作繁忙，以后变成无性人。那边呢其实也是，也会因为劳动过分，也有无性状态。他们有个“开门节”，四月中旬，寨子里就竖两个木头，一个棍，一个洞，就开始群交了。为什么？就是因为当地这个时间没有活儿。

陈　村：有精力干这个活。

阿　城：要赶快趁这个时候。性交的频率很高。过了这个时候呢采集，狩猎，劳动是非常……

陈　村：可能跟孩子什么时候出生也有关，什么时候生出来比较好。

阿　城：主要是那个时间没有活，旱季到头，马上雨季要开始了。雨季是很难过的一个时期，干不成什么。越战时美军也没辙，只能发动旱季攻势。

陈　村：这也好，因为人类没有发情期么，用文化来补充，大家这时候发发情。

阿　城：你要知道，虽然每个人都有随时发情的功能，但是真正你随时可以发情而且有性行为的话，表示你是富有的人。

陈　村：随时准备着好的体能，状态。

阿　城：基本不劳作，或者劳作比较轻。

陈　村：像西门庆这种。

阿　城：西门庆你讲给老百姓，会说这人多少钱啊，这人不得了。

陈　村：这是有成本的事情。

阿　城：读书人有的时候不计成本。他们有成本。当年云大的校长李广田，他做《阿诗玛》，用撒尼族的民间的东西改编成的。其实《阿诗玛》的原始状态是我说的那个状态。开门节不是一个感情的狂欢，是肉体的狂欢，有验证你生殖能力的实用性。大家都睡公房，然后“开门节”结束了，再发现哪个女的肚子大了，才会有人来娶你。不一定是当初下种的男人来娶你，但一定是有经济能力的人来娶你，因为你有生殖能力。《阿诗玛》里的阿黑哥是下种的人，地主是有能力娶她的人，在阶级斗争概念里面，下种的人是贫农，来娶的是地主。把它……

陈　村：地主他不能乱下种？

阿　城：也下种，最后他也要翻回去看谁怀上了。其实不必到地主的地步，父母家有一定的能力，对方同意了，就把她娶回家了。

陈　村：她可能也没有这观念，我爱死这小伙子，跟他一生一世在一起。可能睡过了也就睡了，无所谓。

阿　城：按汉族的说法，那是别人的种啊。我凭什么要养别人的孩子？

陈　村：就是开门节的时候，你和谁睡觉是没有忌讳的？只要两个人同意了？

阿　城：未婚者，只要她没有结婚过，没有生育过，她就可以去。下限是没有的，开门节一过，你看那几岁的小女娃，两腿的血啊。

陈　村：她发育成熟了吗？

阿　城：没有下限啊。

陈　村：是她自己要去呢，还是别人诱惑她去干吗的？

阿　城：没有，那个是个热闹的事啊。

陈　村：哦，躬逢其盛。

阿　城：有酒喝，有吃的呀。一群人很开心的。

陈　村：那么已婚的不可以去？

阿　城：已婚的不可以。当然如果说丈夫或妻子死掉了，又可以去。

陈　村：是保持单身状态的人。

阿　城：在游牧民族里头，藏族撒拉族什么的，有兄弟婚，就是父亲死了，长子有责任把后母娶了，兄死了，弟有责任把嫂子娶了。为什么？就是为了羊群不分开。牲口很有意思，它小到一定数目的时候，生殖力就下去了。你必须维持一个相当的数目。嫂子要走的话，带走五十只羊，你不是少了五十只羊，而是生殖力下去了。以前叫《突厥法》，唐朝其实实行的就是《突厥法》，李世民把他弟弟李元吉干掉之后，弟弟的老婆他拿来，还给他生了个孩子。他不觉得有什么，魏征就觉得李世民实在他妈太野蛮了，是畜生。

陈　村：但动物中就有这样的，动物无所谓。谁当猴王啊，下面母猴子就天然地跟着猴王，哪里有什么我为你守节啊死给你看什么的。

阿　城：我们那时候在队上的小猪，是孙子这一辈的，追着操姥姥。我们就说还真是操它姥姥。（笑）小猪那么小，跟着姥姥跑，趴在上头。

陈　村：现在有种说法，哺乳动物，尤其大型动物牛啊马呀，它们天然有禁止乱伦的什么东西，我说有那么神秘吗？

阿　城：有的有有的没有，它们主要是用分群来避免。比如说一个年轻力壮的雄猴，没有做到猴王，于是会联络一些母猴，再联络几个公猴，咱们哥儿几个别在这儿了，哗嚓跑掉。种群分离，可以避免血源乱伦。

陈　村：他们说有的就是知道谁是自己孩子，我说母的可能知道，这匹小马是母马生的，可能永远认识这匹小马，公的怎么认识呢。我们人还靠DNA以后才知道。

阿　城：这其实都是猜的。牲口乱伦是非常普遍的。刚才说的猪就是啊，狗也是啊。你知道动物，像狗一年等于人七年。它一年之后就是个年轻英俊的帅狗了，生它的母狗会跟它做。猴王，霸占所有的性资源。假如它母亲没有被另外的公猴分群带走的话，那就还是它的妃子。云南最恨猴，猴老破坏，玉米结棒它就来了，恨它。但你会有机会看到猴子的生态，人的很多东西，如果你看到猴子的社会生活的话，你就会原谅。比如说谄媚，是动物性，不是人格性。人格是道德的评价。

陈　村：对，比如说母的要通过谄媚来获得食物。

阿　城：不是。阶级。猴王在那儿，不是猴王的猴子见到它，都争相谄媚。如果猴王抚了你的头，那个高兴啊，他会左顾右盼，“猴王摸我了呀！”一副小人得志的样子。所以说谄媚这个东西，在我们来说是人格低下，在动物不是，是为了获取资源。

陈　村：他们研究人员讲那个性交易。说母兽通过出卖自己的性来获得食物，这是很天然的，就像本能一样的。

阿　城：对。猴王表面上看着还很厉害的时候，咱们人看着它，也会觉得它很威风。但其他猴子能看出它有点不行了，例如崴了一下，就开始造反了。所以当官的最好别摔跤。造反非常有意思，永远是一只雄猴造反，开始挑战，其他猴子不管，那种傲慢，猴王呢，先是看在心里了，在心里掂量，惩罚不惩罚它的初次傲慢。如果猴王觉得自己相当强的话，一定把手臂抡过去，打得挑战的猴子七滚八滚的。但如果猴王觉得自己不是很有把握，要节省体力，就假装没看见。但是到一个数量级的时候再不管，旁观者也有点蠢蠢欲动了，不行，心理也算得非常准，开始惩罚！开始撕扯了。猴王赢了的话，所有的猴子都要表态，要站队，纷纷到猴王那去谄媚。就说“我们还是忠于你的”，“他这人太不像话了”。猴王这个时候就非常得意。那时候没有相机啊，给围观的猴子们照个相，都是人类的表情啊！但是一旦年轻的公猴把老猴王打败的时候，你知道，这时候，所有的公猴都上去打太平拳，而且一定要把老猴王弄到水里去。我想，猴子可能是有形象感和审美的。为什么呢？猴子一落到水里头，啊呀，好难看！猴王从水里一探出头，头上的毛变成中分，真是觉得它落败了。不许它上岸，所有的公猴子踹它。一到岸边，再把它踹回去。一直到老猴王的眼睛里，哀求，唉。这跟人他妈是一样。现在说见死不救啊，那猴子绝对是见死不救。

陈　村：它自己也已经认了。

阿　城：认怂了。完了老猴子开始上岸，上岸以后，先看什么？看它的妃子们。

陈　村：妃子肯定拥戴新的去了。

阿　城：是，那时候是最惨的时候。因为你体力上不行，生殖上就没有权利了。

陈　村：你的骄傲，你的光荣与梦想全都没了。

阿　城：那种老猴子真惨。动物是没有咱们人类的那套掩饰，所以惨是真的惨。

陈　村：没有就没有了。猴子是有论资排辈，有阶级层次的。那个失败的猴王在猴群里混的话，排在什么地方？

阿　城：残羹剩饭啊。从此这个猴群里的猴子眼里就根本就没有你。

陈　村：就像当年不带毛泽东去长征一样。

阿　城：猴群发现队里的苞谷熟了，呼啸而来的时候，老猴王在后头啊，掉队的一定会被敌害吃掉，不久它就消失了，猴群也不会有纪念文章啊。

陈　村：而且从气势上，它下来以后就判若两猴了。坐在台上那种雄赳赳的神气，傲视一切的眼光，到被别人打到落水狗的时候。

阿　城：而且体质迅速下降。一个是精神垮了，还有一个它得不到那么多食物资源了。但是猴子还有一个东西，就是猴王它虽然占有性的资源，食物资源，但是它密切观察的一件事是什么事呢？就是最弱的猴子，有任何一个猴子欺负它，猴王就一巴掌打开。这个猴王虽然一层一层剥削每个阶层的猴子，但是它对于最弱的呢是保护的。我说这是什么意思？就是政府的一个根本的责任是要保护最穷的人、最没有资源的人、弱势群体。

陈　村：就是最容易死掉的最容易消失的那部分。

阿　城：对，政府的第一职能。你们谁要欺负最穷的人，我的处罚是最严厉的。我们人类的很多社会制度实际上是从社会性动物来的。

二〇〇六年八月二十日下午，
《文汇报》北京办事处招待所

与登琨艳对谈

登琨艳：我选择上海作我的设计事业的新起点，是因为个人喜欢这城市的活力与机会。我所谓的机会不仅仅是说我要去发展的机会，而是包括城市本身的机会与潜力。这城市到底会变成什么样？还很难说。这城市斗志昂扬地想要成为国际都市，但国际都市不是你盖出许多新的高层建筑来就是了。仅就建筑来说，最近七八年来，上海是全世界发展史上同时间进行最庞大的工地。但很遗憾的是还没有盖出一栋可以拿到国际上去说是代表上海这个时代的建筑。这么多的机会，只要抓住一个就可以把她变成一个国际性的话题。就好像西班牙的毕尔巴鄂（Bilbao），一个很小的城市，从来名不见经传，地图上都不容易找得到。可是因为新盖了一个美国古根汉姆美术馆的分馆，一夜之间，毕尔巴鄂名闻全球。全世界没有一个城市在这么短的时间里盖出这么多的文教公共建筑，更不要说民间建筑了。我没有见过这样一个城市，在国外像日本盖一个东京新市政厅花了二十几年。

注：本文原刊于《艺术世界》，2000年1月。

阿　城：体制不一样。议会体制下，怎么花纳税人的钱，要讨论来讨论去。我们这里是权力集中，结果是可遇不可求。

登琨艳：什么东西好不好看，不能仅仅看眼前的，拿现在与九十年代前对比就会觉得城市漂亮了。我们要走出去，要去见识世界。在社会主义权力财力集中使用的优越性条件下，这个城市太有机会可以做出国际性的东西，是可以在国际领先的，绝对不是国外什么样子我们就跟着学做什么样子。拿金茂大厦来说，她跟纽约的高层建筑长得实在没有什么差别，几乎是纽约的翻版；大剧院，风格也跟法国的很像。

阿　城：土和洋，已经是种意识形态了。说起来，什么是土？土就是唯恐别人认为自己不洋。北京、上海，几乎全国都有这种恐惧症，不过上海是掩饰得好的，但骨子里还是土。我有一次和朋友做一个试验，就是在淮海路上凑近看有女人大腿的广告，结果身后路过的上海人屡说“乡下人”，屡试不爽。

登琨艳：我拿苏州河边上海人不要的老仓库来改成工作室，这在国外一点都不稀奇，纽约的苏荷就是这样一个旧仓库区。原来是纽约人不要的区域，三十几年前贫穷的艺术家进驻，然后画廊、时髦商店进入，成为纽约甚至美国现代文化艺术的发源地。它已经代表了纽约，是美国开放艺术的象征。在国外许多都市的发展过程中，都曾经过这样将老旧区域建筑拆迁的过程。但很多先进国家绝大部分都还保留相当的区域，从纽约到伦敦，从阿姆斯特丹到西雅图、旧金山，都保存很多这样的仓库厂房。这些地方后来都成为了这些都市或国家创新文化的领袖区域。可是这样的区域，上海比别的地方还要多，范围还要广，因为它过去有太多的工商产业。不只是苏州河沿岸，杨浦区还有更多更庞大的工厂区域。我在那里看到一座仓库，里头一座电梯大到可以把一辆大卡车开进去，那是一座一百多年历史的老电梯，每个细部都漂亮得像艺术品，现在还能用，如果把它搬到美术馆、博物馆去都可以吓人的。听说德国公司愿意拿一百万元买回去，再帮忙装一部新的给他们。可是这些地方现在正在快速地拆。其实我们完全可以创造一个全新使用功能，来保留这些旧的产业建筑，让它变成一种机会。可是如果你认为它是落后的，它占着这河边最好的位置，上海地图上最好的中心位置，要盖高级饭店、高级住宅，你就会把它拆掉，如果换一种想法呢，你也许可以创造一个上海的苏荷。也可能在一夜之间，这些产业建筑的命运决定苏州河的命运。就看主事者的文化良知良解了，一念之间而已。

建筑师和建筑人的区别？

登琨艳：那区别就好像是一个拍商业电影的和专门拍

得奖的侯孝贤之间区别。像徐克，他拍的电影很多人喜欢，我也很喜欢，我觉得他是香港最有创造力的电影导演，但他不得奖，而我们的侯孝贤永远得奖，却没有太大的市场。我自己希望做的是侯孝贤，而不是徐克。我不想成为一个建筑工程师，我不喜欢做大楼设计，建筑史上很少因为设计高楼而成为大建筑师的，可却有因为做一个很小的建筑而闻名建筑史的。就像柯比意在法国乡下盖了一个很小的教堂，那个小教堂只能容得六十个人左右，小帽子一样的教室，却改变了那个城市的命运。我去过那个小教堂，从巴黎出发，坐七个小时的火车，再坐一个半小时的计程车，然后还要爬山。我刚到山下的时候，看上面，人头涌动，那么多的人，就坐在草地上，崇拜地看着那个教堂，一个教堂改变了一个城市的机会，成就了一个建筑人。我就想成为那样一个建筑人。那样不容易做到的，痴人说梦而已。需要很多机遇。但我一向落点落得很好，在台湾开始工作时，正逢台湾经济起飞，所以参与了很多重要的公共建筑的设计。我跟阿城最不一样的地方就是，他不很流行，他外表看起来很保守；而我是非常喜欢流行的，我一向对时髦很敏感，我还觉得一个开发中的国际都市应该有它的时髦敏感度。这十年来我把自己闭关起来，到世界各地去住，一半时间住在上海，观看这个城市的变迁复苏。现在我把自己落点落在上海，我也觉得很好。

阿　城：你从建筑系毕业，一两年就可以做建筑师，做建筑人可不行。

登琨艳：建筑师是技术性的训练，而建筑人是需要有深层思想的。建筑人的作品都极少，就像张艺谋、侯孝贤一样。一个建筑师一年可以差出几十个项目，在这个电脑时代，会更快。好的建筑人都是很有魅力的，一张嘴很会说话。因为建筑所需金额太大，一栋建筑少则几千万，多则几亿，业主怎么可能把它随便交给什么人呢？做建筑师要像贝聿铭一样，业主全听他的，他说怎么样，业主就只有听话的份。

阿　城：贝聿铭已经到了可以控制别人的地步，他的话有催眠性。

登琨艳：我似乎也有这个本事。业主见我前本来要讲一大堆意见的，可等我开口说完他通常就没有声音了。建筑人的修为是非常重要的，建筑牵扯太广，做一个剧院，或做一个火车站，或一个小区，如果没有很好的学识，读过很多的书看过走过很多的地方，怎么能跟业主谈。因为业主本身可能就具备相当的专业知识，比如做一个剧院，如果不懂音乐不懂戏剧，没有看过国外的很多剧院，怎么可能去说服业主。好的建筑人是很难的，一所建筑学校，十年都很难出一个。我个人不喜欢用建筑家那个词，那个“家”太伟大了。做一个真正的专业的建筑人才是我的理想。

上海的建筑是否已经饱和？

登琨艳：如果从整体开发来说是没有满，可是你问我的话我就觉得应该停止，不能再做了，暂时停止，要做到郊外去。应该停下来多思考，以后再说。

阿　城：上海是一九四九年瞬间凝固，好像速冻食品，之后发展不大，这就阴差阳错地使一些东西保留下来了。解冻时已经到了九十年代，邓小平南巡。其实我们应该好好研究一下当年冻住的是什么，具有什么样的价值，再去做。上海本来有优势，就是它比别的地方晚了十年才改变，其他城市的经验教训应该可以拿来反省，从容动手。晚十年起码在建筑上是有好处的。

登琨艳：将来回忆起来最能代表上海九十年代文化的，可能那几栋建筑都跑不了的。

阿　城：这里有一个建筑人对环境的理解问题。就像巴黎卢浮宫里深红色的墙，画差一点，就经不住它的压挤，垮掉，环境会对建筑有考验。北京是天安门广场这个量的考验，苏式的人民大会堂和博物馆算是对付过去了。上海机会少，忽然空出这样大的一个量，于是就强调建筑本身的意义。我在云南十年，每天上山干活，云南就是山多。我回北京后，那里改革开放了，有钱了，他们写信给我，阿城，我们想搞个花园，你来设计个假山吧。老天，周围都是真山，为什么要搞个假山。视真山而不见。

登琨艳：这里有个审美训练问题。艺术家很多美学文盲的，只懂他那一行当。而美感是一种综合性素养，也需要很好的悟性。

阿　城：我的解释是，你可能是个画家，但你未必是个艺术家。如果你不是一个艺术家，那么除了你掌握的语言领域，其他领域你就会犯美学错误。艺术家是高的层次。徐悲鸿当年从法国学画回来，国民政府要他填有何特长，他填“鉴赏”。这个表达厉害，意思是美学这个领域我是通的。

登琨艳：建筑可以荣耀一个城市。也可以变成一个城市的耻辱。一个城市的建筑的决策者也很需要相当程度的美学素养，这样他就会想到未来，不敢乱做决定。譬如这条苏州河，你可以让它变成上海未来前卫文化的发源地，像纽约的苏荷一样，艺术家在这里给老建筑注入全新的生命，让老旧文化建筑开出新的花朵。上海是有很多这种机会的，只可惜愈来愈少了，台北犯的错，上海能不能少犯一些？

文明国家的现代化过程：拆毁、建设、再发现？

阿　城：日本没有这个过程。英国没有，意大利也没有。上个世纪的法国大革命，是一个砸烂旧世界的革命，它影响了本世纪的两个国家的大革命，一个俄国，一个中国。我不喜欢巴黎，巴黎是一个水泥公寓的世界，我怀疑发明水泥的原因，就是为了资产阶级造公寓。巴黎的公寓特有一种伪古典的样式，很像北京扩建的平安大道，沿街排满了伪古典的水泥店铺。在巴黎转不了多久，你就能同情当年老巴尔扎克为什么总是在挖苦暴发户，也就是资产阶级的品位。巴黎的文明和文化是资产阶级的，埃菲尔铁塔到蓬皮杜中心，再到凡尔赛宫前的透明金字塔，一脉相承。特吕弗的《四百下》，影片开始是一个长尺度的活街移动空镜头，从不断闪过的公寓楼顶上，始终是那个埃菲尔铁塔。我看了也很感动，这是一种很标准的工业乡愁。巴黎的迷人不在建筑，而在艺术家。法国资产阶级大革命之后，意大利的佛罗伦萨曾经请法国建筑师去改造一下佛罗伦萨，料不到法国就是一个拆，拆到佛罗伦萨人惊心动魄，赶快将法国人请走。告诉我这个故事的意大利人说起来是痛心疾首，因为我们现在看到的佛罗伦萨，只有市中心是原来的，其他的都被当年请来的法国人认为是封建旧世界而拆掉了。一种意识形态，一种潮流，如果没有很强的人文素质，很难抵挡。意大利人还上过英国人一个当。诗人拜伦在罗马大道上咏叹过一堵残破的墙，大致相当于我们“西风残照汉家陵阙”的意思，于是意大利人就将一路上的道边建筑做了旧，人工致残。我也是看时有疑惑，才问出了这个掌故。

登琨艳：大部分工业革命前如果已经是比较先进的国

家，它们的城市大部分不会因为这种现代化的过程而被拆毁。都是一些比较落后的国家在发展过程中，为了要新的东西，不断拆毁老城区，老的建筑。像土耳其伊斯坦堡为了发展，不经太多考虑，老区域就糊里糊涂给拆掉，然后盖了一堆很难看的新建筑。我这栋房子后面这个区域的人，也许会在一个月内就被动迁，整个搬到南汇野生动物园旁边，这种变化，是整个居民生态的变化，一夜之间，每天下棋的老朋友你就看不到了。我是很喜欢到后面的那片老房子逛的，胡乱逛，看看老先生们围着藏青色围裙，在屋外弄堂里坐在太阳下看报纸，我说，人生能这样子多幸福，一个大男人，穿着一个大围裙，洗洗涮涮做家事。在我们台湾哪有男人穿围裙，根本不可能，那是个大男人主义的地方。可是从另外的角度看，我觉得他们生活得多么自在，房子那么小，所有的社文活动就只好搬到弄室里头。大男人大庭广众下挑菜洗菜，没有几个国家的男人尤其是老男人是自在的。在台北住了三十几年，可是我的父母亲就是不肯搬来跟我一起住，他们宁可住在高雄的老家里。搬来台北和我一起住，他们会失去朋友，年纪大了，很难再交新朋友的。所以里弄的朋友关系是非常重要的。大夏天光着膀子乘凉，下下棋，多自在。住进新房子，会让你很愉快，可是当你搬进去不要太久，很快就会让你觉得无趣，想逃的。

阿　城：很多上海人对美国的概念就是纽约。旧上海的确有很多地方与纽约相似，例如高楼、厂房、仓库、港口，所以上海人到纽约，会比较适应。我是死不改悔地喜欢平房，所以在洛杉矶苟且着。我不喜欢纽约的另外原因是它太落后了。它发展满了，工业时代时发展得太迅速了，如果要建一个新的建筑，一定要炸掉一个旧的。前些年纽约要换掉石棉防火夹层，因为发现石棉纤维致癌，施工非常困难。凡是检修、增进新管线，只能将马路挖开，这种影响市民生活的不断施工，几乎使一任市长辞职。电脑网络时代来临，光缆的铺设在旧楼里简直是灾难，眼看着纽约在下个世纪陷入困境，市政府很头痛。我的意思是，我们要追求文明的进步，结果很可能不久就是落后的。许多的新电视塔，明摆着就要没用了，因为卫星传送的时代已经来临。我们怎么避免这些判断错误，而在城市结构中预留空间？这时恰恰是人文的知识、经验能使我们眼界开阔，对技术的发展有一个批判。

登琨艳：最近台湾有人找我做设计，他迷恋台湾老的传统三合院，想在城里建一个理想的三合院，都市里那么小的土地怎么做老的三合院？所以我就把上海的“石库门”往台湾搬。上海的“石库门”就是七八十年前老式三合院的现代版，占地很小，二层楼叠起来，那个空间很有趣。这样的房子如果是一家人住，那一定是很舒适风雅的，那里头秘密空间做得实在太好，绕来绕去，在屋里院子里随便穿着怎样干什么都不会有人看见。这是七八十年前很好的都市住宅设计，非常适合我们中国人居住。上海市政府如果做得到，应该把这些“石库门”房子尽可能保留下来。一个城市在现代化的过程中建那么多的高楼，高架路，只会涌来更多的人、更多的车子，进来更多的商业的，很麻烦。台湾如此，东京如此，汉城、曼谷也是如此，不会因为道路变宽，房子盖高，交通人流变好的，没有例外的例子。这是个很麻烦的问题，很难解决的。

阿　城：最后只好放弃中心。例如纽约一样，很多人住到新泽西去，到纽约上班。每天跨州到纽约上班。

登琨艳：比较成功的例子是巴黎，他们政府只允许在老的城区外面发展，规划出十几个新的城区。在巴黎你可以看到过去的老建筑，也可以看到世界上最新的前卫建筑，如果上海有关部门能注意到这样的问题，那些三四十年代的老上海面貌是绝对可以保存得很好。

阿　城：一九四五年抗战胜利后，梁思成他们做过一个南京和北京的规划，就是将行政部门移出老城，在城外建立新城，也就保留了老城。日本京都就是因为梁思成的意见，美军不轰炸而保留下来。我小的时候的幼儿园，就在傅作义时期的“新北京”，城墙以西到西山一带，真的是新的，就是王朔写的《看上去很美》的那个地区，我们可以看出他写的那个幼儿园很大，也很新。我在的那个幼儿园，每个孩子都有自己的储物柜，细条木板地，操场有两个足球场大，欧美式的，与梁思成他们的留学区域有关。当年北京南京的规划图，据说还在，倒不妨印出来供市政参考。如果按这条路子走下来，五十年来我们可以不动老城。我们这些年拆的，在日本叫“文化财”。为什么要拆？就是没有新眼光。

登琨艳：建筑是很可怕的，它绝对反映社会时代政治人文与主事者的决策能力和良知，也许今天你不会觉得怎么样，可是过了十年八年你就知道，这个是蒋介石主事时候盖的，这是毛泽东时代盖的。一点也变不了样，绝对反映出主事者的态度。建筑就可怕在这里，可是当事人在做决策的当时似乎都不觉得的。

阿　城：罗马、米兰有大量的墨索里尼法西斯时期的建筑，墨索里尼搞的是新古典主义，做的建筑又非常之大。例如米兰火车站，提着行李到月台，要走很长的一段台阶，我这么好的体力都差点累死。罗马的议会大厦，罗马人戏称为“打字机”，外观确实像老式打字机，巨大无比。意大利左派知识分子说法西斯的建筑应该拆掉，这几年大家想通了，不要拆掉，历史上有过一次法西斯，保留这些建筑就是保留经历过的状态。

为什么不回上海？

登琨艳：今天我一个台湾来的人跑到上海来租用杜月笙留下的粮仓，就有我自己的想法在里面。将来万一我有什么成就的话，这个地方就是我曾经工作过的地方，《诗经》里讲过这样一个故事，有一个小国，住在开发得很好的农牧区，他们旁边有一个以打猎为主的国家，要侵犯他们，他们打不过，就跑，另外选一个地方叫周原，重新开发，把它变成一个更好的地方。这一段，很像我今天当下的心情。我在台湾好不容易打下的基础，我把它给丢了，一个人跑到上海重新开始，以我这样的年龄，这样的心境，在这样的一个经济飞速发展的开放的社会，这不也是一个更好的机会吗？阿城，你也应该回来了，来上海，搬来这里。

阿　城：我不敢回来。美国的日常生活很朴素，在这边消费不起。美国也很安静，没人打搅。这边总是有人找你谈。

登琨艳：像我就逃，我在台湾这种机会多得可怕，在这里，没有人打电话找我，我的手机现在关掉。我在这里过很简单的生活，我可以骑自行车慢慢上下班。

阿　城：你到上海等于我到美国。

登琨艳：在我知道的所有的状态中，阿城是一个标准的文人，从来不占有。不像某些现代文人，占用知名度，把它变成自己的经济产业。

阿　城：我看重的是经历。前几个月凤凰卫视曾叫我带他们走一下埃及到中国这段路，这一段路我走过两次，一段路一定要走过两次才算开始有发言权，但我实在没有那么长的空余时间给他们，所以谢绝了。

登琨艳：我和阿城一样，也都是在一个城市里住下来，少则两三个礼拜，多则几个月。这样见到的跟走马观花所看到的是不一样的。在过去的几年里，我们都是跑来跑去的。我有一个老朋友骂过我，说我今天这样的能力没有太大的成就，是因为滚动的石头不生苔，我说生苔干什么，我还年轻，要吸收更多更新的东西，建筑师的成就是五十岁以后的事，我才不要生苔，生苔可就没有用了，我要磨得光光亮亮的，这样跑起来才会快。但是我现在快到五十岁了，我似乎应该可以停下来。

阿　城：我属牛，今年五十了。我从三十岁起就开始着急，盼着五十岁快点来到。我自己知道，五十岁，我这锅汤才算煲透了。做什么都得心，出手就是了。人要耐得住，包括年龄。今年我特别高兴，终于到了这一年。

登琨艳：五十岁的男人所能展现出来的魅力是非常惊人的，不是一点点的厉害。

阿　城：女人是二十到七十多岁非常好，成熟，默契。与默契的人聊天是可遇不可求的享受，无论男女。女人三十岁前可能会漂亮，像玉中的荔枝冻，三十岁后则会美，像羊脂玉，当然要看修和养。现在是无论男女，都对年龄恐惧，像动物，再加上自暴自弃。

登琨艳：很少建筑师是在五十岁前成大器的。建筑师似乎比小说家难，小说家可以在三十岁时出很好的作品，一个建筑师没有五十岁是不会成就的，这是很奇怪的。

阿　城：建筑太综合性了，靠积累。小说有时会因为特质而爆发出来。

登琨艳：小说家要写出《红楼梦》那样的作品，我看没有五六十岁也不行。那种广度与深度和建筑是很像的。

与孙良对谈

孙甘露：前几天在微博上看到一幅大英博物馆藏的拈花微笑佛陀像，宋代陈用志的画，那个色彩和技巧跟传统中国画完全不一样，乍一看以为是梵高的作品呢。所以老听到有人说，西方现代的技巧传统中国画里全有了。

阿　城：台北故宫藏有一幅锦鸡图，黑底描金，可以归到现在说的漆画里面去。

孙　良：唐宋时代的有些佛像的画法跟后来的确是不太相同的，后来引发了日本的禅画和书法，它们是中国画的分支，但又不是文人画的路数。宋代散落在海外的画，风格变化很多，包括泼墨、泼彩都有，但国内的正统教学里这类画看到的就不多。

阿　城：文人画已经被明、清整理出了一个绘画传统，尤其在董其昌那里。这个传统的规格很高，话语权很重，一直影响到我们今天。这个传统，核心人物是官和僚，我们常常忘了他们是官和僚，就像我们也常常忘了魏晋名士们也是官和僚。人在制度中，哪能不受气？反制度

注：本文原刊于《上海书评》，2012年1月8日。

很难，总要有个出气口，可以排遣。魏晋名士是恶搞，隋唐开科取士，士的力气还是很大。宋以后士的力气小了，才转到诗和画。诗的地位很高，诗言志，士所为。诗和画，一定会被合流的。齐白石当年画得很好了，于是请教高人指点怎样才能更上层楼，陈衡恪，陈寅恪的哥哥，点拨说学诗，画有题诗，价格才会上去。齐老先生于是停笔学诗，果真如此。认真说，完备的文人画，重点在诗而不在画。诗可以达到很高的意境，这是读书人可以在心里傲视制度、皇权的一个方便法门，要知道，皇帝老子也得学诗啊！毛泽东写首诗，也得请人看看韵脚合不合。

但是把眼界放开放远，会发现中国绘画传统不是这样的。我记得哪一年中央台要拍中国美术史大型专题片，编导是学美术的，他就跟我说中国绘画就是文人画。我说文人画好，但窄。文人画最初相当边缘，是读书人在书写之余用写毛笔字的方法画上几笔画儿，作为一种休闲和调节，苏东坡就是这样。本来不是主流，后来变成主流了，寄托了什么文人的胸中块垒啊，道德的追求啦，还有自然啊天人合一啊等等，越加负担越重。我跟他说中国美术主流是工艺（也就是我们现在说的工艺美术）的，他不同意。我说如果你只讲文人画的话，中国美术传统会非常短暂，而且画法内容雷同性非常大，撑不起来。

绘画最先是匠作，匠作重视材料，这颜料是从哪儿采的，石青、石绿、藤黄、赭石，都是从石头、植物里来的。还有用什么胶去调。孔子说过“绘事后素”，那是讲一个绘画的程序问题。弟子问他画画是怎么回事，老夫子讲了这四个字，文人争了很多年。文人不事工艺，争不清楚。这是讲春秋时期的绘画程序，线画完了之后，再用底色把线挤窄。文艺复兴的波蒂切利也是用这个方法。还有，画在什么质料上？有麻，有绢，还有漆底的，木底的，以及石碑——先用朱砂在碑上写，所以叫“丹书”，然后再刻。这些都是材料造成的传统。

要说文人画完全没有工艺继承是不可能的，只是文人画的材料非常简单，其中还是有工艺的脉络。从工艺的角度去看中国的绘画传统和书写传统的时候，那个才是主流，我们才能对中国美术史有比较全面的看法。

比如说到纸，都说是蔡伦造的，其实蔡侯纸指的不是“抄”这个动作的结果——纸浆在料池里一遍一遍抄，然后弄到墙上去烘干，揭下来就是纸。这个动作其实并不是中国人独有的。蔡侯纸是什么意思呢？当把这个东西捞出来之后，我们要再一遍一遍刷，刷什么呢？刷填料，使完成后的纸形成像墙壁一样的质料。在这种纸上画画就好像在墙上画画一样。墨点下去是向下渗透而不是向两边渗透。因此中国绘画传统更具体地说是壁画传统，蔡侯得把纸做得像墙壁一样才能完成传统的要求，否则画匠们在纸上用老方法就画不成了。这个工艺不断改进，到五代就有了“澄心堂纸”，这个“澄”透露了一个步骤，就是在料池里已经把涂料混到纤维里了，抄出后还要再涂；“心”则是纸“芯”。蔡侯纸在汉代时是抄麻，现在的出土材料里发现了蔡伦之前的麻纸，但是用来代替布的，不是为书画的。我插队的时候用的西南地区的麻纸就是用来代替布的。最早的无纺布，相当坚韧。我们现在的主流绘画纸已经在清代变成生宣了，生宣是半成品，还没涂布填料呢，所以我开玩笑说中央美院的国画系那就是个半成品系，纸都还没做完嘛。《汉书》上说蔡伦献给宫廷这种纸，贵族们非常喜欢，它要能与绢、丝绸的质感相匹敌，才会非常喜欢啊。

还有比较重要的一点是，到了唐代，因为战争，阿拉伯人俘虏了唐朝士兵，蔡侯纸的涂布方法就传到了阿拉伯、地中海再到欧洲。这个纸造就了波斯细密画，只有在这种纸上才能画出多层次，描到那么精细，搁生宣上不可能。而且这纸也不是我们说的熟宣，熟宣是加矾加胶，画上去的墨太亮，就好像鼻涕甩在水泥地上，闪闪发光。所以波斯细密画、印度细密画都是因为有了这样的纸才成为可能。这个纸往欧洲传的时候已经相当晚了，那时欧洲还是书写在羊皮上。中国方法造的纸传入之后，我们现在能看到的就是文艺复兴的素描。达·芬奇、米开朗基罗、拉斐尔这三巨头，他们的素描是画在类似澄心堂纸上的。后来在欧洲逐渐进化成了铜版纸，铜版纸完全是一种涂布纸，纸的纤维质量非常差，就靠在上面涂石灰。汉代时也是这样，涂布之后要拿石头去磨，磨得很光滑很光滑，写字就不洇。东晋王羲之、王献之这些人，哪里会有一笔是洇开的，那是蔡侯纸啊！竹木简，也是要涂布之后再书写。澄心堂纸是李后主的功劳，它不用麻，而是改用挑选的树皮纤维，一个划时代的改良。南唐让宋给灭了，澄心堂纸，其实是造纸工匠也跟着进了宋的宫廷，才造就了宋画。这个不能看画册，得看原作。最起码也要看看南宋钱选的纸上画，那纸像玉啊！纸寿千年，植物纤维怎么维持得了千年？说的是纸中的矿物质填料。

我好像在《威尼斯日记》里写过，一九九二年在威尼斯看了一个达·芬奇的大展，我一看就明白他用的纸是澄心堂式纸的制作方法。达·芬奇画的有些素描非常讲究，是用银条画的，银硫化之后会变黑，那个黑真漂亮，透明。那不是铅笔或是白垩土能画出的效果。这样典雅、细致的质感，跟宋画是一致的。有一年碰到一个土耳其人，他跟我说欧洲的文艺复兴绘画用的是我们土耳其做的纸，我跟他说了蔡侯纸，他立马说我们东方要联合起来。现在欧洲专家不承认跟土耳其有关系，其实是有的，蔡侯纸最重要的涂布方法传到那边去了。

孙　良：中国画的确很特殊，王羲之之前的画作保存下来的极少，马王堆之所以那么重要，就是因为唯一一张帛上面有画。我们现在说的文人画，实际上都是宋以后的画，而且被米芾、苏东坡这一支给放大了。我认为文人画真正被提到比较高的地位是在元代，因为那时的知识分子太特殊了，必须要强调保持文人的价值。之后文人画就占据了最高地位，甚至连宫廷画也渐渐没有价值了。以前宫廷画的地位是很高的，你看宋徽宗养了那么多好画家。

说到颜色，唐代绘画的颜色就非常灿烂，禁忌很少；汉代时候是颜色少，宋代以后又有颜色禁忌，只有唐代色彩最丰富。比如李思训的大青绿，感觉完全就像壁画，颜色非常艳。

阿　城：大青绿、金碧山水，金碧山水现在在日本的屏风上还能看到。元代纸的质量下降了，青花瓷是元代GDP的重要构成，出口。仔细看倪瓒的用纸，差了宋代一大截。我怀疑纸后来堕落到生宣，是元代开的头儿。

孙　良：我们现在对宋徽宗赵佶特别感兴趣，中国艺术被皇帝如此推崇，的确是达到了最高的程度。宋徽宗对画家要求太高了，王希孟一个十八岁的小孩，皇帝能教导他画到那么好。

阿　城：还得说这里有一个分水岭，在这之前艺术家不留名，没有签字。赵佶是画押，后来有人解释“天下一人”就是个“行”字，表示他认可了，就画一个押。巨然这些人也只是斗胆在树旮旯里签个小名。这里反映出什么呢？你看汉代、战国、春秋到更早的青铜器，再一路下来，到文人画之前，这些画力量都很大，为什么？就是画家不承担全部，我只承担局部，其他部分有其他人做。所以他们画画不苦，不用一个人承担哲学的、思想的、美学的，大家分工合作。每天太阳出来，才开始作画，太阳光弱了，立刻就歇了，该找女人的找女人，该喝酒的喝酒，所以画家的精神和身体一直处在元气很足的状态。到了签字以后，弱掉了，要独自完成哲理、美学、块垒什么的，小肩膀儿担不住啊，结果每样只能担一点点。其实西方也是这样，他们到了签字时代以后就弱了，除了个别天才比如米开朗基罗这种，一个人可以撑起天。签字时代以后一般的画家都弱了，签字时代之前画家不承担那么多东西。

我们现在看盖房子，工匠还是分工的。古代无名时代最好的艺术家还真不一定是画画的，一个班子里有一个人画画，他就在旁边看，画得不对他就说，他不管画只管说，因为同时他还要监督做颜料的那一队，在他的领域里面他就是个总管。他身上主人的状态也有。也有一种画家带徒弟，我小时候还能看到这种，他只勾脸，等到画衣服的时候就丢给徒弟画，他自个儿出去喝酒去了。徒弟画完了也不敢通知他，怕被他骂不认真，得等到天黑再去跟他说画完了。我们再回过去看宋画，开始改变了。这幅画是一个人完成的，他不会画完山再让徒弟去把树画了，这接不上。

孙　良：我接着你刚才说的壁画传统再说说，材料、物质的作用的确是很大。宋以前的书法因为用的不是宣纸，所以不需要力透纸背，不需要渗透，不需要把笔和纸融合起来，只是表达字的意义。那个时候可能很多字是竖着写的，画也是竖着画的。那个时候的笔也不是今天的笔，宋徽宗有可能用长锋，其他的不一定是长锋。你看郭熙留下的画，像现在的墙纸一样，他都画满了，而且量非常大，有很多屏风。皇帝喜欢他，就什么都让他画。北宋灭亡大家要逃走的时候，就拿刀划一块画带走。所以我们看到的这些作品，甚至很多人说范宽的《溪山行旅图》都不完整，原作可能要更大，不是现在看到的这个格局。

阿　城：可能。那个时候行旅图是画真的行旅，好像《虢国夫人游春图》，是很长的一幅作品。

孙　良：还有一点，宋徽宗题的展子虔《游春图》，包括周的作品很有可能都是宋仿的，宋人在仿制的时候纸张变了，已经不是在唐人用的材质上画了。

阿　城：我猜宋人如何临摹唐人或更早的画，比如《女史箴图》什么的。这些画是绢本，薄，透明，可以蒙在以前的画上。

孙　良：绢本来是很白的，但时间长了以后就会变成褐色。

阿　城：柞蚕丝是偏黄的，桑蚕丝是半透明的。白是因为要用涂料把绢的间隙填平，或者绢背托了纸。不过长期烟熏火燎，再大的皇帝也只能点灯啊。我今年狗屎运，居然让我在日本万数块钱淘到幅南宋钱选的折枝桃花，绢本，上面的涂料还有保留，用笔温润爽利，扫描打印后送懂的朋友。

孙　良：宣纸的出现起的作用最大。你看苏东坡画竹子，竹节都没有，哗的就上去了。当然他的画没有传下来，传下来的也未必是真的，但米芾的水墨就看得比较清楚，虽然很小几幅，尺幅不大，但是在宣纸上就有水墨的感觉了。后人对此很推崇，所以说材料的确改变了很多绘画的种类。

再比如印象派兴起，一般会比较多讲工业革命啊，牛顿的三原色啊，但最重要的是画家能走出画室到大自然里去写生，这个不是推个车子就能做到的，而是颜料可以装在吸管里。以前的画家用颜料是要自己研磨的，今天画多少就磨多少，有时候颜料干了就算了。颜料能够装进吸管以后，画家就可以跑到很远的地方去写生，画的时候把颜料挤出来就可以。你看以前文艺复兴时候的画常常是黑乎乎的酱油颜色，因为他们点油灯，看出来的光景就是这样。等到可以到户外去写生，自然光对他们肯定有很大影响。这就是材质上小小的革命对艺术的巨大推动。

阿　城：材质里面也有很多秘密，就是颜料里加了东西。比方说伦勃朗的画，跟中世纪的一样，里面加了玻璃粉，适合在光线昏暗的荷兰这种地方，窗户那么小，挂在屋里居然能看清楚，有点像我们现在开车看到地上那个标志线，白颜料里掺了微小玻璃珠，车灯一照就会反光。佛教绘画里也有这种手段，以前的壁画颜料里就掺有蚌壳粉，有一点光那个佛的脸就亮，很感动人。现在修复壁画如果不加这种粉，光照着老样子上颜料，那没有光的时候就什么都看不见，这是不对的。刚才说的钱选的画，花的部分白颜料加了蚌粉，近千年了还会发亮，用铅白就会氧化变黑；印泥应该是加了珍珠粉，用验钞机的光照，有荧光。

孙　良：除了材料影响，环境、颜色对画家的敏感度也有很大影响。文艺复兴前后包括法国十七、十八世纪的绘画，我们感觉很微妙、很细腻的东西，跟他们那时候的昏暗的光线有关。现在我倒觉得光线越亮我们眼睛越不好，辨别力不见得比以前光线弱的时候好。我二年以后画画会加银色，是因为看电视，我发现我们现在对光的印象不是自然状态下的，而是从屏幕里显示出来的。屏幕里显示出的红色、绿色，哪怕是黑色，跟我们在自然光下看到的颜色已经不同了。看电视、看手机习惯了以后，会觉得自然里的颜色不好看。小姑娘老在电脑上挑衣服，真的拿件衣服放她面前她肯定觉得不对头，好像没那么好。人们对颜色的习惯性改变了，我们画家用色的时候也应该有所改变。如果我今天还是用油画颜色画画，就感觉很陈旧。印象派画家也是，如果他们在户外创作久了，再回到画室里就觉得光敏感度不够，不够刺激，得到亮的地方才行。

阿　城：还有一些重要的辅助工具，要是辅助工具没有了，你就几乎不知道他们怎么会画得那么好。从乔托之后，包括达·芬奇等人都会使用透镜，安格尔把透镜使用得出神入化。他们不是面对着真人一笔一笔画，而是用透镜反投人物打在一块幕布上，所以他们没有形准不准的负担。硬写生培养出来的是真正的高手，他是真把你画像了，这个负担很重的。所以你看安格尔画的一系列人像，帕格尼尼像，各种贵妇人像，尺寸都是一样大小，因为他的透镜就那么大，反映出来的也就那么大。你看他那个线条帅得呀，会觉得这个家伙太不可理解了，形那么准，不犹豫，其实是因为他没有像不像的负担，所以笔触就解放了，特别好。

孙　良：有一年我去卢浮宫，看到安格尔素描展，一百多幅，都很小，精妙之极。卡拉瓦乔的时候就开始使用透镜了，因为用了透镜以后，人物的正反就逆了，甚至会出现手的位置……

阿　城：左撇子特别多。

孙　良：画像有时不是多个模特，而是一个模特充当两个角色，人物在重叠上就会有些问题。这些问题在今天的写生创作时是不会犯的。但透镜技术后来好像突然失传了，一下就没有了。

阿　城：当时是个商业秘密。大概二十年前美国有个有心人揭露了这个秘密。

孙　良：最近大家重新开始关注，为什么那些画家突然画得准了，搁乔托时代你让他们画也画不准呀。

阿　城：乔托当然笨笨的。摄影术发明之后，画家的模特儿费大为节省，虽然曝光时间长，但也长不过十分钟。德加用照片用得很厉害，他的那些裸女入浴图画的其实就是后来布列松说的“决定性的瞬间”。

孙　良：因为画不准，所以很概括。我们现在就说他们很洗练。

阿　城：乔托之后一下子进化到画得很好，这个突变是光学透镜。

孙　良：卡拉瓦乔的深背景也是透镜造成的。因为其他部分都是暗的，用不着看到。这个技术连我们学画的时候都不知道，包括欧洲的学院派也没有使用。现在写实主义画家基本上什么工具都不用，十几年前陈逸飞画画还要用感光底子，现在都不用，直接打底，一张画基本就完成了。也没做错，他们直接继承了文艺复兴的光荣传统，还与时俱进了一把。说这个好像揭露了行业秘密一样，画家就不那么神秘了。

阿　城：中国宋代、元代也画人脸，但都画得不好，就像乔托时代似的。突然到晚明就画好了，也是透镜。这时候因为传教士的关系，透镜传进来了，那些画遗容的工匠会用到。这也是中国画家的行业秘密。那是不可思议的画得好，而且当中没有过程。之前画人脸都有模式……

孙　良：对，古人画画都有口诀的，不用看你人，别人告诉我你长什么样，什么眼，什么鼻，什么嘴，什么脸，按照这个套进口诀去就可以画，还真能有点像。我们学画的时候已经不走这个路数，就不太熟悉。但是接触过一些民间艺人，还是能了解一些信息。

阿　城：有本书里收了很多画遗容的那些匠人的手稿，神韵好得不得了，跟安格尔都是一个级别的。像不像的负担甩掉之后，他就有精力去抓那些重点要抓的东西。

孙　良：我实在太喜欢安格尔了，所以注意到他对比例的改变。比如《泉》、《大宫女》是有比例拉开的，真实人没有这个比例，背部肯定没有那么长。我特别喜欢《大宫女》，去年在卢浮宫还看了老半天。

阿　城：那腰非常长，透镜平移的结果。而且透镜也加大了接活儿的量，统计当时画家的作品数量，查看日期，简直不可能啊，这么快就完成一幅画。量非常大。

孙　良：对那些巨人的画，我们现在不敢想象。德拉克洛瓦的《希阿岛的屠杀》七天就画完了，我们现在好多人花七天数里面的人物还数不过来呢。后来的学院派有的很用力，画得也不错，但再也达不到他们那种一气呵成，又有那么大的量，又有那么快的速度，完全没有粗制滥造的感觉，非常精致。这些都是巨人式的，比方达·芬奇画的那些小天使，头上的小卷发一圈一圈毛毛茸茸的，圈打得很精彩，确实有本领画得那么精妙。

阿　城：他们都有绝技，都有秘密。比方维米尔的那个颜色几乎没有调过的，就在上面蘸，等颜色接近干的时候，然后拿手揉，揉出来的地毯跟真的一样。你拿一根方头笔永远画不出那个效果。还有以前俄国的谢洛夫画的《持桃子的小姑娘》，姑娘脸上那个毛和桃子，近看跟维米尔的方法是一样的，点好了以后等半干，然后拿干笔很虚地那么揉，所以颜色底下都能透出来。完了你就觉得那个脸特别润。

孙　良：以前古典画家还会用砂纸，颜色在互相摩擦时会渗透。古典绘画中这种技巧很多，现代人以为他们都是拿笔画上去的。

阿　城：拿支笔硬干，然后就很沮丧。所谓师徒关系就是画到关键处，师傅就让徒弟去打酒，徒弟打完酒回来，师傅已经画好了。

中国画到近代是生宣一路下来，没有发现什么新材料。

孙　良：文人画有很大的随意性，不像宫廷画那么精妙。文人画不允许有匠气，尤其明末以后宫廷画马上就三四流了。《兰亭》评价那么高，就是强调随性，感情投入，一瞬间的偶然。宣纸尤其是生宣又吻合了这种需求。我学画那会儿对工笔画评价就很低，不如泼墨画。但是文人画路子特别窄，我觉得大写意到了二十世纪就结束了，最后一位就是齐白石。他跨过了文人画一步，已经把大写意画完了。之后的文人画作为一个画种就没有太大意义了。

不过现在老了回头去看，又觉得文人画是一种人的艺术。宫廷画二十几岁、三十几岁画得好，老了可能就不行了。但是文人画可能越老画得越好，它在跟着你成长。特别是书法，有些我一辈子都不喜欢的书法家，临死前写两个字写得那么好。

画油画的，三四十岁一定是黄金期，因为有对颜色的辨别力，这个年纪大了眼睛肯定就不行了。阿老刚才提的那个谢洛夫的《持桃子的小姑娘》，那种对微妙的光线的敏感性，也就是二十来岁年纪的人才有。雷诺阿等人晚年都不行了，唯一有回光返照的大概是莫奈，画睡莲的时候已经老得一塌糊涂了，突然间对颜色又有了新的体验。

阿　城：他的晶状体出问题了，老了，变暖了，他那个睡莲偏青紫，因为他看世界都偏暖。雷诺阿晚年也是这样。油画家有年龄的限制问题，要在四十岁前把所有的画画完，再晚颜色就有问题了。国画家没问题，颜色少，按经验就错不了。

孙　良：毕加索晚年也是乱涂颜色，但是因为他太牛逼了，颜色不好画也还是好。另外要说一点，中国人没有颜色的感觉。不知道大家有没有这种体验，拿着相机到外国去拍，一样的相机，装一样的胶卷，拍出来的颜色完全不一样。中国的山水完全不适合用油画画，哪怕水彩都不合适。你随便去看中国的哪一座山，最后会发现最适合表达的还是水墨。但如果用水墨去表现西方的山水，那怎么看都不对劲，它跟中国水墨完全没关系。真的是一个地方生成一种艺术。中国画家没有那种自然环境，对色彩就没有那么好的辨别能力。而且中国历代有皇权禁忌，很多颜色不能随便用，黄色、红色都是如此，只有画黑白没人有意见。

还有就是中国的颜色多为矿物质颜色，石绿石青是用松耳石和绿松石磨出来的，朱磦朱砂是朱砂矿里的，花青和藤黄算是有点植物的颜色，一共没几种颜色。矿物颜色不适合调和，石绿石青去调别的颜色都不合适，因为颗粒研磨得粗。只能用花青藤黄调，偶尔加点胭脂。我们用的大红、西洋红，都是民国时候才有的。我们本身对颜色的挖掘比较少，今天人们爱说的青花瓷什么的，都是阿拉伯传来的。

所以我常说，中国国画家没法办个展，因为如果办个个展，梅花是这个红颜色，牡丹也是这个红颜色，用的那些颜色是一样的。一张画看看还可以，但放在一起看颜色都差不多。中国画家一是颜色少，二是不敏感。

阿　城：这里面也有中国画的独门：色由墨生，色不具独立意义。你这个红为什么用这样的红，是因为你这个墨是这样的，由这个墨决定生出什么样的红来。为什么齐白石敢用西洋红，因为他敢用焦墨。在以前讲究银灰色的传统里面，加西洋红就太重了，但西洋红的强烈程度跟焦墨是匹配的，可以达到色由墨生的关系。

孙　良：刚才说到中国人对色彩不敏感，但是上帝也很公平，剥夺一样东西的时候，肯定会加强另外一样，所以中国人对黑色的敏感度就没有人能比。中国的墨分五色，但真正画画的时候，墨大概五百色也有。中国传统画家哪怕一张画中，也有各种墨色的微小变化。他一支笔在点东西的时候，每次点完会有损耗，墨汁在慢慢变干，这个变化都要求有。特别是文人画，在树上点叶子，每一组的变化都要有，不能一种黑点到头，这里面就很微妙。还有中国人对色彩没有感觉，但对线条特别敏感，男人形容女人漂亮都说线条很好。线条变化多的时候，一个颜色就行了。

阿　城：我觉得这个跟语词有关系。中国形容颜色的语词相当贫乏，红只有什么浅红、深红、土红、大红、粉红，法语里面就有各种描述颜色的词，所以法国人画起画来可以按照他说的词去画，说法语的人天生对颜色的微妙性就有感悟。蒙古语里描绘颜色的词就比汉语多，而且是复合性的。我早年插队的时候，跟蒙古人说白马黑马，他不明白你说的是哪匹马，在他们的眼里，颜色是复合的，没有单纯的白或黑。

孙　良：我还发现一个现象，不一定有科学根据。欧洲的云偏低，阳光在发生折射后颜色就很丰富，中国没有这种现象。西方古典绘画中常看到一种金颜色的树，我一直以为这是欧洲人幻想出来的，要么就是颜色隔了好多年变质变成了金色。有一次我在法国南部开车时，一束阳光从云里钻出来，照在树上就是金色的。树上长了一种黄色的苔，阳光照在苔上闪的就是金色，而且整棵树都是金色，跟古典画上一模一样。

阿　城：孙良说的这个中国没有颜色，可能也是因为被语词限制了。这是互相影响的。再说几句跟材料没关系的话，中国有一样东西发育得太早了，就是审丑。审丑在西方差不多到了现代主义时期才开始出现，中国在庄子的时代就开始了。庄子不断写丑陋的东西，怎么有价值，怎么高贵等等。文人喜欢在家里放块怪石，外国人觉得这什么呀丑死了，中国人就觉得里面有很多讲头。中国审丑发育得太早了，就有了只用墨的绘画，这在一个没有素描训练的西方人眼中，是丑的。当然这个话题就跟材料没什么关系了。

与宁财神、赵波、俞白眉对谈

宁财神：阿城老师，今天跟您做一个小采访。

赵　波：阿城老师，现在很多人都在搞网站。您不搞吗？

阿　城：很多人都沉不住气。

宁财神：我特别喜欢您的《闲话闲说》。

赵　波：财神都快背下来了。

阿　城：什么时候我送你一本。你现在看到的国内的版本是有些删节的，删节了三分之一。

宁财神：您的《遍地风流》啊《闲话闲说》啊我都看了。好多遍。翻毛了都。

阿　城：所以我说，上次去你们“榕树下”参加那个文学大奖赛的时候，我看到网络上那些作品，觉得和我的期望本身有距离。

宁财神：您是说的水平？

阿　城：不是这个。而是说，我本来想象，网络作者不用通过审查啊那些东西，作品出来，应该更有想象力。可是没有。

你看这个人那个人写的东西，都一样。

MIKKO：这会不会是跟年龄有关系？

阿　城：没有关系。他是知识结构的问题。你的阅读面窄，只有两三根棍子，来回搭，也没有多少组合。别人就有很多根棍子，来回搭，变化就要多得多。读得越多，知道得越多，冲击力越大。尤其在网上，一下子起来，就得是蘑菇云。那才好。要我说，“榕树下”这个名字不好，不如直接就叫蘑菇云。（众笑）

俞白眉：这个吧，我们虽然在网络上写东西，可是也是看的别人的东西写的。

宁财神：其实我们这些人，都能在传统作家队列里找一个映射关系的。我们一起手，就是抄的他们。王朔，琼瑶，杜拉斯，卡夫卡，钱锺书，张爱玲……

阿　城：不是抄。你看别人的东西，被别人的东西一激，自己也有念头。你们越读得多，知识结构越合理。从现在来看，想象力是不够的。

俞白眉：（笑）给我们点时间。给我们点时间。

MIKKO：年龄小啊，经历的事儿少，它会不会……

阿　城：没有的。越小，受到的禁锢越少，写起来越应该天马行空。这个和年龄没有关系。还是和阅读经历知识结构有关系。所以我不同意按年代划分作家。一二十五六岁的小伙子，他读书多，很可能和一九十岁的老头思维方式类似。主要是知识结构。以前说年龄上，代沟，没有的，我说是知识结构沟。看你都看什么样的书。什么样的书，都看点。别人的词的构造很新鲜啊，你一看，也长知识。比方说你看一本化学杂志，你不用看懂，可是你还可以看。看看。我在日本的时候，很喜欢看他们的招贴画啊什么的。他们很多汉字的搭配很奇怪，也很妙。咦，还可以这么组合呢？

MIKKO：御手洗。

阿　城：对。很多。

宁财神：日本和捷克斯洛伐克的招贴画是全世界最好的。

阿　城：嗯，是。

宁财神：还有香港。他们在文化上相当认真。他们每年花二十万搞一个大奖，就是奖励人设计繁体汉字新字体。设计新字体，花样翻新，特难。他们认认真真来。

阿　城：认真啊。就怕认真。鲁迅以前说的，中国人迷信，要都起码迷信成广东人那样。他们是真信。

宁财神：对。香港他们拍电影，开拍之前都要祭猪头什么的。

阿　城：就说是迷信，你也得认真。更多的中国人不是。

俞白眉：功利。

阿　城：是功利。用得着的地方他们信。

宁财神：我们大家现在都面临这样一个问题，心浮气躁，看别人东西往往看不下去，随便翻，知道你玩什么，傻逼，三两段就烦了。

阿　城：这不好。我以前老说，读书要有素读的习惯。朴素的素。你不带任何成见地看。看看，哦，这是某某的书，他要想说些什么。他总有点好的东西。你说他不好，那你说出他不好在哪里。说出来。这也是一个鉴赏力提高的过程。

我们原来在云南，能看到的就是毛选。第一遍看，说的是什么。第二遍看，哦，我觉得我有我的观点了。第三遍再看，我又把自己否定掉。一本书变三本书。看的逐渐多了，速度快。看书会很快。三五分钟，你就翻着，翻着翻着，有意思的东西自己就蹦出来。

俞白眉：我们现在能在网上接触到更多的东西。

阿　城：现在网络还不是真正意义上的资料啊工具啊。不是。它更多的就是一交流的地方。你现在查什么书，查不着啊。过十几二十几年，有网站，大型资料库，你查什么书，按辞条索引，二十四史，都有。现在就是只能交流这样。

宁财神：台湾有一个国学网站，就可以按辞条索引二十四史，非常好。

阿　城：我很喜欢读旧书。以前就读旧书。到六六年以前，一拨一拨的旧书得从书架上往下拿，到后来书架上就没有了。我们说发达国家，好像把旧的东西都拿掉啊，其实不是。英国，法国，意大利，西班牙，包括美国，二百年历史，都不是。反倒是我们现在，看不到了。很可惜的。你读书读多了，才知道我们以前有过多少好东西。你看朱生豪，梁实秋，翻译莎士比亚的话剧。我觉得他们的鉴赏力还不够。（笑）我们以前有很多非常非常好的东西他们看不到。

俞白眉：（笑）我看着朱生豪的译本就觉着非常漂亮了。

阿　城：不是说文字上。我是说，很多咱们历史上就有的好东西，他们没看到。我说一个故事。唐朝一个县令，抓住一个犯人，要处决。县令一看犯人长相，奇人呐，以后能有大出息。就跟他私底下说，你跑吧。就放了。过几十年，县令贬了，回家，走到一小镇上，就被人拦腰抱住。恩人呐，没你哪有我今天。一定要留下来款待。好好住着，想玩，想吃，随便。晚上这人跟老婆商量，怎么报答恩人啊，老婆问，一匹丝够吗？不够。十匹丝够吗？不够。一百匹？不够。一千匹？老婆说，那你今天晚上把他杀了吧。对。杀了。这是什么冲击力？莎士比亚有吗？你报答不了啊。她太爱她丈夫了，知道还不了这债，得压你一辈子。（县令）不是救了你，是压你一辈子。

赵　波：爱跟死亡总在一起的。

阿　城：哦，还不全是死亡。不是非一条路的。他对人性是怎么理解的？你在古书里，能找到很多这样的东西。你财神看到了，你写啊，你写网吧里这么一事情，别人一看，哟，财神半年没见，一出手，怎么不一样啦？

宁财神：哈哈。

阿　城：很多很多资源，都断了。以前我们的小孩子还背诗经的，现在没有。可欧美人还在学荷马。人家是真看。所以美国就是理科学生，也一定要学文科。知识结构不能偏废。不然制约想象力。

俞白眉：您说的想象力这个问题，王小波的小说里就经常说到。数盲啊什么的，就是说我们是一个想象力匮乏的民族。您和他是不是一个意思？

阿　城：嗯，是。

宁财神：阿城老师，还有一个，我们几个今天聊到词汇资源的问题，觉得现在的词汇资源都被人用光了一样。

阿　城：没有，没有。绝对没有。很多很多。你用不光的。不过你还没找到自己合适的。谁不是满肚子念头？街头老头晒太阳，坐着，看人来人往，谁谁这样，谁谁那样，他也什么都知道。他不知道自己能干这个。你说，王大爷您来一小说试试，他哆嗦，觉得自己写不了。

俞白眉：阿城老师说的，写东西好像是一个很简单的事了。

阿　城：本来就很简单。很重要的是要有这么一个宣泄渠道。有一个自己的言说方式。八十年代，魔幻现实，新写实，那些东西刚进来，得了风气之先的一出手，一下子就不一样。他们本来都是已经掌握了很多资料的，就找这么一个宣泄渠道。跟水龙头似的，找着了，一下子就滋出来。你们在网上，多看看东西，有好处。

赵 波：网下的这种资料，或者说生活经历啊什么的，是不是很重要？

阿 城：过去说作家需要生活啊，什么的，不对。作家需要的是想象力。卡夫卡，博尔赫斯，他们有什么特殊的生活经历？朝九晚五的，就是回去屋里写。还有卡尔维诺，他本来是都灵一家大出版社的编辑。他又有什么经历？后来辞职了。在外国编辑很了不起的啊。你比方说吧，你是北京文学一编辑，到美国，一递名片，人一看，EDITOR，就很敬重。作家不稀罕，满地都是。编辑是很了不起的。他必须懂市场，有鉴赏力。跟咱们这里不一样。

俞白眉：咱们这里体制有问题。你中文系毕业的，毕业了当编辑。不是市场竞争出来的。

阿 城：鉴赏力很重要。

俞白眉：那么您说懂市场，和鉴赏力。那么是懂得市场需求的，和文学鉴赏力，文学评论批判的能力，哪一个更重要？

阿 城：不是分得那么开。咱们这里出书，你找出版社，人家那里，是找编辑。一个好的编辑，看了稿子，定下来给你多少钱稿费，不用经过别人，出版社就定下来出。

俞白眉：这个工作是不是很多作家干不来？作家创作，很多是一门灵的，别人的东西，这样的，那样的，未必看得进去。

阿　城：好的编辑，能带出作家。他给你改啊。改个一趟两趟的，都在点子上。

俞白眉：阿城老师，我想有这么一个问题。比方说金庸，因为说他就是写通俗小说，那么他面对编辑，编辑的鉴赏力可能和市场需求有区别。通俗小说其实那真叫是为人民服务的。服务大众。谁都能看懂。贩夫走卒，也需要乐子。

阿　城：对金庸，我的看法和王朔是相近的。看不进去。

宁财神：我们可都好这个。您本身是写小说的，一看，是这个，是那个，都知道，看不进去。

俞白眉：我们这一代人，按说知识结构上文化上的差异，也挺大。可是都好这个。是不是我们十来岁的时候他就进来了，影响我们？

阿　城：武侠小说也有好的。现在那个《卧虎藏龙》，电影？

俞白眉：对，《铁骑银瓶》，是老派的武侠小说改的。

阿　城：有那小孩子问我，怎么名字这么俗啊？是根据传统的那些武侠小说改的。那些你们没看过。

宁财神：我们看过。平江不肖生啊，还珠楼主啊，他们蜀山剑侠啊，鹰爪王啊，我们还都看过，看不进去。

阿　城：那时候那些人，想象力是很了不起的。早上起来，门口排队，都是报社专栏。一个个叫，昨天写到哪里了？说写到哪里了，想想，就开说。专栏记者就拿笔记。一个完了下一个。他们同时开几个专栏。那是什么想象力？那些人要今天还在，你们想想。

MIKKO：《那五》里面有这么一段。

俞白眉：阿城老师，我想是这样，关于小说这个东西，那《围城》我觉得也不能算很好的小说？他是文人写的，挺好看，挺有趣。

阿　城：是不能算。你看英国萧伯纳的东西，那聪明。你看他的东西，什么都到了。都害怕。关于讽刺的东西，我有这么一个偏见：讽刺的东西，不是最好的东西。

俞白眉：这跟阿城老师的道家观点是不是？

阿　城：不是道家的问题。讽刺的东西吧，你讽刺的是大象，还可以。你讽刺的是老鼠，你也就跟着它地上窜了。看着是特聪明，特智慧，但是就是不高。你不能把自己也绕进去。

宁财神：有严肃的作家，能给自己饶进去。

阿　城：我不太爱跟严肃的人打交道。容易钻牛角尖。尤其写作，本来你一个字一个字这么写下去，是线形的。跟摄影的油画啊不一样，你看到就是一整体的东西。

你写作本来线形，所以要能跳出来。所以就有作家能给自己写愤怒了。（众笑）

MIKKO：您看那些现在外面说的七十年代作家的东西吗？

阿　城：不说七十年代吧。写作我觉得有两种。一种是拿自己开膛，五脏六腑都掏出来，热气腾腾的让你看。另一种是拿出自己的肠子来，只切一小段。作料啊什么的都加上，刀工也好。头一种有这么一个问题，你掏可以，掏一回两回，出三本书，五本书……

俞白眉：没的掏了。

阿　城：对啊，没的掏了。怎么办？后一种时间能长。现在我看到的很多都是前一种。

宁财神：网上的基本上都是。

阿　城：都一样。

二〇〇〇年七月傍晚，北京三里屯附近

与赵波对谈

阿　城：我又回到上海了，电脑的硬盘出了问题，知不知道哪里有换，是台湾的牌子，我不知道用别的牌子的换进去可不可以。

赵　波：你可真是，电脑出问题就显形了，在北京这段待的时间挺长的，好像还去云南了，是吗？

阿　城：云南是接了一个修整一座老房子的活，有很大的花园，以前是资本家的，后来给一个机关办公，现在重新要恢复。

赵　波：你总是飞来飞去，好像天生哪都待不住。

阿　城：没有天生喜欢这样的，哪里有活才往哪赶啊。

赵　波：如果给你一笔钱把你养在哪个城市，也没别的事可做，你干不干。

阿　城：钱先拿来。

赵　波：钱拿了溜啊，待够三个月才给。

阿　城：不可能有这样的事情。

赵　波：你还是待不住。

阿　城：流来荡去肯定是没人主动要的，都是被迫的。

赵　波：后来才变成了习惯。有人说他通过那些间接的书、电视就照样可以把没有去过的地方熟悉起来。

阿　城：但他没法感受到那个地方特有的味道，气息是无法间接的。

孩子

赵　波：前些天，我在卖盗版影碟的摊子上，看到一张《父子情深》的片子，封套上的父亲形象赫然是用了你的头像，我想你什么时候又改行了。

阿　城：我是一个特型演员，这样的演员一般是请不到的。

赵　波：你不是只做过电影策划和艺术顾问吗？我想起来了，你说过你会发出那种特殊效果的笑声，还会从鼻孔里吸进面条，但是我光听你说，还从来没有亲眼看见过呢。

阿　城：那张封套我也看到过了，他们是不是觉得这张老脸挺像一个慈祥的父亲的？

赵　波：片子是外国片子，不过你已移居洛杉矶十年，是有点像个老外父亲了。

谈谈你自己的儿子好吗？他读初中，18岁了吧。

阿　城：长得比我高，比我结实，我每次回去都会请他的一些同学一道吃饭，自助餐什么的，看他们这些年轻人风卷残云的吃法，心里会很痛快。

赵　波：他会和你谈谈心事吗？

阿　城：好像也没有什么心事，头脑很简单也很现实，自己去几个地方打工，因为刚买了一部新车，是贷款买的，所以要自己分期去还，他买的那部车子，在美国是一种女孩子喜欢的牌子，我估计他是喜欢上哪个女孩了。

赵　波：在美国，人和人的关系变得相应地简单，这也挺好的。

偏头痛

赵　波：阿城，你的眼睛有点突出，是看书看得过多的关系吗？

阿　城：我眼压高，常常偏头痛。

赵　波：记得你说过，因为偏头痛，好多年前就把酒戒了。

阿　城：是啊，一喝酒，我的眼睛更会成动画片。我曾对朋友说，如果有一个人突然把烟或酒戒了，千万不要和他做朋友，他既然狠心到可以戒烟戒酒，还有什么不可以做的呢？后来这话却应验到我自己身上了。

赵　波：偏头痛发作的时候是怎样的？

阿　城：左边痛，右边从来不痛，因为右边不痛，所以更觉得左边痛。

赵　波：你常常从半夜写到天亮，偏头痛大概由此而来，写作真的会带来很多病的，我现在常常感到肩膀酸痛。

阿　城：痛过了，不痛的时候你写得更多。

米罗

赵　波：你喜欢的大画家是？

阿　城：米罗。

赵　波：是因为他一贯的东方色彩吗？

阿　城：是因为他画得多，每一时期的画都有大量的画留下来，两三万张左右，各种形式、色彩上的变化都做过尝试，不停地画，想要一种更好的表达。你说毕加索多变，毕加索是个异数，我们今天好多人以为求变求新就是好，求新其实有时也有很多负面，有些东西明明可以做得更好，却因为片面地要变，而过早地被舍弃了。

梵高大家都知道他画得好，但他的努力也有目共睹，临死前的那几年就留下了几千张画，数量惊人。我们现在的很多中国画家，别说几千张，一成功就为画展为买家而画，家里几百张的积累也拿不出。

这和欧洲那些画家的态度是完全不一样的。

赵　波：这是不是和你主张的职业写作一样，要为写作而写，不是为发表而写，保持一种静下心来写作的习惯，而不是写什么都先想好了要在哪里发表。

阿　城：是啊，从写作进入写作，热身，是一种职业态度。私人空间的写作，可以不求发表，只给自己看。把一件事情，一种风格写到极致，是你个人的事，必须不断地自己摸索。现在人学人家长处的耐心有时也没有，常常看一点皮毛，就觉得自己全明白了。所以好多小说看一个开头，就知道结尾。好多画都一目了然，看一眼就全看到了，背后没有东西，这就是没有花工夫的问题。我记得曾在一个朋友家看到过一幅米罗很小的画，里面有很多细部的线条，他的处理会让你看上半天，也不觉得烦，特别耐人琢磨。

书

赵　波：最近在看什么书?

阿　城：不太买书，最怕的是看不到想看的书。

赵　波：你在外面是不习惯带书看的。

阿　城：上次在意大利的时候，带了一本《扬州画舫录》，写《威尼斯日记》时就几次提到。没有资料可查的时候，只能动用记忆中的资料，这样前面就要加上“我记得”这样的词。

赵　波：但你随时带着你的手提电脑，里面应该有你需要的很多资料。你上网吗?

阿　城：你看我的电脑又出毛病了，北京的风沙大，用得很旧了。

我不上网，网上垃圾太多。

赵　波：现在做网站的年轻人很多，你对此的看法是?

阿　城：内容永远要重要过形式，技术是年轻人可以解决的，但软件的问题却有很多年轻人达不到的方面。

女人

赵　波：有些女人要狂热地追求一个并不爱自己的男人，她们有病吗? 我想写一个倒贴给男人钱、一直给男人骗的女人的故事。

阿　城：人有受虐的快乐，这是左右边脑受刺激的程度决定的，很难说是我们正常，还是她们正常，因为没有一种确定的数据可以证明。

人有道德感，越轨的念头常又受制于道德感，但是越轨正因为违背了他的道德感而确实会产生快乐。最好是又感到快乐又不违背自己的道德感，所以我们在街上看到抓贼和打坏人的时候，感受到的痛快是既解决了人的暴力想法，有所释放同时又有道德感。

赵　波：一个看上去很难追求到的女人常常被一个很一般的坏男人勾引走，也是因为她想违背一下她的道德感吗?

阿　城：这时候坏人如果要长期地套牢她，就要拉拢她一道做坏事，杀个人之类的，这下这女人就跟定他了，没有回头路可走。

赵　波：你的话不能全当真，当然假设地说是这样的，如果没来得及做坏事的，昏头昏脑的时间一过，女人头脑就清醒了，又想回头去过安全的有道德感的日子。

阿　城：人清醒了就会权衡，这件事值不值得之类的，安全感对女人来说更为重要。她先是想要挣脱束缚，所以迷上坏男人，然后，安全感起作用了。

赵　波：清醒了能回头还好，如果不能回头，发现得到的又不是自己真心要的，那可真糟。

阿　城：所以，这世界上总是有女人过得不那么痛快。我在洛杉矶主持过一个午夜热线，就有很多这样的问题。

赵　波：你肯定帮人家出了很多馊主意。

阿　城：我就说很少的话，让两条线进来的听众互相帮忙，听众得有参与感，不能光主持人大说特说。大家都想参与进来，才是真正的热线。

赵　波：那你也省力，效果还很受欢迎。

演员

赵　波：在《常识与通识》一书中，你也谈到过人生人格与艺术人格的话题。

阿　城：有很多人在生活中还没有从艺术人格中退出来，这时候我们就会觉得他很虚假，很夸张。

赵　波：如果一个人演了领袖，生活中也学了一副领袖的作派，那就是艺术和生活没分清楚。提到演员，你比较欣赏谁？

阿　城：姜文吧，我看了他的《鬼子来了》非常棒。

赵　波：那也是用钱堆出来了，据说废片惊人，搞到后期钱都没了，崔健给他们做音乐，租音棚都很困难。

阿　城：但是有些导演你就是给他们再多的钱，他们也拍不出好片子，还是有没有天分和感觉的问题。

赵　波：女演员呢，张导捧的章子怡怎么样？

阿　城：中国女演员总的来说就是太娇气，香港导演已经习惯，从美国过来拍戏的李安就有点不能适应。章子怡看上去很一般，张艺谋能拍出不一样来，也就是他的本事了。不知道怎么，我一直不在意女明星，也许是从小在电影厂大院里长大，天天能看到女明星日常生活中的种种样子，一点没有神秘感，她们在银幕上很美，但是如果你看到她们在生活中，为了水费多收了而吵架，感觉就不会美。所以后来北影厂做得最糟的事情就是可以买票进去参观拍戏，你看着一个演员刚刚嚎啕大哭，机器一停马上不哭，还嘻皮笑脸起来。看着演毛泽东的在一边数钱，你真是会一下子不能接受的。

计划

阿　城：你手边的这本厚的是什么书？

赵　波：在给一些杂志做影评专栏，所以看这一本厚的影碟大全，资料比较全。

阿　城：噢，还配了大量照片，我上次就说现在出这么多盗版影碟，就会需要大量影评文章。好像是你说的，担心版权出什么问题。

赵　波：接下来，你准备做的事是？

阿　城：我在和法国一个人文资料馆联络，要买他们五六十年代在中国拍的一万多张照片。还有配合朋友拍一个马帮的纪录片，可能要花五年时间。现在电影不景气，投资纪录片好一点。

赵　波：就像现在我们在电视上看的DISCOVER频道的节目一样，拍一件事拍得非常细，花大量时间和精力，可能也要花费很多钱吧。

阿　城：其实也不需要很多钱，看怎么做，可以同时套拍。

赵　波：你好像总是能做各种各样出人意料的事情，不是文人能做的事，所以你这样的全才真是国宝，可是你也太不注意保护自己，少弄点偏头痛出来吧。

阿　城：谢谢关心。

赵　波：你是四月初生的，是属白羊座，我来查查你的性格，运气。

阿　城：我不是那个系统的，我不进那个东西。和我对不上号的。

赵　波：你是清明节出生的，算命的也不敢给你算，算了，我也不查了。再问一个你的血型？

阿　城：B 型。

肉

赵　波：你在北京，是买车还是借别人的车开？

阿　城：老婆能借，车不能借。

赵　波：什么逻辑，有你这样的人么？

阿　城：车用多了会坏，老婆不会坏。

赵　波：老婆的心变了，还不彻底坏了，车还能修呢。你看这俄罗斯酒瓶上的人是？

阿　城：这不是电影《毒日头》里的老头吗，他好像在片子中强奸了一个女的。

赵　波：为什么你总是记住这些东西，我朋友用老布设计的衣服，你说是战国时的寿衣，你总是要说煞风景的话，把思乡说成是胃里的蛋白酶作用，把爱情说成是脑部的神经作怪，阿城，你什么时候正经一点。

阿　城：我一直很正经啊，都说的是实话。

赵　波：我是南方人，你从小在北方长大，我觉得南北方人的最大区别是北方人吃虾和蟹吃不来，嘴里出血了也不知道，南方人就比较敏感。

阿　城：我还是要吃肉，羊肉，牛肉，猪肉，吃了才能有精神，是实在的东西。

赵　波：你吃肉好像还要带油的，这样可以帮助思维，起润滑作用。

阿　城：每天都需要吃肉，即使血脂高也是正常的，我们不能按照书上的健康手册来吃饭，那样脸色常常会阴暗，没有光泽。

赵　波：写作的人里面肉食动物好像多一点，可能这和用脑多有关。

再谈小说

赵　波：最近看过谁的小说？

阿　城：有一个感觉，我看叶兆言的小说，总觉得到最后就会草草收尾，好像没有耐心写下去了，不知什么原因，莫言、王朔就没有这样的问题。

赵　波：我想是身体上的因素，耗到最后，气力跟不上，耐心和耐力都不够了，南方作家容易这样，身体单薄，北方作家可能结实一点，抗得住。写作有时真是拼体力，我写小说的时候也老是想快点写到结尾，好结束掉出去玩。

阿　城：那情愿先去玩，先搁着回来再写。我就说这样还是缺少职业态度。

赵　波：我怕一职业就板着脸，不放松也就不好玩了。

阿　城：还是尺度问题，自由地进入随意的写作，随时随地应该都可以。

赵　波：你以前就是这样的对吧？

阿　城：以前写小说，那真是喜欢才写的呀，不知丢掉多少小说，又不知哪里还可以发表，纯粹想写，在车站，在什么地方，坐下来，拿张乱七八糟的纸，都可以写。

赵　波：怪不得你现在还保持着这种写作习惯。

阿　城：（翻看赵波画人像的本子）：这是瑞典导演伯格曼吗？我以为是哪个上海小生呢。

赵　波：那是年轻时候的他。我们去吃饭吧，我饿死了。

阿　城：你饿死了？看上去还是很饱满，让我再抽一袋烟吧。

一九九九年九月

答客问

引言人：

我先介绍阿城的背景。他原来是画家，变成小说家据他说类似“不小心走入女厕所，就被认定为流氓”。他给人的印象是叼烟斗，不说话，说就很呛，调子特别，内容绝倒，说话技巧非常好，机锋百出，稍不留意就会错过字里行间的弦外之音，是成熟的沙龙文化或茶馆里的说话文化。他文章视觉感很强，文风冷酷，常意在言外。善用“闲笔”，看似与文旨无关，但营造的意象更丰富，重视细节，观察力敏锐。他在大陆一直是边缘人物，因而养成观察的习惯。他擅于观察，和他说话变得非常“危险”，你不知道他会看到些什么。跟现在一些作家不同，他没有作家的意识，不以作家自居。他的文章的妙处还在让人随手可读。

我对阿城有几点看法。第一、我认为他的小说或文章里的想法其实很后现代；换句话说，他没有一个很正统的观念在里面，没有法统观，也是去中心化的，就是想把那

注：本文刊于《中国时报》，1999年。引言人卜大中。

个中心颠覆掉。

第二就是他的文章总是有出人意表的逆势思考，比如：他非常重视庶民文化，在他的文章或小说里面，常是反对儒家传统或大传统的；他对中国的小传统兴趣很大，这很符合后现代文学的一种趋势。

另外，他也反控制，喜欢新的东西，比如他对青少年的次文化，新的思考，西方的文化，都很好奇，也可以说他是没有恶意地在游戏人间。

有人曾写过他，说你可以在他的眼镜背后看到一团魂魄。这话很有趣，也就是说，他的脸长得不清楚。

他修明式家具，修古董，我们在洛杉矶收集古董的朋友买的古董坏掉就请他修，当然要付钱就是了——但是，他虽然这么古典却又很现代——他很早就开始用电脑写稿了，比我们一般人都要早，而且是个电脑痴，经常去买新的电脑软体，玩电脑游戏，所以他是一个新旧结合得很有意思的人。

他会把一辆金龟车买回家后，全部拆掉，在洛杉矶时我亲眼看到，摆了一地都是……喔！要纠正一点，他是买了一辆旧的金龟车后，把它拆开来，再到处买一些零件去拼，凑成一辆新的金龟车，然后在街上跑得噗噗作响，跑高速公路。有个意大利的记者到洛杉矶采访他，问他："你为何要把车子拆了？"他说他要知道车子的设计者是怎样想的。

洋人说，好奇会杀死猫，所以我劝告阿城不要太好奇。今天我只是作个引言，你们可以多提问题，他是非常有趣的一个人。谢谢各位。

阿城：

我现在的作家角色，原先没有想到，是有原因的。

中国大陆“文化大革命”时没有出版，从那个时候开始写东西的人，写起东西来没有出版的概念。当时只能出版“毛主席语录”这样的东西，一九六七年一年就出版了三亿五千万本。

当时地下流通手抄本小说，像《九级浪》《梅花党》《少女的心》，《少女的心》我怀疑是香港色情读物上的文字，流入后再润饰的。还有地下诗歌，最著名的是郭路生的诗。现在看来，“文革”期间地下诗歌比地下小说品格高。后来到乡下插队，乡下有“集”，台湾不知叫什么，逢初一十五的时候，可以赶集，交换东西，买卖些小东西。碰到朋友不免会问：“最近写了点什么？”比如写诗的写了两首诗，就拿过来看看。诗比较短，在集上就可以看完，那时年轻记性好，觉得好就背下来，回到村子里，再背一次给别人；小说比较麻烦，写下来就会有人要借走看，传回来常常会缺损。后来发表的《棋王》的结尾还不是结束，但是这个结尾已经社会化了，所以也不好再加回去。

也有人写日记，写满一本就大家传看。这种日记不是隐私，而是不知要写成什么样的形式才好，其实有一种试验性质。

一直到一九七六年，四人帮被抓起来，官方宣布“文化大革命”结束，改革开放，中国大陆才又恢复出版。一九八四年，《棋王》发表，我就开始正式扮演作家的角色，于是逐渐怀疑自己在造型艺术方面的能力：“我过去画画，是不是一件错误的事？”现在，我常怀疑我写东西会不会也是个错误？

有人说我的文字空灵，我则希望我的文字做到的是饱满、响亮。中国历代都有一些反动，比如：骈体文或汉赋，到后来变得非常精巧，但是失去了饱满，又有人反动回去，回到《诗经》，回到朴素。《诗经》主要还不是朴素，而是饱满——那个时期，那时人们的状态。唐的时候，文风渐纤，渐奢靡，韩愈提倡复古，反动到以前。从美学上而言，韩愈反倒是敏锐的。

现代社会很难找到这种饱满的东西，在台北也很少能发现，虽然你常能发现一些新想法，新感觉，但都不饱满。不过现代的东西要的就是扫一眼就行，所以是我自做多情吧。

我在文字上有调整的过程。一开始到乡下，写了“遍地风流”系列，现在再看，不忍卒读，因为我觉得比较文艺腔，做作。这就是年龄。大家如果有兴趣再看一下，觉不出文艺腔，我就羡慕你们，你们真年轻。那时常常有什么当天就写。

后来就是《树王》。《树王》阶段和“遍地风流”之间衔接很紧，也是很做作的东西，铺张，现在也是不忍再看。拍《木鞋树》的意大利导演奥米想拍《树王》，我终于没有答应，觉得很对不起他。

《棋王》时，因在乡下干了几年活，骨头慢慢重起来，就没有那么夸张。这样的小说主要是在朋友间传看。结尾现在看来和小说没什么关系，前面很戏剧性，类似武侠小说。

我自己最喜欢《孩子王》，小说开始时明确写着写作时间是一九七六，那时毛泽东还未去世，将来会怎样，不知道。那时已经是个农民了，空闲的时候写写东西，浪费纸张。当时的人生的状态，只是不合作。

我觉得，在当时的极权下，能采取的也只能是不合作。《孩子王》就是不合作状态：你请“我”教书，“我”就按我认为的去教，你不同意“我”的教法，“我”就离开，没有什么可争辩的。如果你又要“我”来教，“我”还是按“我”认为的教，你认为不行，“我”无非是再走开。

《孩子王》算比较成熟了，因为有将近十年的时间来仔细想事情。不像现在，必须马上想出来，搞不好还要你马上说出来。古典农业生活时间缓慢，今天想不通，明天想，明天想不通，后天想。后天想通了，可以加入另外因素接着想。慢慢地，思想变成一张网，而不是一条线。

刚刚卜大中说我平常不说话，是这样的。我后来自己检讨，在乡下时常是和自己说话，我以为我讲了，其实没有讲出声音来。七九年从乡下回到北京，常常误会自己已经说过了，变得很傻，觉得自己很呆，觉得北京很小。

七九年从乡下回北京，八七年到美国，一直在写，只是不常发表。“文革”结束后，出版渐渐正常，但我对出版的感觉不幸还停留在“写给自己或朋友看”。时代变了，我落伍了，应该意识到出版是印给你不认识的人看。我习惯和朋友或几个人聊天，不习惯对许多不认识的人讲演，会脑中一遍空白。我不善演讲，所以对不起你们大家。

另外，从出版来说，中文阅读界不幸还相当保守，有些领域不如古人，或不如外国。有些东西发表在意大利、日本、法国没问题，发给大陆、台湾却一定有问题。马哈迪的《魔鬼诗篇》，对英语读者没有问题，对中文读者也没有问题，但是阿拉伯的读者有问题了，要追杀他。我不愿弄到这种地步，这是可以自己控制的，想，随便怎样想，写，满足自己的创作习惯，不发表就是了。写作有隐私性，隐私的东西公开，常常会冒犯人，就好像客人来了，你忘了收起晾着的内裤。真诚是有杀伤力的，要求别人表达真诚，先要估量自己受不受得了。例如公布性幻想，太太们或先生们受得了吗？创作是无中生有，性幻想也可以算做是一种创作吧？

听　众：你最近帮李爽写了一本自传《爽》，能否谈一谈？

阿　城：李爽是星星画展的。这个画展的参加者前前后后有一百多人，我也算一个。我觉得它的政治性多于艺术性，强调谁都可以来展，由画展负责展出事宜，那是十八年前的事了。过了十多年，九二年我在巴黎，住王克平家。有一天李爽来电话，说有事想求我，说她想请我帮她写个自传。我说，好啊，你说，我录下来整理成文字。八十年代初，大陆有个“李爽事件”，是李爽跟一个法国人要结婚，结果她被关起来。她在法国的男友还有很多法国人组织了一个“李爽事件”委员会，施加压力，她两年后终于出去到法国。这事在国外闹得很大，我在国内反而不清楚是怎么回事，这次听她讲，才搞清楚。一九八二李爽到了巴黎，据她说很多大出版社要买她的故事，她觉得自己可以写，可是没有写成。后来法国的出版社派了个女作家还是编辑来协助她，但是在过程中常常表示：这个不要，这个法国读者不爱听，那个法国人比较爱听。李爽就气了。

这样，她讲，我整整录了两天，回到美国，抄出来几十万字，最后整理成十五万字。

我觉得，李爽的这个自述在中华人民共和国是头一次，因为以往都是偏重政治性的自述，可以说，没有政治的话，人几乎不存在。但李爽自述在于，它是青春的自述，因此不论什么社会环境里的人，都可以克服中国“文化大革命”的专门术语，感受到李爽这个人。这样的叙述在世界上，包括台湾都是有过的东西了，例如青春电影。青春叙述是一种很重要的文类，但大陆除了王朔的小说《动物凶猛》，和由这个小说改编的电影《阳光灿烂的日子》，还没有这种文类。

另外，这些年有不少大陆的女性发表过自传性的作品，但都还不是女性叙述。我在整理李爽的自述时，辑集的选择偏重女性叙述的线索，一个小女孩怎样长成为一个女人。书写好后，我原来定名为“我不是天仙”，取自李爽自己的话。在今天这样一个浮华世界里，这是很有个性和勇气的话。李爽要求定名为“爽”，也没什么不可以，不过“爽”在台湾的日常用法偏重于性，我怕它会被误会成另一本《北港香炉人人插》。

“李爽自述”是一本很难得的书，希望你们都有兴趣。

听　众：这些年你一直在从事电影剧本的写作，请谈一谈你对电影的心得。

阿　城：首先，我认为电影是工业。当然可能我见识少，不知道还有哪种工业类型像电影制作，一下投资千万以上，一两个月就完成产品，短期内就要收回成本，拿到利润。有点像做短线股票吧，所以电影制作类似赌搏，所以要有成熟的社会性的工业制作系统，所以各部门被称为“车间”，好像是生产汽车的工厂。在这种状况下究竟能容纳多少艺术？被好莱坞打败，本质上还不是艺术败于娱乐，而是败于工业系统。你可以拼命拍一部大制作，但是成熟的工业系统不必拼命就可以马上拍出十部，而且连续不断，所以是败于工业系统。

我觉得在目前这种电影工业高成本下，作家电影是不可能的，永远会被投资商控制成品的形态，除了投资商愿意玩票。但何时可能呢？我又觉得快了，因为Digital影像设备的成本很快会降低到人人可以购买，因此一个人，例如一个作家，拉上几个朋友就可以拍，因为投资成本降下来了。第二是传播成本也降下来了，数码影像可以在网路上看，付费之后，传过来就行。只有到那时，人才才会显露出来。

电影工业成本的观念影响到我写剧本。比如前两年时我写《郑成功传》，投资不够时只有陆战，投资够了，再加海战。剧本可以看成是工业生产计划书，投资是按剧本来算的，反之，剧本也是适应投资的。至于剧本要有“艺术”性，那是不必说的。

听　众：这几年你在西方游历，而你是在中国出生，有什么特别的、关于内层生命的撞击？

卜大中：……有吧！撞到树上，你在堪萨斯州不是翻过车吗？

阿　城：詹宏志先生计划要出一些旅游书，有天正好聊天聊到，他说："你走来走去，走过的地方比较多，对旅游有没有什么意见？"我说，旅游其实苦不堪言，徒步走，长时间里视觉变化非常小，等于是在重复，划不来。旅游像是朝圣的过程，就像伊斯兰教徒去麦加，在古代是枯燥过程的磨练，到达目的地时，虔诚状态达到极点。现在旅游不需要过程，只需要目的，所谓景点，连麦加朝圣都是坐飞机去了。所以我觉得出旅游书不妨把枯燥的部分也告诉读者。

朝圣会产生一种催眠。比如我到佛罗伦斯的乌菲兹美术馆之前，已自我催眠了足足二十年，看过黑白画册，后来又是五彩的画册。到了那里，买了很贵的票，排队进去看，出来后，仔细想想，会发现其实什么都没有看到，只是在验证以前看过的图片，要是这样，在家里翻翻画册就好了。

所以我第一次去乌菲兹美术馆，买了票后，发现自己有点激动，就没有进去。在外面晃，平静了，再进去。

真正会有冲击的情况，是没有想到，是撞上的。

我很后悔去欧洲先到的是意大利。有个法国人跟我说，你到欧洲先来意大利是错的，应该先去法国，先到意大利，看过最好的东西，我们法国就没什么东西可看了，你会觉得我们很丑。中国人说，吃甘蔗要从梢开始才会越吃越甜。

听　众：您走过很多地方，经历过不同的世俗文化后，可否请您谈谈对台湾世俗文化的看法。

阿　城：台湾的世俗空间比起大陆，算是非常大的。大陆的政府太强，世俗空间就小了，民气不强，人会萎缩、封闭。台湾还是很有民气，比如选举，大家的热情很高，可以有各种议论公开表达。

听　众：请你谈一谈写作《威尼斯日记》的经过。

阿　城：《威尼斯日记》是应威尼斯市邀请写的。他们每年从世界上挑一个作家住到威尼斯三个月，离开之前把书稿交给他们，他们译成意大利文，印出来，作为威尼斯的礼物，所以是非卖品。

一开始，他们希望我写成小说，但是我不能保证可以在走的那天交出一个小说。我可能一个月写完五篇，也可能半年写不出一篇。

我的写作习惯是，写到一个地方，有了新的想法，就将在写东西编一个号码，把它Save起来，另开一个新档，按新的想法写下去。再碰到新的想法时，再Save起来，再开新档。所以电脑里头大概有三千多个这种档案号码。

每天开始写的时候，随便找个档案，比如“978”，其实完全忘了里面写的是什么。我是故意这样，因为人都是看别人的东西会比较刻薄，这样我等于是在看别人的东西，会批评得比较刻薄。如果看了以后觉得不行，就把它delete，如果看了还有点意思，或者看时突然又有可以接下去的东西，那就再接下去，所以东西其实有很多，但都需要时间考验。

这样的情况，我真是不能保证离开威尼斯时可以交出一个东西，而且没有权力再修改。结果，我只好写日记，走的那一天就结束。

威尼斯是一个小岛，以旅游来说，一个星期刚好，印象饱满细致。如果待过半个月，就会开始无聊，以致厌恶。我待了三个月，最后应该是痛恨。

要想不痛恨，只有走到威尼斯的世俗生活里去。我开始买东西做饭。姜不好买，我就每天早起去码头看有没有人在卖姜，诸如此类。威尼斯人于是很快知道这个东方人不是日本人，而是个中国人。

东西方文化的交流，不能总是孔孟老庄、亚里士多德，高来高去，要交流世俗生活的质感。我希望在日记里充满这样的东西。威尼斯人说：“我们和你们的苏州是姐妹城市。”我说：“应该是扬州。”古代的扬州和古代的威尼斯类似，都曾是经济非常发达的城市，也都衰落了。

扬州的经济，使它在乾隆时期拥有近一万的书画家、园艺家、戏剧演员、说书人，而且形成了有名的扬州画派。简笔水墨在那个时期发展到极致，它的基础是商品画，只是扬州画派的商品画质量，品格远远高于我们现在的商品画。

其实像《扬州画舫录》这样的文字，中国很多，都值得翻成西方文字。而西方，尤其是意大利，也有相应的这些文字，值得翻成中文。《马可·波罗游记》大量地讲具体生活，一直吸引西方人，道理还用我再说吗？

听　众：很多人把意大利文化古迹保存当作国内典范，请问你的看法？

阿　城：意大利维护文化古迹，产生很大的经济上的利益。我的经验，我们只能看到意大利的三分之二，因为永远有三分之一在修护，必须多去才能看到全部。他们大学里面有修复专业，学生毕业等于拿到铁饭碗。

意大利是从罗马帝国到当代，所有的造型都小心地保留着，维护着。意大利有不少墨索里尼法西斯时期的建筑，比如米兰火车站，比如罗马议会大厦，知识分子以前对此一直有批判，近年来开始逐渐意识到遗产的观念要更宽容。

意大利有不少问题，我有一次和一个意大利朋友聊天，我说你们其实认真一些，问题就解决了。这个朋友说，我们意大利人什么都马虎，只有一样不马虎，就是艺术。

我们似乎是什么都可以马虎，只有保养脸部皮肤不马虎，至于每天要用的屁股，有裤子遮着，随便吧。

现在台湾和大陆一样，对文化遗产没有刻骨铭心的喜欢，这是败家子，在文化上可成为一派，“败家子派”。

意大利人因为艺术鉴赏的素质丰厚，所以舍得将生活艺术化，外人看来不免觉得有些懒散，可是以意大利这样的状态，它还是第五工业国，美国竞争成那种样子，才闹了个第一工业国。我看这犯不着。人在有生之年，不妨多东张西望，拼命干，其实浪费生命。商业竞争常常是盲目的，我们不妨有胆量闲一闲。

古本与雕版

《经典》：在世界书林里，中国古版书是一种特别的类型，它的文字、雕版、装制、阅读形式等等，不仅形制久远，而且内蕴万千。从作家的角度，你怎样看待中国古版书？它和中国传统文化的关联是怎样的？

阿　城：我们最好慎用作家这个词。凡成家，都是有一套不可替代的东西，才能成一家。派容易些，混入一派混呗。成名容易成家难，浑不讲理都能成名。我还不够家的地步，但我对古版书有兴趣，不过不收藏。操持文字的人，其实对古版书不会有什么兴趣，他的注意力在写。

文化是个大词，现在又用得这么滥，就像餐馆炒菜，都要勾一下芡才能端出来。其实文化的本意是简单明确的，相对武化，才有了文化。而古版书的雕版、印刷、装制，这一整套工艺，应该归到文明。文明是人类各个时期都会有的，例如野蛮文明，讲的是采集时期的生产力。如果说野蛮文化，逻辑就拧了，野蛮不是“文”嘛。一八四〇年之后，证明中国的武化文明不够先进，但一直到现在

注：本文原刊于《东方艺术：经典》杂志，2006年9月。

反思的是传统文化。凡人类创造的东西，都会反过来异化人，之后这种异化关系进入恶性循环。反思文化，要反思的是人与文化相互的异化关系。文化，没有错。

所以，如果从文明来说古版书，才容易说清楚。

《经典》：今天的日常阅读习惯已经大不相同，对制书的认识也发生了很大的改变，你认为这种变化是否有它的必然性？

阿　城：我愿意相信我们的阅读习惯大不相同了。但是，我认为还是基本相同，只要是读中国字，还是一个一个字去读。

《经典》：你以个人的角度，简单说说不同时期，譬如宋版、明版，它在审美上的差异和特点？

阿　城：其实是相同大于差异，实用大于审美。例如折缝上的燕尾︻，那是一个方便单页折齐，装订成册时方便书页对齐的标记。古版书每页差不多十行左右，每行二十字左右，字大，因为以前油灯或蜡烛的光亮小，夜间读书字小不易看清。我们看关公的画，他秉烛夜读兵书，书拿得离脸很远，可见关公的眼睛已经老花，又在夜里，如果字小的话，关公就只好洗洗睡了。从记载来看，古时读书人近视者少，凡近视者，都特别记载，例如王安石，看描写估计他是先天近视。而我们现在读书人中近视人口比例非常大，字小是一个重要原因。

另外，古版书的天头地尾都留空很大，为什么？为的是利于在这么大的天、地中加批加评加注。行距也大，利于加着重点和句读。这样一来，我们可以从审美上说页面舒朗有致，但其实这种舒朗是注重功能造成的。我有一套康熙辛丑年（一七二一）编、道光甲申年（一八二四）江苏吴兴姚氏刻、扶荔山房藏版的《史记菁华录》，印刷精美，黑红套印，黑是《史记》原文，红是批评、句读、重点。即使这样，它仍然留出更大的天头，方便后人再批再注。

《经典》：听说你曾经有过一段时间专门研究雕版字体？

阿　城：我一九八六年开始用电脑写东西，当时硬件水平低，连286都不到，字很难看。后来用到386吧，开始有打开字库的功能了。我就想，何不自己写一套字体做输出打印之用呢？于是就仿写古版书的字体，一点一点输入。我用的是台湾的BIG-5码，字库是一万三千多，对个人来说，输入这么多字体，是个大工程。但这不是最麻烦的。

最麻烦的是，当你终于输完了，打印出来一看，整篇的密度不好。我的意思是说，每个字看起来都好，但是统在一起，互相的关系不好。我早就知道这个道理，每个字单独看起来可能不到尽善，但为了通篇的通透效果，你必须要对每个字再作处理。是啊，再对一万三千多个字作处理，乖乖！

我们返回来再看古版书。为什么从唐代一直到清代，雕版书一直保持着？因为雕版是在一整块木版上雕通页，雕之前，通版由人写就，写的时候密度好处理，再翻转模写到板上，成为反字，之后再雕，印出来的效果等同通篇写的效果，好看。所以，宋代毕发明了泥活字拼版印刷之后，按说效率大幅提高，雕版书应该淘汰了，可是雕版一直保留下来，尤其私人印书差不多都是雕版制作。

这是一个为保持审美效果而牺牲先进技术的例子。

如果我们注意活字拼版印刷的古版书，有不少书的页面是很难看的。你如果傻到像我那样“刻字”，你就明白为什么了。世界上各种文字的印刷体都有很多套，基本都有版权。日本的汉字印刷体，大概有上千套，他们还在不断请人书写成套，每套都很精美，最重要的是无论如何组合，密度都好。这些套字，现在都进入电脑字体库了，进入日本网页，可以看到不少。比较之下，中国的印刷字体，实在可怜。铅印时代，我比较过北京和上海的印刷字体，北京的比较狰狞，互相不服，透着一股武化，上海的好很多，密度均匀。书法家写不好印刷的单字，要工艺美术家来才行。写好一个单字，扔到地板上，多了以后，你就能看出哪个字不合群了，捡出来再写，再扔进去，反反复复，直到它们互相都友好了，文化了。一般来说，笔划繁的好写，笔划简的难写。像一、二、三、十、人、士、土、上、下、卜，排版进去，都非常考验通篇的密度。现在有一套舒体，书法家舒同写的，打印出来令人晕眩，它的每一笔划都处理得“抖”，通篇就抖大发了，再加上都是简体。我认为这套字不合版面审美的，大概没有专家告诉舒同印刷体是怎么回事吧。

《经典》：在古代制书行业，就雕版字体而言，除了识别的功能外，它与书的美感息息相关，关系非常微妙。而今天有些竖排的电脑字，总觉得有结巴的感觉，不似古书读起来那么通畅如流。为什么会这样？

阿　城：刚才说了，密度。从素描来说，密度第一重要，形准不准是次要的。中外在这一点是相通的。你看欧洲文艺复兴时期的素描的密度，和宋元明清的水墨画对密度的处理，原则是一致的。九十年代耶鲁大学有过一次八大山人的回顾展，画幅当中的对密度的处理，惊人地好。

在密度这一点上，西方人当然懂八大。而且中国元明清以来讲究墨色如银锈，没有焦黑，讲究透明的层次，这也与欧洲文艺复兴绘画用白垩粉笔画素描相通。所以中国文人画，要点第一笔法，第二密度，形肖，不重要。五十年代中国美术院校流行苏联契斯恰柯夫素描法，背景一片昏黑，完全不注意密度，只要形肖、块、面，流毒一直到现在。我们看陈丹青画的书，虽然是油画，可是密度通透，书中的水墨画的墨色的意思都出来了。另外南京的书家孙晓云，她的素描和水墨画，都是密度通透。他们在密度的修养上都很高。徐悲鸿不知道为什么是例外，素描的密度好，油画的密度却不好。

另外，港台的繁体字竖排好看，但我们的简体字竖排不好看，是因为中国字的笔划规律，是由竖排来的，行草尤其如此，你让书家横写草书，简直要了他的命。简体字改革和横排印刷几乎同时发生，所以简体字竖排，正曝其短处，当然不好看。我有过版面设计的小课，我说当代的书刊报版面，因为图的量感和密度都大于简体字，所以字的部分的间距与行距，要适当紧缩，才能在密度上平衡。繁体字密度大，它们天生易于与图片抗衡。所以我建议版面设计人员多看日本的书刊报，日文的假名取汉字草书的偏旁部首，密度等同简体字，体会他们是怎么安排版面密度的。

《经典》：古代文人对书的制作一定有所参与，你是否有合适的例子告诉我们，文人是如何参与书以及对书的美有何讲究？

阿　城：刚才说了，私家刻书，都好看，因为主人是读书人，文人，所以一定参与设计或监制。

但书商刻书，就难说了，常常天、地留得就窄，而且不少书字迹模糊，版都摹塌了还印。板子有时候木质选差的，成本低嘛。

《经典》：我们知道，今天仍然有少量作坊在延制古版书的形式，例如扬州广陵古籍刻印社、金陵刻经社、成都新刻“蜀本”，你觉得这样做的意义为何？如何评价他们的水准？

阿　城：古版书的形制已进入艺术品的范围了，当艺术去做当然很好，而且能做得更好。但是你说的扬州、金陵、成都的出品，我都没看过，不能置评。当今富裕的国家和地区，都有把书当艺术品来做的，我有过一些别人送的，不过不知被什么人一次都偷掉了，也许窃书不能算偷吧，我言重了？

《经典》：如果有人想将你的文字以古版书的形式出版，你会同意吗？

阿　城：我的书，过去因为成本的原因，图片都删了，将来再有机会出版，我会补上图片。可是这样的编排，不是古版书的长处，我的书还是不要去破坏古版书之美吧。

我最感兴趣的永远是常识

《好读》：您在《闲话闲说》里说自己“好读闲书和闲读书”，行文间的例子涵盖中国的四书五经、诗词戏曲、古典小说、新文学小说，此外也见到您援引外国小说、历史文献、评论等等。以一般人谈论书籍的概念，您的阅读范围涵盖了哪些类型？

阿　城：我阅读的范围就是“杂”，什么都读，但是小说读得非常少。现代的专业分工概念，让人以为小说家必然读小说，这就死掉了，因为小说不是由小说产生出来的，正如艺术不是由艺术产生出来的。

我其实什么都看，包括报纸上的分类广告、寻人启事之类。寻人启事描写要找的人长什么样子，阅读的过程里可以有想象。又譬如卖东西的广告，至少会描述是什么。这些都是很好的起点。我前几次来台湾，特别注意到报纸的分类广告版，其中有求职、装修的广告，或也有色情广告等，每种的文字表述都不太一样。我以为，那排版相当后现代，拼贴效果十足，还拿了一张带回洛杉矶裱起来装

注：本文原刊于台湾诚品《好读》，2002年11月。

框挂着，远远看着很好看。

《好读》：我们在《常识与通识》里看到您说明各式各样的概念，从文学作品到科学、历史、音乐、时事，您也写到“我最感兴趣的永远是常识”。为什么要谈常识，而且把常识与通识并列在一块？

阿　城：我在书里提到的各种常识，很多都是教科书说过的，只是大家忘了。然而，我所写的由多方面而来，还有许多是书以外的东西，并且把它们通贯起来。一个专业的常识很难让人觉得有趣，但将这些常识“通起来看”，就有了阅读乐趣。

我自己看杂书正是基于一个通识的概念；有了这样的概念，读杂书时所得的各种想法就会进入通识的系统里，找到它自己的位置。

《好读》：现当代的小说家，常常因为创作的题材而成为某个领域的专家，譬如您在《常识与通识》里提过聚斯金德与其作品《香水》。您自己在创作上也有这样的经验吗？

阿　城：我认为这不过是一种“前台的料理”。我自认更好的做法是，读者看不出作品混合了什么东西，只觉得读来有趣，我自己就属于这种。

我认为写作者的知识应当是在小说里渗透出来，而非罗列出来。当然，“炫技”也是一种写法，譬如张大春的写法就好，他有时写的不是那回事，却能透过语感、气氛……等等达到那回事，这已经不是对或错的问题了。从某个角度说来这形成了一种知识欺骗，但你若懂得阅读，就不会问他“真是这样吗”，而能欣赏其中的阅读快感。

《好读》：您写过小说、札记、随笔，也做编剧，接触过不同的文类，我们很好奇您目前正在写什么？又，您是否特定看重某个文类，比方说近代多认为小说的位阶最高，您是否会特别用小说形式完成某些题材？

阿　城：我觉得写作和读书到后来就是一种习惯，要坐下来写点什么。我很难解释我正在写什么，或把无意识的东西整理出来告诉大家。另外，我对题材不是太重视，这也反映在我的阅读上。我以为任何一个东西拿起来都可以写，重要的是，你怎么去写它，一写的时候就可看出你的见识、感觉。

我觉得小说不一定是最高的文类。在中国文学里，诗是最高的，次之是文章，所以我们说“文以载道”，意思是文章要有自己的问题和解决之道；但小说并不载道，小说叫“闲书”。

我以为，创作是去完成在社会里无法达到的事情。我强调的是，文字或艺术人格隐藏了社会人格达不成的事情，而不是一般人以为的，是逃避或对社会现实的直接反击。当然，在艺术人格里直接引入社会人格，并不是不可以，但这种类型不是唯一的，也并非只有这样做才是有意义的。我写作的时候比较自觉，我满足的、我要求的是在艺术人格里所完成的，是我社会人格没有满足的部分。

我们所谓“文如其人”，说的是文章而非小说，因为文章的艺术人格跟社会人格比较接近，而小说是在虚构的环境和文字关系里完成自己，这就是创作的快乐或满足。梁启超的时代认为小说要完成社会人格，那就是把小说当文章看待了。

《好读》：从《威尼斯日记》里看出您的旅行和生活带着闲逛的情调，特别地舒缓自在，文字间也透露出这样的风格，可能或长或短，却带有一种节奏感，特别适合朗读出来……

阿　城：标点符号在我的文字里是节奏的作用，而不是语法的作用，当我把“他站起来走过去说”改成“他站起来，走过去，说”，节奏就出现了。节奏与速度是两件事情；节奏是类型，譬如两拍子、三拍子，所谓快慢指的是速度。我看任何一个艺术家，通常是去找他的节奏性；速度可以很快发现，但是节奏性比较难发现，每个人的节奏形态不一样，有的人虽然是三拍子，但其中带有切分音，这常是西方的方式，而中国语言是以四分之四拍为基本，所以我们的成语都是四字言。若我把四个字四个字拆解成三个字，一个字，接着又是四个字，文字本身，而非内容本身，就有意义和美感了，或说才刺激了我们的美感。

若你没有节奏的意识时，你光从字面去找作者所写的是什么，其实一点不然。譬如木心有很多诗是无意义，但是在节奏上有意义，他的诗里就有很精微的节奏变化。很多人说看不懂诗，若不从“说的是什么”的方面来看，节奏本身其实就是有意义的。

《好读》：曾经读到您的《棋王》是在三四天里写成的，您写作一向如此迅速吗？您写作时如何察觉到某种文气，或者感觉到作品完成了？

阿　城：我写东西确实比较快。我以为，写小说真的是很个人的事情，你想怎么写都可以，譬如先写提纲、酝酿、构思，但也可以就这么踏进去了。我写《棋王》的时候就是这样，写到王一生上了车要做啥，决定要去下棋而非去打拳，这就成了《棋王》的故事。我觉得题材不重要也是这个道理，因为题材可以有各种各样的走法。我写到感觉节奏重复了，就马上把重复的删去，或感觉某个节奏完成了，就知道是结束了。

《好读》：您批评一般人写作落入中学生作文选范文的弊病，可以说明其中意思吗？您也提到自己写了小说十年后才得见张爱玲、沈从文、汪曾祺、钱锺书等人的作品，对于您的创作有什么影响吗？

阿　城：中学生作文模板的问题就是“学生腔”，那是老师造成的。学校、老师之所以重要，是因为提前把你应该知道的都告诉你，你读了以后就能站上这个高度，由这个高度再往上走，就省去不少力气。

然而，“腔”的害处在于，你以为会了那个腔就是会了艺术，而“腔”又是最好模仿的。比如说张爱玲，我们说受到张爱玲影响的人写的是“张爱玲腔”，而非张爱玲。我以为，张爱玲的感觉方式和写作语言，已经是白话文的顶峰了，沈从文也是如此，若我能早些读到他们的作品，对创作只有好处。当然，很多人都会问“你受谁的影响最大”，但我以为这好像问在餐馆里吃了猪牛羊肉的人，你身上的哪个部分是羊肉变的，这是不可能回答的。因为你吃进去的东西都经过消化了，那不是影响，而是变成自己的。

《好读》：您在各地游历，总不脱闲散与自由的气息；而即使您过去一度因为家庭背景无法考进大学，等到考试恢复了“亦不动心”，仍旧选择过着“闲时写写画画”的日子，我们很好奇您的生命态度或价值观是什么？

阿　城：我过日子的方式是过程形态而不是目的形态——目的形态常常会造成所谓的“死不瞑目”。其实你看得多了，看事情就比较宽，不会那么绝对，你也就不会变成任何观念的人质。

大家对我有误解

记　者：大多数人对您的印象止于“三王”，之后您的行藏大家就不是太知道了。有一个说法是：“在其作品影响力日益聚增，令评论界好不热闹之际，阿城却像个深得秘诀的高人从文坛隐退了，他去了美国，身后留下一片热闹。”

阿　城：其实不是。我一九七九年才从农村回来，我出去十多年，而且是十几岁的时候出去，所以回北京以后没有社会关系。你知道在北京、在中国没有社会关系很难生活下去。一个人如果认识什么人，那是他的资源，可不认识关系的话，就跟那个民工一样，一直到现在都是这个样子。那个时候正好发了《棋王》那些，到美国去参加一个国际写作计划，去了我发觉那边不需要关系。你不需要认识人，你只要做工，反而那边比北京好活。第二次开会再去的时候我就留下了。因为我在这边也没有单位，所以留下也没有问题，就离开了。

记　者：可您那会儿《棋王》那么轰动，而且那会儿

注：本文刊于《北京青年报》，2001年10月15日。

文坛被人关注的状况，可比现在要景气得多，做一个作家不也可以活得很好吗？

阿　城：你必须有关系，还是这个问题。靠那个书其实养活不了自己。作家是一回事，出书是一回事，能不能用它养自己，那是另外一回事。王朔可以，他的发行量可以养活他，在全世界都是这样，畅销作家和作家是两个概念。畅销作家是有钱人的概念，作家的概念是要饭的概念（笑）。所以世界上没有一个作家把“作家”印在名片上，因为对别人很不礼貌，那意思就是说：我是要饭的。

记　者：那这一次主编“零丛书”，算不算是一次重新隆重的出场？

阿　城：不能这么说。我自己一直在写，只是在欧洲和日本出版的多。现在在外面真是叫“什么都可以发表”，那你写当然就没有问题。汉语的阅读是很保守的，跟意识形态有关系。我们民族有个意识形态，比如说世界杯踢进去了，大家都是“我们终于踢进去了！”这个劲儿，如果这时候你写一个说“这个事情没有什么”，那全国人民跟你过不去。

记　者：我知道“零丛书”第一本是讲书法的，第二本是大乘佛教，再往下好像是诗经。这么看起来好像是一套有关中国传统文化的书。

阿　城：但不是用我们这几十年习惯的那样一个模式在谈。我们说到中国文化的时候，一直都是有一个模式在谈它，你不这么谈呢，大家就觉得不对。比如“取其精华去糟粕”了等等这些。我自己认为精华和糟粕它是在一块儿的。比如咱们全都是很像正经人坐在这儿，但是我们知道我们肠子里是粪便。就是这个意思，一个东西它没有意义，你定不出它的意义，它只有在一个结构里面它才能被确定意义。所以你如果有一个结构，它在这个上面的意义正好是精华的话，你就认为其他是糟粕，其实这是不对的，那些东西它在另外的结构上，可能也是精华。

记　者：那您这套书是想提供一种新的眼光来看待一些文化上的东西，可以这么说吗？

阿　城：其实是有一点复原的意思，其实是有一点退的意思。我们这一百年，破得太厉害。很多东西真的就是像现在女孩子的那个衣服，穿过一年就扔掉了，而过了十年呢，可能那个样式又回来了。

记　者：那您现在是觉得到了合适的时间？

阿　城：我觉得中国现在越来越客观了。这个环境出现了。这个环境不出现的话，你就变成孔老二，“知其不可而为之”。那现在知其“可”了，我们就为之。

记　者：这个环境是什么方面给了您这样的信心，让您知道“可”了？

阿　城：改革开放嘛。全世界都没有失去的规则，我们现在又重新回到这个规则来了。WTO 的意思就是我们按规则走，就是这个意思，很简单的。就像这几天都说恐怖袭击的事情，我们为什么认为“这个是恐怖分子，他不可以这么做”，为什么？就是我们开始站到规则这边来了。你不回到规则上，大家不带你玩儿。你小的时候，如果你院里、你班上的人不带你玩了，你很孤独啊（笑）。你守规矩了，大家就带你玩了。入世谈判谈判了十几年，就是这个：你按不按规则做。一步一步，是我们转变了，世界没转变。转变了之后，现在一入世了，大家觉得：哎，这事儿好了。现在我们开始醒过来了。但是恐怕还有十年，才能够比较顺一点。

记　者：台湾的学者沈君山曾经在谈您的《棋王》的时候谈到聂卫平，说：“聂卫平出了北大荒，有一段时间攻无不克，战无不胜，那股前无古人的气势，相当接近于阿城《棋王》中所书写出的原味与酣畅淋漓。我曾分析大漠英雄最怕入京城，每每被红粉世界消磨掉锐气。离开北大荒之后的聂卫平，棋艺逐渐失去了原味；一如离开大陆寄海外的锺阿城——‘离开了土地，失去了天空’。”好多人也这么认为，阿城不写小说了，可能就是因为他离开中国，没有生活了。当然，咱们今天聊过之后，我就知道这里有在我们的阅读范围内我们接触不到的原因。但是，这么一种说法是有的。

阿　城：这样的说法就是传统模式。生活是你推不开的，你只要活着，就是在生活，生活不可能失去。但传统的说法就说“你离开根了”如何如何。我去内蒙古我去云南都是少数民族地区，没有人问我："你离开北京这个根你怎么办？"那个地方语言也都不通啊，跟美国是一样的。独独是到了外国以后，人家说："你离开中国这个根你怎么办？"那是很怪的一个概念。咱们民族意识形态里边有一个出毛病的地方，它根本的意思还是不交流的，保守的。

其实中华民族是到处迁徙的一个民族，尤其福建沿海和广东沿海的人，他们觉得到海外，到哪儿都行，无所谓，哪能干活，哪能养活自己，哪儿不打仗了，就去哪儿。我们看历代诗歌，思乡的东西其实非常非常少，但是近代和当代被提的位置很高。老百姓有句话"人往高处走"，不一定往哪一个高处走，还有就是往束缚小的地方，能够发展你的地方走。你把这个观念如果说彻底打开的时候，WTO的规矩你一定很自觉地就遵守。所以我说我们还得要十年，就是还有很多东西我们需要克服。

记　者：大家之所以对你有刚才我们提到的那种说法，我想还有一个原因，就是中国的这些作家里头，可能没有太多的人像您这样，给人印象跟中国的传统文化关联那么深。当年《棋王》是您第一次发表作品，可一出来就被评论界跟道家思想那些在联系，并成为"寻根文学"的扛鼎之作。可能您现在回来编这套有关传统文化的书，很多人会觉得阿城这才是得其所哉，对着呢。

阿　城：那看来我这件事情就是做错了。如果大家这么认为，那我就做错了。因为比如道家、老子，包括孔子，当时的想法都不是我们现在领会的这样，他是面对全世界说的，他在说世界。老子那个时候，比如说有个两河流域的人来，他们会谈得很好。孔子也是这样说的，他们说“天下”怎么怎么样，也是在说世界。而我们今天则认为这只是我们中国的，不是。希望在对WTO世界规则认识之后，我们有很多这些东西就消失掉，我们这时候才做到“胸怀全世界”。虽然是这样，但是呢，还是觉得现在开始真的是“开”了，可以这样说话了。

还有一个根本的东西，我们有清末这些志士仁人，有五四的这些科学民主的先驱等等，我们怎么跟他们能够起码站在一个平等的在线，我们是靠我们客观。那样的环境没有了，只能靠我们这一辈人的客观。

记　者：那怎么才能达到客观？

阿　城：就是“零丛书”啊，从零开始。

记　者：我看了您为“零丛书”写的那个序，您说这套书里“也许会有好看的知识，也许会有好看的小说，也许会有好看的漫画，等等等等”。我想知道这套书应该还是有一个主旨的吧，比如什么样的东西，您会收到你的这套书里边。

阿　城：就是好看，好看有两个，一个是这个东西真是好看，一个是容易看。我们现在科普这方面有一点开始了，原来就是一个高士其，其实那个是一个科学知识的普及，现在不是，是科学行为，科学概念，这样一些最新的东西，要让尽量多的人了解。但是，艺术普及，没有人做。比如书法这件事，书法理论有很多，没人看。那孙晓云这本《书法有法》做的就是这个。“零丛书”说的好看也有这个意思，它在做一个“艺普”的事情。我们不能两头儿都没有了。科学我们不知道，艺术我们也不知道。这不公平的。尤其在一个文盲占很大比例的国家，我觉得很重要的是普及工作。这应该是跟知识教育合在一起的。

记　者：这本书你原来想自己写的是吧？

阿　城：是，我大约有七年吧准备做这本书，后来我就把我的想法最后请孙晓云写。因为她做出来，说起来这也是中国实际情况，她的权威性比我大，她是书法界的人，是书法家，而且她有那么多书法界的职位在那儿。

记　者：这本书里括号里面写“编按”的都是您的手笔吧？看那个我就觉得特神奇，您怎么什么都知道，居然知道宋代有女子相扑。

阿　城：那是记载了的。

记　者：大家都在说难得您特别“通”，对文化上的很多东西。您一天里看书的时间是不是很多？

阿　城：我现在不怎么看书。

记　者：那您那么多知识从哪来？

阿　城：很多知识并不在书上。

记　者：您能这么触类旁通，是件特别让人向往的事，达到这种境界有什么办法吗？是不是都得做早才行？

阿　城：做得早省力。但是不做得早也没有关系，有很多人也是以后才做。主要是脑袋不能够封起来，封起来之后就叫视而不见，就是我们说那个批判性阅读。有一个方法我自己觉得比较重要的，是中国古代的传统，叫“素读”。你不带你的意见去读。这个我们现在失传了。我们现在都是批判性地听别人的话。别人说了没两句，你说：“哎，你说的这个不对。”你要学会听人家全部把他那个意思说完了，而且你真的是在听，“素听”，听他在说什么，之后你再批判不迟。我们现在失去这个传统之后，大家都变成一锅粥，没有交流。交流的前提是必须知道别人完整的东西。否则我们学到的东西就会少。包括对WTO的世界性规则，我们也要先“素读”。

记　者：《棋王》是您很年轻的时候写的，但那时候您就把好多事情都看明白了。人家说，一般看得特明白的人容易绝望，但您好像从来就不是，您一直心平气和地做自己能做的事，然后就这么走过来。

阿　城：是啊。你看得清楚不影响你的生活状态啊，只是你，就像你进屋子一定要开灯，否则你要找东西也找不到，被不知道的桌子板凳磕得鼻青脸肿，这个状态就不好嘛。其实有些事情想一想，把它想明白了，就是进屋开灯，就这么简单的道理，它怎么会影响你生活呢？你找着东西该拿的夹着就走了，高兴吧！（大笑）

记　者：您怎么定义您自己或者您做的事？比如有人说我是搞文化研究的，或者我是搞科普的。

阿　城：我是一个资源很多的人。做“零丛书”这个事情，只是资源之一，把这部分开发出来，就是这么一个概念。不是说我做这个“零丛书”，我就只能是一个主编。比如给田壮壮写剧本，那也是资源之一，我可以做这样的那样的事情。

记　者：那您走过了这么多地方，您最喜欢哪儿？您觉得哪儿最适合您？

阿　城：没有任何一个地方可以满足你所有的要求。所以你只能是看清楚了，你在这个地方，你既然到了这个地方，有你不喜欢的东西，你就要承担，因为是你选择来了。那你就承担，你可以尽量看清这个地方好的地方，你可以享受它好的地方。你别着急。

记　者：我觉得人得有自信才不着急。我觉得您可能从来就不缺自信，您知道您自己。很多人提到对您的感觉都说您很“厚”、很“通”。孙晓云对她舅舅那种感觉：“他永远给你一种优越感，不是盛气凌人的优越感，而是一种人的自信，不会堕落。他好像代表一种文化，一种非常厚的文化。跟舅舅在一起，就觉得人厚实一些。这个厚实，一是他人格的魅力，一是一种理想信念。”我想您可能也给她这种感觉。

阿　城：我不是，这一点我倒是很明白自己，我是什么呢，我是因为一直家庭出身不好，所以就没有退路。有很多人所以能够害怕就是因为，他会拿一个比他现在还不如的境地来比照，他怕一下子落到那个境地。而我已经顶墙根了，我没有退路了。所以我反而就无所谓了。但是站前排的人他们会很紧张，虽然他们很有信心，但他们会潜意识中有恐惧，就是不可以再降一档，真的降了一档以后，他们非常焦虑。那我是一个客观处境，我没有退路了，你说我还能退到哪儿去。所以你反而就不着急了。我是因为这个原因。

记　者：那会儿的境遇完成了对您心灵的锻造，可现在，您已经不是顶墙根儿了，您现在是一种特别好的状态，那按理应该也是有降的可能来让你担心。

阿　城：不是，我的状态是我知道什么是极端，我知道什么是底线。无非是，如果现在天下又乱了，我又回去种地去，不就是这样吗？没有什么可怕的。可有的人会哭天抢地，为什么我得去种地去？都疯了。而我是有受得了的苦，有享得了的福。

记　者：这二十年，您怎么评价您自己的历程？比如台湾沈君山先生说您“失去了土地，就失去了天空”，有的人会觉得当年那么光芒耀眼的阿城渐趋平淡，要您自己来总结或者评价这几十年您自己的历程，您是怎么一个看法？

阿　城：我的看法是，大家对我有误解，是整个我们中文阅读世界的不开放造成的。为什么这么说呢？就是，我们现在终于讲生态了，其实什么都有一个生态，文学也有一个生态。中文的整个一个状态，应该是草地很厚，这上再长出一些奇花异草，应该是这样一种情景。而我在发表《棋王》那个时候，是水泥地，你一寸高的草大家已经觉得很高了。其实我是一寸高的那种草，现在如果草都长到半尺的时候，不会，我这东西不会再显露出来。

我们老提到法国文学，美国文学，俄罗斯文学，人家那个情况是草很厚了，我们只是一下子把人家奇花异草摘来了，就觉得人家到处都是奇花异草。那我呢，大家还把我看成奇花异草那是不对的。只是因为那时是水泥地，“文革”刚过去，有些边角缝，长出半寸草，大家就觉得哎哟这个草真新鲜呀，可整个如果说中国文学这块草地形成的时候，那个时候会出现比这些草更高的，那是真棒的。

我们中文阅读界、写作者要“开”，改革开放嘛，开放以后这个草就会厚起来。我们现在缺很多东西，有人说你那个《棋王》写得真好的时候，我就知道现在草还没起来，还在看我那半寸高的草呢。

谈王朔

记　者：您与他相识多久？他在您的印象中是怎样一个人？

阿　城：有十年了吧。一个共和国的善良的人，现在这样的人罕见了；一个心理上，我的观察是在童年受过伤害的人，容易害羞，但从动物行为学讲，害羞不是软弱，而是抑制机制，抑制的是攻击性，进取性。我从来不理文如其人那一套，所以也无所谓反差。

记　者：展示在公众面前的他与您认识的他有无反差？您认为他展示的是他真实的一面吗，还是他更多的某种掩饰，某种对自我认知的焦虑？

阿　城：我们在“暗处”，为什么老要别人在明处展示真实？要小心，这种对真实的要求往往会使自己变态的。我不要求别人展示真实，我感兴趣的是一个人怎么组织表达。好的表达有时候比“真实”重要。

记　者：您觉得他是一个善良的人吗？对是非真伪不自欺固然是美德，但以自己的标准抨击他人是刻薄还是正直？

注：原载于《南方人物周刊》，2007年7月。采访者吴虹飞。

阿　城：当然。王朔绝对是个善良的人。王朔就是这样，如果他不用自己的标准说话，谁还听他说话？那还不如看教材呢。媒体炒的不就是这个吗？

记　者：据他所说，他依赖四处树敌以自我认识，您觉得这是否承担道德？他对朋友很好？

阿　城：他的谈话里处处有道德。他是有条线的。只是他公开说出来，你会有不道德感。媒体如果觉得他这样指名道姓不道德，不发不就行了吗？发了，其实就要媒体担责任了，看来媒体不想担吧。“拥有”不能用在朋友关系上吧？拥有和丧失都会变成压力的。王朔对人非常好，有时候好到为朋友两肋插刀，我看不少公众在往他两肋上插刀。上个世纪就有不少人往他两肋上插刀。他忍功一流。

记　者：他说他最近在读物理学、宇宙学和佛经，他的新小说《我的千岁寒》据他所说也正取材于《六祖坛经》，讲的是六祖慧能顿悟的故事，许多地方跟他描述自己的状态很像。您觉得他是真正在研究佛理，还是只是一种姿态？

阿　城：王朔读佛经很久了。我们看了他的小说之后，是不是姿态的问题自然就消解了。说起来，王朔不会为了个姿态去费那么大劲读佛吧？那还是王朔吗？你说呢？

记　者：九九年写完《看上去很美》后，据他所说他曾一度消沉，有过幻觉，前几天在凤凰卫视的节目上也谈了他的毒品经验和其他尝试。他说在他最绝望的时候没有人管过他？

阿　城：《看上去很美》不管是对王朔还是对我们，都是一部很重要的作品。我很认真读了。写得好。《动物凶猛》是对青春期的一次清理，《看上去很美》是将这个清理延伸到童年。我开始还担心其中怎么写“文革”的开始，结果处理得非常好。本来就是这样，成人世界里的重大事件，儿童世界当然是另一回事。又兴奋，又无聊。里面写到方枪枪在开大会的时候去男厕所，迎面碰到一个女的从里面出来，这一笔真好。你知道我们的文艺理论要求的是革命的现实主义与革命的浪漫主义相结合，这其中的现实主义毁人不浅。现实主义里的现实，是由意识形态判断取舍的，所以虽然现实里有“阴暗面”，但是不能写，什么是光明什么是阴暗，是有标准的。那这是什么狗屁现实？我喜欢的是自然主义。毒品是很晚近的规定，我们的祖先是一路吸“毒品”走过来的。

王朔没有要做官，要做政治人物，吸点东西我看无所谓吧。

记　者：在《我的千岁寒》的序里王朔写道：“这几天经常被人问到，你去而复来，所为何来？想了半天，才想起我是共产党，我们全家都是共产党！我的亲戚朋友父母两系无一不是共产党，我们那个院全是共产党，我们那条街全是共产党，一家子，一家子，一院子，一院子，男女老少都是共产党。北京复兴路，新北京，那是共产党的老窝。”我认为王朔还是一个过去时代的作家和知识分子，他感到的孤独，是不是一种信仰的幻灭？这和他的日常表现，和作品有什么联系吗？

阿　城：过去有信仰吗？你们认为那是信仰吗？我看是迷信吧。信仰不会幻灭，只有迷信才会幻灭。我说过不少次了，王朔虽然处在过去时代，但是他用文字颠覆了过去。他不处在过去时代，用的词语就没有权威性，不颠覆，就没有先锋性。并不是回避了过去，就必然有先锋性。

记　者：王朔不停地突出他的出身是大院文化的。你认为他有强烈的优越感吗？

阿　城：王朔在《看上去很美》里描过一笔，“文革”开始的时候，各小学出来游行，结果翠微路小学的被方枪枪他们小学的骂回去了，翠微路小学大概是个平民子弟小学吧。这是儿童的权力意识吧。一九四九年以后，中国出现了大院，也就是单位的办公、生活住宿集中在一个有围墙的地方。台湾有眷村，是生活区，办公在另外的地方，分开的。像竹联帮、四海帮，就是由当年眷村的一些孩子组织的。大院，是充满共和国权力的地方，尤其北京这个地方，各省其实都有，在这种地方成长的人有优越感是自然的。我小时候在大院生活过，教育我们的就是不要和外面的“野孩子”玩儿。“野孩子”是什么人？就是老百姓啊！后来我们家因为政治变故，搬出大院，一转眼我就成了野孩子啦！

记　者：他的生活态度是什么样子的呢？

阿　城：他不搞人前人后那一套。大院出身的人有单纯、正直的一面，社会多复杂啊。

图书在版编目（CIP）数据

脱腔 / 阿城著. —南京：江苏凤凰文艺出版社，2016

（阿城文集）

ISBN 978-7-5399-9054-5

Ⅰ. ①脱… Ⅱ. ①阿… Ⅲ. ①随笔—作品集—中国—当代 Ⅳ. ①I267.1

中国版本图书馆 CIP 数据核字（2016）第 043679 号

书　　名　脱腔

著　　者　阿　城
责任编辑　黄孝阳　汪　旭
出版发行　凤凰出版传媒股份有限公司
　　　　　江苏凤凰文艺出版社
出版社地址　南京市中央路 165 号，邮编：210009
出版社网址　http: //www.jswenyi.com
经　　销　凤凰出版传媒股份有限公司
印　　刷　唐山玺诚印务有限公司
开　　本　880 毫米 × 1230 毫米　1/32
印　　张　11.5
字　　数　220 千字
版　　次　2016 年 3 月第 1 版
印　　次　2021 年 10 月第 5 次印刷
标准书号　ISBN 978-7-5399-9054-5
定　　价　52.00 元